LES POMMES D'OR
Croisière 2

Ecrivain et scénariste, Janine Boissard, mère de quatre enfants, est l'auteur d'une grande saga pleine de tendresse et d'expérience vécue, L'Esprit de famille. *Cette œuvre romanesque comprend six tomes :* L'Esprit de famille; L'Avenir de Bernadette; Claire et le bonheur; Moi, Pauline; Cécile la poison *et* Cécile et son amour. *Un feuilleton pour la télévision a été tiré des quatre premiers volets de cette saga; il a été plusieurs fois diffusé avec un grand succès.*
Janine Boissard a publié cinq autres romans : Une femme neuve, Rendez-vous avec mon fils, Une femme réconciliée, Croisière *et sa suite :* Les Pommes d'or.

Sur le paquebot de luxe *Renaissance*, qui vient de mouiller au large de Rhodes, une jeune fille tremble, Chloé : son père, propriétaire d'un hôtel quatre étoiles, qui ignore tout de son existence, acceptera-t-il de la revoir ? Une autre espère, Estelle : parviendra-t-elle à se faire aimer de Quentin, le bel officier radio ? Une petite fille a peur, Laure, passagère clandestine : elle croit à tort que sa mère est morte par sa faute.
L'aube se lève sur l'île. Le long des ponts, quelques passagers assistent à la naissance de cette nouvelle journée de fête et d'imprévu : Martin, qui cache sous le rire et l'embonpoint une profonde blessure d'enfance, Steven, le scénariste américain, Jean Fabri, ancienne vedette de la chanson, Arnaud, et tous les autres amis de *Croisière*.
Les pommes d'or étaient ces fruits étincelants que gardaient des déesses appelées Hespérides : ce nom s'entend comme « espoir ». Peut-être est-ce cet espoir même de bonheur qui les rendait magiques ? En appareillant pour l'amour et l'aventure, Janine Boissard nous invite à cueillir ces promesses de bonheur.

Paru dans Le Livre de Poche :

UNE FEMME NEUVE.
UNE FEMME RÉCONCILIÉE.
RENDEZ-VOUS AVEC MON FILS.
VOUS VERREZ... VOUS M'AIMEREZ.

L'ESPRIT DE FAMILLE :
1. L'ESPRIT DE FAMILLE.
2. L'AVENIR DE BERNADETTE.
3. CLAIRE ET LE BONHEUR.
4. MOI, PAULINE.
5. CÉCILE, LA POISON.
6. CÉCILE ET SON AMOUR.

JANINE BOISSARD

Les Pommes d'or

Croisière 2

ROMAN

FAYARD

© Librairie Arthème Fayard, 1988.

PROLOGUE

Il est 7 heures, le jour se lève et une brise déjà tiède mêle les odeurs du port de Rhodes à celles du printemps. Accroupi sur le quai, entre les filets étalés, un enfant au crâne rasé bat un poulpe. Il s'arrête un instant pour porter avec gourmandise un tentacule à ses lèvres tout en contemplant le *Renaissance* qui entre majestueusement dans le port. L'enfant avance le front et plisse fort les yeux comme pour tenter d'en deviner la cargaison, puis il lève à nouveau son galet : l'encre noire éclabousse la pierre.

Quatre cents passagers s'éveillent dans les entrailles du somptueux bateau de croisière : Allemands, Français et Italiens, Américains, Grecs et Japonais qui partagent une même quête de fête et de rêve. Après la Crète, Rhodes aujourd'hui, ce sera Istanbul, Santorin...

Parmi eux, Estelle, jeune vendeuse de chaussures à Toulon. Elle cache à tous que la chance, et non la fortune, lui a permis de s'offrir ce voyage de luxe au cours duquel elle espère rencontrer celui qui l'enlèvera à la grisaille de son existence. Et s'il s'appelait Quentin, le bel officier radio à qui elle ne semble pas indifférente ?

Amie d'Estelle, Chloé fête aujourd'hui ses vingt ans. Ce n'est pas cet anniversaire qui fait battre son cœur, mais que tout à l'heure, à Rhodes, elle va faire connaissance avec son père. Celui-ci, directeur d'un des plus grands hôtels de l'île, ignore tout de son existence : la mère de Chloé ne lui en a jamais fait part. Elle avait vécu avec lui ce qu'on appelle une « aventure sans lendemain ». « Ce lendemain serait-il là ? » s'interroge-t-elle tout en buvant un café et grignotant sans faim un morceau de croissant dans la grande salle à manger. Elle peut voir par la baie, s'élançant au-dessus des toits, la haute flèche d'un minaret et celle-ci lui fait penser au cri d'espoir et d'inquiétude qui tend son être. Comment l'accueillera Bob Miller, l'Irlandais, dont les cheveux sont, paraît-il, aussi roux que les siens ?

Camille de Cressant, vingt-trois ans, quitte discrètement la chapelle du bateau où, comme chaque matin, une messe a été célébrée. Ce rendez-vous quotidien avec Dieu lui permet de surmonter sa tristesse : elle était sur le point d'épouser Arnaud, son ami d'enfance — présent lui aussi sur le *Renaissance* —, lorsque, à la suite d'un imprudent plongeon, il s'est retrouvé à demi paralysé. Depuis, il ne veut plus entendre parler de mariage. Il prétend avoir perdu son amour pour Camille en même temps que l'usage de ses jambes. Dit-il la vérité ou veut-il lui épargner de vivre aux côtés d'un infirme ? Elle s'est promis d'avoir la réponse avant la fin du voyage. Elle l'aime toujours.

Pont Vénus, cabine 9, une petite fille maigre regarde sans y toucher le chocolat chaud et les brioches que vient de lui porter Théodorès, le cabinier. Pourquoi Laure refuse-t-elle de manger ? Qui la condamne à rester dans sa cabine ? Sa fragilité, son regard traqué sous la frange des cheveux blonds ont su émouvoir le cœur de Martin, Allemand replet qui panse ses blessures d'enfance en riant et en mangeant plus que de raison. Pour la première fois de sa vie, quelqu'un a besoin de lui et tout lui paraît transformé. Cette sorte de hâte parfois douloureuse qui l'entraîne, il ne sait où, serait-ce du bonheur ? Il se sent, pour défendre Laure, tous les courages, toutes les audaces.

Blazer, pantalon blanc, Jean Fabri, soixante-douze ans, choisit dans sa garde-robe la tenue qu'il portera durant l'escale. La dernière fois qu'il a posé le pied dans l'île, les journalistes l'y traquaient : il était alors un chanteur célèbre. Il n'est plus qu'un vieux monsieur ruiné qui s'offre une dernière fête : il ne lui reste pour tout bien que la perle fine qu'il fixe à sa cravate.

Au grill, traversé d'une musique douce, cela sent les œufs frits, le bacon, le café, la pâtisserie chaude. Tout en savourant son thé fumé de Chine, Alexandra, belle photographe polonaise, ne quitte pas des yeux la porte d'entrée, espérant voir apparaître Steven, scénariste américain de dix ans son cadet. Durant l'escale en Crète, elle l'a séduit, mais depuis, on dirait qu'il l'évite. Cette nuit, c'est en vain qu'elle l'a attendu. Steven l'accompagnera-t-il à Rhodes ? Alexandra ne se reconnaît plus. Est-ce bien elle qui s'est donné pour règle de ne jamais s'attacher ? Oui, elle veut cet homme ! Il lui reste huit jours pour le gagner.

« Les passagers désirant profiter de l'escale sont priés de se présenter dans le grand hall. Le débarquement s'effectuera à partir de 8 heures. »

Sur le quai du port, l'enfant au crâne rasé qui ne connaît du monde que son île ensoleillée s'approche du *Renaissance*. Il a de l'encre au coin des lèvres. On va le prendre en photo avec son poulpe et il récoltera quelques pièces.

De leurs temples en ruine, Zeus et Apollon, Aphrodite et Athéna regardent descendre du bateau les terriens multicolores que Poséidon a bien voulu porter sur leur rivage. Les dieux mêlent leurs noms dans le grand cornet de la chance et du hasard. Ils lancent les dés.

C'est un jour comme les autres, où aimer et souffrir.

Avoir vingt ans à Rhodes

CHAPITRE PREMIER

Le commandant Kouris toisa les deux jeunes filles qui se tenaient au garde-à-vous devant lui : Chloé, la rouquine, dont le nez pelait lamentablement, et la brune Camille de Cressant, plus calme, parfaitement à l'aise, qui le regardait droit dans les yeux.

— Nous sommes donc bien d'accord, dit-il d'une voix sévère. Je vous attends ce soir, dans ce même bureau, à 18 heures précises ?

— Vous pouvez nous faire confiance, Commandant, dit Camille.

— Sachez que, cette fois, le *Renaissance* partira à l'heure. Avec... ou sans vous.

— L'autre soir, c'était un simple accident, intervint Chloé.

L'inconscience de la jeune fille laissa le commandant bouche bée. Faire attendre sept cents personnes durant plus de deux heures, un simple accident ! Pourquoi pas une broutille ? De plus, Chloé Hervé était une récidiviste : déjà, au Pirée, elle leur avait fait prendre du retard avec la petite Estelle. Kouris réalisa alors avec inquiétude que cette dernière ne se trouvait pas dans son bureau.

— Votre amie ne vous accompagne pas ?

— Estelle a décidé de rester à bord, soupira Chloé. Après ce qui s'est passé hier, vous comprenez...

Le commandant hocha la tête, ne sachant quelle attitude prendre. Présente-t-on ses condoléances pour la mort d'un cochon d'Inde, clandestin au surplus? Baraka, l'animal fétiche d'Estelle, était mort la veille et cela avait fait tout un drame. Enfin... elle l'oublierait vite et la règle — aucun animal à bord —, serait ainsi respectée, cette règle que, depuis le début du voyage, ces péronnelles s'appliquaient à transgresser.

— Alors, Commandant? demanda Chloé qui piétinait d'impatience. Ce bon de sortie, on l'a?

Grand seigneur, il fit un geste de la main.

— Accordé! Mais rappelez-vous: 18 heures au rapport!

— Merci!

Elles s'envolèrent. On entendait les piétinements des passagers se préparant à débarquer, la musique, les appels: « Avant de quitter le bateau, n'oubliez pas de prendre votre ticket dans le hall », répéta une fois de plus la voix d'une hôtesse dans les haut-parleurs. Ce ticket devait obligatoirement être rendu au retour, ainsi savait-on s'il manquait quelqu'un au moment de reprendre la mer.

Le commandant du *Renaissance* se surprit à sourire en évoquant les deux jeunes filles. Curieux! Alors qu'elles lui en faisaient voir de toutes les couleurs, leur présence dans son bureau l'avait mis de joyeuse humeur: le pouvoir de la jeunesse! Ni tête ni éducation, confondant lump et caviar, Mozart et chansonnette, portant l'irritant uniforme jean-baskets... mais d'une absolue franchise. Et lorsqu'elles vous disaient merci, au moins ce n'était pas du bout des lèvres. Il lui fallait bien reconnaître qu'elles apportaient du piment à sa croisière.

Le « pacha » décrocha son téléphone. Il allait confier ses instructions à son second et s'offrir quelques heures à terre. Le temps était somptueux; les lauriers-roses, qu'il affectionnait particulièrement car ils lui rappelaient le jardin de son enfance, devaient être en pleine floraison; et il se trouvait dans l'île une ancienne bonne amie qui préparait l'agneau grillé comme personne. Il prévoyait quelques heures agréables sur le plancher des vaches. Il garderait son uniforme : les femmes aimaient ça !

CHAPITRE II

Chloé débouche sur le pont et s'arrête, saisie. Durant des heures, vous ne voyez que de l'eau et du gris chahutés par les vents, et soudain voici le pain doré, le miel, les fruits et les fleurs! Derrière les remparts que caresse le soleil, un somptueux bouquet de pierre et de verdure où tours et tourelles, coupoles et flèches que picorent les oiseaux, se mêlent au feuillage nouveau. Et vous vous sentez fière d'avoir des bras, des mains et un cœur comme ceux qui ont inventé ça, sur ce bout de terre fragile au milieu des flots.

Elle se tourne vers Camille:
— Tu sais une chose? On se sent accueillie!
— C'est tout à fait ça: la beauté, ça vous accueille!

Camille se penche vers Chloé, effleure sa joue de ses lèvres:
— Et moi, je t'aime bien...

Chloé s'empourpre. Un groupe d'Italiens les bousculent, les reconnaissent, leur proposent de visiter Rhodes avec eux. « Non merci, on se suffit », répond Chloé avec hauteur en rendant son baiser à Camille. Ils s'éloignent, faisant les fines plaisanteries que l'on suppose. Sur le quai, des groupes se forment autour des cars et des taxis. Les animateurs rameutent la clientèle en brandissant des pancartes. Des gamins courent, proposant leur camelote. Cela sent le poisson, l'algue, le soleil sur la pierre. Il est 9 heures!

— *Girls!*

Elles se retournent d'un même mouvement: Arnaud et Steven! Steven fraie un chemin à l'infirme. Celui-ci a noué un foulard de couleur vive autour de son cou et tient sur ses genoux son inévitable jeu de dames: « jeu de la vérité » puisque celui qui perd a droit aux questions les plus indiscrètes. Camille s'élance, pleine d'espoir:

— Finalement, tu viens?

— C'est ça! Pour me donner en spectacle, répond sèchement Arnaud. Nous voulions seulement vous rappeler que le *Renaissance* appareille à 19 heures, au cas où le soleil et le vin...

Camille baisse la tête, déçue. Steven s'est arrêté en face de Chloé: « *Are you O.K.?* » Sous le regard grave de l'écrivain, soudain l'angoisse monte dans la gorge de la jeune fille: pourquoi est-il venu lui retirer ses forces? Ce n'est pas parce qu'ils ont passé une partie de la nuit ensemble, à la belle étoile, et qu'elle lui a avoué sa peur, qu'il doit se croire des droits sur elle! La « belle étoile » n'est qu'une voleuse qui ouvre en vous des portes secrètes et, le matin, vous laisse vulnérable et bête d'avoir dit le fond de son cœur.

Elle relève la tête, le défie du regard.

— Ça ira!

— Et si je vous accompagnais? Il désigne le gros sac de paille qu'elle a posé à ses pieds. En tant que porteur par exemple?

— Non, merci, moi j'exploite pas, je me débrouille seule. Et, si j'ai le temps, j'ai marqué sur la liste de vous rapporter un peu d'eau magique, promis!

— De l'eau magique! Voilà qui m'intéresse, intervient Arnaud. Où trouve-t-on cela?

— Aux sources de Kalithéa, explique Steven. D'anciens thermes dont Hippocrate lui-même recommandait les eaux.

— Eh bien ; en attendant, en route pour *Hippoland*, déclare Chloé en empoignant les anses de son panier.

Les garçons rient.

— Alcootest obligatoire au retour, menace Steven.

Arnaud détache son foulard et le tend à Camille : « Il paraît que le soleil se croit tout permis ici ! Même de tourner la tête des jeunes filles. » Tout émue, Camille noue le carré de soie autour de son visage. « A quoi joue-t-il ? » se demande Chloé en regardant Arnaud avec rancune. La douche écossaise — irlandaise plutôt —, elle connaît : « Un coup l'espoir, un coup le désespoir, ce n'est pas vivable. Faut opter, mon vieux : tu la veux ou non, ta Camille ? » Et puisque c'est comme ça, Chloé décide qu'un de ces jours, elle défiera Arnaud à son sacré jeu de dames. Elle a déjà sur le bout de la langue la question traîtresse qu'elle lui posera. Parce qu'elle a bien l'intention de gagner ! Oui, il connaîtra sa peine, le champion...

En attendant ce moment historique, elle s'empare du bras de son amie, l'entraîne vers la passerelle.

— Bye... Boys...

Ils ont l'air d'apprécier : pas sorcier, l'anglais, finalement !

Camille respire, sur le foulard, l'eau de toilette d'Arnaud : elle l'aime, elle l'aime tant ! Mais lorsqu'elle pose le pied à terre et qu'elle se retourne pour le chercher des yeux, il a disparu. C'est tout lui : l'orgueil blessé, l'écorché vif.

— Une p'tite visite de l'île, Mam'selle ? demande Chloé en montrant les cars.

Camille secoue la tête :
— Juste un tour en ville. J'aimerais offrir quelque chose à Laure.
— Laure ?
Chloé tourne vers elle son visage irrité :
— Cette petite c... Sans elle, Baraka... Quel besoin avait-elle de l'emmener dans la chambre à fromages ?
— C'est une pauvre gosse, constate Camille. Complètement paumée.
Chloé a un rire :
— C'est vrai que les gamines paumées c'est ton rayon. Tu joues avec elles et ça les remet sur pied, c'est ça ?
— À peu près.
— Si je me paume, est-ce que tu voudras bien jouer avec moi ? demande soudain Chloé d'une voix enfantine.
— Tout de suite si tu veux, répond Camille très sérieusement.
Et cette fois Chloé ne rit pas.
Une armée de mâts dansent devant la vieille ville que garde un cerf dressé sur une colonne. Trois moulins qui ne servent qu'au souvenir fixent la mer. Les filles se dirigent vers les remparts ; Chloé marche vite. Que porte-t-elle dans son grand panier ? Il semble lourd et elle change souvent de main. Camille remarque qu'elle s'est mise en frais : jupe, corsage, boucles d'oreilles. Est-ce pour son mystérieux père ?
— Ton père, tu ne l'as pas vu depuis longtemps ? risque-t-elle.
— Un bail !
— Et il habite loin ?
— Pas très.
— Es-tu sûre qu'il t'attend ?
Camille n'a pu empêcher l'anxiété de percer dans sa voix. Chloé s'arrête, la fixe d'un œil ironique :

— On attend toujours sa fille, non ?

— Laisse-moi venir avec toi ! propose Camille en un élan.

Le visage de Chloé se ferme :

— Mais qu'est-ce que vous avez tous à vouloir me tenir la main ? Je suis grande, non ?

— Ah ! ça, certainement pas ! répond Camille avec conviction.

Elles éclatent de rire et reprennent leur marche. On entend des rumeurs de marché : appels, cris d'enfants, aboiements de chiens. Une seconde, Camille ferme les yeux : dans toutes les villes ce sont les mêmes bruits, et les mêmes odeurs dans les ports. Ce sont sans doute aussi les mêmes hommes, qui ont faim, soif et besoin d'aimer. « Les choses sérieuses ! » annonce Chloé et, tête haute, elles franchissent la « porte de la Liberté » percée dans la pierre et les bougainvillées.

Les voici dans cette fameuse rue des Chevaliers dont leur a parlé avec émotion la conférencière du *Renaissance*. Elles longent les auberges où s'abritaient des hommes qui avaient promis d'être pauvres, chastes et obéissants : ici l'*Auberge des Italiens*, là, celle des Français, et l'espagnole, et l'anglaise. Ont-ils vraiment, ces hommes, dans leur strict habit rouge, au pas calme de leurs chevaux, monté la rue où elles se trouvent maintenant, petites croisiéristes du vingtième siècle qui se sont promis, elles, avec d'autres Français, Espagnols, Italiens et Anglais, de vivre l'amour, la fête et l'abondance ?

Chloé répond par une grimace à celles des gargouilles qui ornent le haut des toits. On se tord les chevilles sur les pavés en « langues de chat » qui racontent de mystérieuses histoires. Et voici le Palais des Grands Maîtres. Elles s'arrêtent un moment pour en toucher la pierre, s'emplir du frémissement du passé. Le temps, la vie semblent en suspens, et l'on est tenté de parler bas comme dans une église. Parfois, Camille se dit que si Arnaud ne veut plus d'elle...

Et soudain, tourné le coin de la rue, elle explose, la vie ! Partout des échoppes et des *kafénéion* aux terrasses desquels de petits groupes d'hommes en noir, dont certains égrènent des chapelets, voisinent avec des touristes bigarrés, bardés d'appareils photographiques. La brise agite les vêtements suspendus aux devantures. Statuettes de dieux, bijoux, cartes postales, objets de cuir et de fourrure s'amoncellent sur les étalages. Les commerçants les hèlent : « Un café, une boisson, un souvenir, mesdemoiselles... »

Chloé se tourne vers Camille, nostalgique :

— Tu te souviens... Ménélaos, Nicéphore ?

— C'était bien, dit Camille.

...Une jeune fille en robe sombre dans un village perdu de Crète, l'amitié tendue comme un bouquet de fleurs printanières et, durant quelques heures, tout le cœur profond de la Grèce pour elles seules.

Là-bas s'arrondit une fontaine. Chloé y court, pose son panier, s'éclabousse le visage puis se tourne vers son amie et Camille comprend qu'elles vont se quitter là.

— Tu ne me souhaites pas bonne chance ? demande Chloé.

Son ton est de défi et d'appel. Le cœur de Camille se serre. Elle fixe son amie droit dans les yeux :

— Merde et re-merde ! lance-t-elle avec ferveur.

Chloé en reste bouche bée : ces mots venant de la « distinguette », comme l'a surnommée Estelle, c'est un exploit !

— N'en rajoute quand même pas trop, maugrée-t-elle. Mais ça fait plaisir de parler parfois la même langue...

Sans essuyer son visage, elle empoigne à nouveau son panier.

— Chloé... écoute...
— Pas le temps! A ce soir. Si je suis en retard, cette fois j'envoie un télégramme, promis!

Elle pique un baiser rapide sur la joue de Camille puis s'éloigne d'un pas pressé, tandis que cette dernière la suit des yeux, pleine d'un sentiment d'impuissance.

Lorsqu'elle était gamine, au moment de se séparer, sa grand-mère traçait toujours une croix sur son front pour la confier à Dieu. Camille a envie de courir vers Chloé et de lui offrir ce geste démodé. Pourquoi n'a-t-elle pas d'avantage insisté pour l'accompagner? Il ne suffit pas de dire qu'on aime, il faut savoir parfois aller de force vers l'autre. Plutôt que discrète, elle s'est montrée lâche.

Et tout en apercevant la jupe orange qui file, petite voile solitaire parmi les jeans uniformes d'un groupe de touristes, Camille se souvient: « Voilà vingt ans qu'on a rendez-vous », a dit Chloé en parlant de son père. Et Chloé a vingt ans aujourd'hui...

Se pourrait-il?

CHAPITRE III

Par le hublot de la 6 Vénus, la cabine la plus chère et la plus belle du bateau, la sienne, Estelle a pu les voir discuter en bas de la passerelle. Assez vite, Chloé a pris le bras de Camille, elles se sont éloignées ensemble, alors Estelle s'est sentie encore plus en deuil.

Chez les sœurs, à Toulon, ce qui les avait réunies, Chloé et elle, c'était leur différence avec les autres : une question de père ! Différente, Estelle, fille de Mario Bofetti, immigré italien, surnommé « Bof », ou « petit bœuf » quand les copines savaient traduire ; honteuse lorsque son père, court sur pattes, parlant fort avec son accent, du poil sortant du nez et des oreilles, venait la chercher à la sortie de l'école. Différente, Chloé, fille de père soi-disant inconnu mais dont tous savaient qu'il vivait quelque part en Irlande. Dans la cour de récréation, là où se règlent les comptes, nul ne pouvait toucher à l'une sans que l'autre sorte les griffes.

Et voilà qu'aujourd'hui, 8 mai — fête de l'armistice, ça tombe pile —, Chloé retrouve son père ! Et pas n'importe lequel : directeur d'un grand hôtel, fils de bonne famille, riche et tout ; un père dont elle pourra être fière !

Estelle vient s'asseoir sur le bord de sa couchette,

ouvre le tiroir secret de son amie. La précieuse photo représentant Bob Miller aux côtés de Marie Hervé a disparu : Chloé l'appelle sa « pièce à conviction ». Qu'avait-elle écrit au dos ? « Halia » : le nom d'une déesse, mère de Rhodé, Rhodes...

Soudain, la gorge d'Estelle se bloque. Le passeport de Chloé n'est plus dans le tiroir ! Ni les précieux dollars gagnés avec Steven au casino. Elle court regarder dans la penderie : il manque des vêtements. C'est tout vu : Chloé ne reviendra pas !

Estelle ne peut plus du tout respirer. Jamais elle n'avait imaginé que Chloé puisse rester à Rhodes. Mais pourquoi pas, si son père l'y retient ? Et elle qui, cette nuit, l'a mise à la porte. « Qu'il soit mort, ce Miller... Qu'il ait eu un accident... Qu'il refuse de la recevoir » : les souhaits les plus monstrueux se forment en Estelle, car perdre à la fois sa meilleure amie — autant dire sa sœur —, et Baraka, elle n'y survivrait pas !

Chaque fois qu'elle pense à son cochon d'Inde, les larmes montent à ses yeux. Elle a tant pleuré qu'ils la brûlent, comme les ailes de son nez à force de plonger dans le mouchoir. Non, elle ne veut pas qu'il soit mort : en tout cas comme ça, de peur, loin d'elle* !

Lorsqu'elle l'a vu hier, misérable boule de poils ternes sur la table de la cuisine, elle s'est sentie envahie par la même poussière grise que lorsque la sœur de sa mère était décédée. Mais, pour sa tante, elle avait eu moins de peine que pour Baraka, oui, moins de chagrin, voilà, c'est dit !

Elle revient vers le hublot. Tout est flou en elle, révolte et impuissance : tout est « fin ». Débarquer elle aussi, prendre un avion, rentrer à la maison, retrouver sa famille, son ami Didier, se cacher dans

---

* *Croisière 1.*

sa vie, s'enfoncer comme les coques sous le sable quand la mer monte...

Il y a foule sur le quai. Les gens vont aller s'extasier sur de vieux cailloux en se gonflant la tête avec des histoires de dieux. Tiens, voilà Jean Fabri en conversation avec Alexandra. Il lui baise la main. La veille, Estelle le détestait. A cause de lui, de la chanson débile qu'il lui avait choisie, elle s'était ridiculisée au concours de chant. Aujourd'hui elle s'en fout : une chanson ratée, quel poids ça pèse à côté de Baraka ? Pourtant, lorsqu'il y a un instant Jean lui a téléphoné, elle a refusé de le voir : pour qu'il souffre un peu lui aussi, pour le punir d'être si malheureuse, si seule : d'être elle !

On frappe à la porte. Qui encore ? Théodorès, le cabinier ? Tang, le serveur ? Il avait mis une fleur sur le plateau du petit déjeuner et cela avait fait redoubler ses pleurs. Et si c'était Chloé ? Estelle court à la porte, ouvre et se fige : Quentin !

Le visage de l'officier est grave. Il pose la main sur son épaule : « Est-ce que je peux entrer une minute ? » Il n'attend même pas sa réponse, il est là et referme la porte.

Estelle a honte. Sa cabine, c'est le souk ! Des vêtements traînent partout, et les plus intimes. Quant à elle, avec ses yeux et son nez rouges, elle doit être affreuse à voir et, côté dentelle, elle n'a sur elle qu'un vieux T-shirt troué qui arrive juste, tout juste au ras de son « bas du dos », comme dit sa mère de cette partie qu'on ne nomme pas.

Et pour que Quentin n'ait pas le temps de voir tout ça, de la découvrir sous son vrai jour et de s'en désintéresser — car elle a toujours pensé que si on la connaissait vraiment, on ne l'aimerait plus, voilà, ça aussi, c'est dit ! — elle se précipite dans ses bras en espérant qu'il fermera les yeux comme, au creux de son épaule, elle ferme les siens.

Quentin caresse les cheveux d'Estelle. Il est ému. C'est contre tous les règlements de rendre visite à une passagère dans sa cabine, quand bien même elle vous y a convié, ce qui d'ailleurs n'est pas le cas. Mais lorsqu'il a constaté qu'elle n'accompagnait pas à terre Camille et Chloé, il a décidé d'aller la trouver. Jamais il n'oubliera son regard, lorsqu'elle lui a confié le cadavre de son fétiche : ce regard d'enfant trahie. Il lui parle comme à une enfant, tandis qu'elle pleure sur son épaule : il l'appelle sa « petite fille », lui explique qu'une étoile qui pleure ce n'est pas possible : « C'est tout le ciel qui prend le deuil. » Et voilà qu'elle rit dans ses larmes. Il aime son parfum un peu fort, plus concentré sous les cheveux lorsqu'il les soulève. Il sent trembler ce corps mince contre le sien et, lui qui n'était venu que dans l'intention de la consoler, le désir le tend. Mais pourquoi aussi s'est-elle jetée dans ses bras alors qu'elle était presque nue ?

Estelle sent, contre son ventre, s'affirmer le désir de Quentin. Lui dans cet uniforme qui le rend fort, elle, nue sous sa courte chemise... : le trouble l'emplit. Pourtant, elle ne veut que ses bras autour d'elle, ses paroles tendres, son attention, ne plus se sentir seule. Mais il l'embrasse et, tout en promenant ses lèvres sur son visage et son cou, il la mène vers la couchette de Chloé. Malgré son désarroi, elle a envie de rire : elle râlerait sec, Chloé ! « Où tu veux, mais pas chez moi... » dirait-elle. Elle parlerait aussi de Didier : « Et lui, tu en fais quoi ? » Mais Didier, c'était faute de mieux, comme être vendeuse de chaussures à Toulon, comme vivre dans un trou à rats d'où le soir elle peut entendre son père attaquer sa mère sous les draps. C'était en espérant une autre sorte d'amour, plus vaste, plus exaltant, voilà, ça encore c'est dit : Didier, c'était en attendant Quentin !

Quentin l'écarte pour l'interroger du regard. Elle reconnaît ce visage sens dessus dessous, de guerrier et de vaincu à la fois.

— Seulement si tu veux, murmure-t-il. Dis...

C'est la première fois qu'un garçon, après l'avoir embrassée et tenue contre lui, parle de cette façon à Estelle. Lorsqu'ils sont saisis de cette grande faim qui les défigure, ils s'imaginent que les filles sont d'accord et ne leur demandent jamais leur avis. Mais Quentin, si elle refuse, elle sait qu'il n'insistera pas. Et une gratitude très douce emplit Estelle, comme une fierté aussi, le sentiment de compter. Elle voudrait, elle voudrait tant le remercier, lui expliquer ce besoin d'autre chose, de mieux, de plus haut qu'elle sent en elle depuis toujours, qui la tend ou la pousse, un besoin douloureux aussi parce qu'il lui semble qu'il pourrait se faner comme une fleur, comme il s'est fané pour ceux qui l'entourent, se sont habitués et ont de gros rires et de tout petits désirs. Elle voudrait dire son attente, son espoir, se dire. Mais, comme d'habitude, les mots lui font défaut, elle ne trouve en elle que la peur de déplaire à Quentin et pour qu'il reste près d'elle, pour le retenir, tout ce qu'elle trouve à lui offrir, c'est ce corps qu'il désire, alors elle dit : « Oui, je veux », sans le vouloir vraiment.

Et tandis que les mains de l'officier glissent sous sa chemise pour venir saisir ses seins, si elle éprouve ce vertige, c'est parce que ce sont ces mains-là qui, la veille, se sont occupées de Baraka. Ne dirait-on pas qu'une dernière fois celui-ci porte chance ?

CHAPITRE IV

A l'agence de tourisme, on a dit à Chloé que l'hôtel *Halia* se trouvait à trois bons kilomètres de la ville, côté est ; il lui suffirait de longer la mer pour le trouver ; avec son chargement, elle aurait intérêt à prendre un car ou un taxi. Mais elle avait décidé d'y aller à pied.

C'était à cause d'un jeu de son enfance : « Le chemin de l'aveugle ». Des filles vous bandaient les yeux puis vous deviez marcher en suivant les instructions : « Gaffe à droite... gaffe à gauche... obstacle devant... » Le ventre rentré, la respiration courte, vous vous faisiez minuscule pour ne pas tomber dans un gouffre ou vous écraser contre un mur ; celles qui s'arrêtaient avaient perdu. Chloé se souvenait surtout du moment où les filles retiraient le bandeau, lui rendaient la vue. Alors, la vie vous sautait aux yeux et au cœur comme un fabuleux cadeau ; et toujours, à ce moment-là, elle imaginait son père en face d'elle.

Passées les rues « à touristes », elle s'est retrouvée dans des sentes étroites, bordées de maisons peintes en jaune sur les murs desquelles séchaient des colliers de poulpes. Au seuil des portes somnolaient des vieux près de cages où s'agitaient des perruches. La plupart des maisons étaient reliées entre elles par des arcades pour s'épauler en cas de tremblements de terre. Des femmes en noir, aux tabliers fleuris, vaquaient à leurs occupations ; des enfants jouaient à la balle et des hommes aux cartes. Chloé se serait bien invitée à passer un moment avec eux, boire un peu de leur eau, goûter de leurs sourires.

Mais les maisons se sont espacées, le paysage est devenu laid, poussiéreux, banlieusard. Les anses de son panier lui cuisaient les mains et le soleil commençait à taper dur. Heureusement, la mer apparaissait à nouveau, turquoise au bord, bleu encre plus loin, berçant ses voiles, vous répétant qu'on venait d'elle. Çà et là s'élevaient des hôtels, du genre minable et sans étoiles, qui n'avaient rien à voir avec celui qu'elle cherchait ! Cette route menait aussi à Kalithéa — comme l'indiquaient les pancartes —, les thermes de Kalithéa. « L'eau magique », disait Steven. Elle en aurait volontiers bu quelques gorgées pour voir si, comme il le prétendait, elle effaçait la peur.

Car sa peur grandissait. Au moins dix fois, elle s'était assurée qu'elle avait bien dans sa poche la « pièce à conviction », la photo jaunie du jeune rouquin aux côtés de la petite ronde. Où allait-elle ? Au bout du « chemin de l'aveugle » ? Le bandeau, elle le sentait autour de son cœur. Il l'empêchait de lire clairement dans ses sentiments, parfois il l'étouffait. Le regard de son père le dénouerait-il ?

Lorsqu'un car plein de passagers du *Renaissance* l'a dépassée, qu'ils se sont tous mis à crier, faire des signes, elle a eu un grand coup au cœur : on aurait dit que ces gens qu'elle regardait à peine sur le bateau devenaient ses amis, pourquoi pas ses « sauveurs » ? Et si elle renonçait ? « Gaffe à droite... gaffe à gauche... celle qui s'arrête se plante... » chantonnaient les filles tandis qu'elle avançait dans le noir. Elle a crié « Au diable ! », et le car a disparu, la laissant dans un nuage de poussière. Lorsque cela s'est dissipé, elle a vu les palmiers, les cascades de jasmin, de mimosa, les remparts de bougainvillées et elle a su que c'était là.

Oui, au bout de cette allée, dans ce long bateau blanc posé sur la verdure, se trouvait son père. Il paraissait même qu'il en était le commandant ! Alors elle a passé le portail sur lequel était inscrit « Halia » entre quatre étoiles dorées et s'est dirigée vers l'hôtel.

Voici que soudain la vie galopait, l'emportait dans un tourbillon vertigineux. « Je le retrouverai... », se promettait-elle enfant. Et, les mauvais jours : « Je le retrouverai, ce salaud... » Ce serment qu'elle se faisait, y avait-elle jamais cru ? Avait-elle vraiment voulu qu'il se réalisât ? Chloé ne savait plus. Elle avait envie de crier à la vie : « Attends... laisse-moi encore un petit moment. » A cent mètres de l'hôtel elle s'est arrêtée.

« Est-ce que je peux vous aider, mademoiselle ? »

Le destin se présente parfois sous la forme d'un grand dadais en maillot de bain avec des poils sur la poitrine. Comment avait-il deviné qu'elle était française comme lui ? D'autorité il s'est emparé de son panier et elle s'est remise en marche. « Mais dites donc, c'est lourd, ce machin-là ? Qu'est-ce que vous transportez : une bombe ? » Le destin peut parler comme un crétin ! Elle n'a pas daigné répondre, elle regardait toutes ces fleurs, ces gens qui sur les pelouses, à des tables blanches, protégés par des parasols, prenaient leur petit déjeuner : ce qui ressemblait tant au bonheur, et elle se disait qu'elle aurait aimé vivre là.

« Jouait-elle au tennis, au golf ? Faisait-elle de la planche ? » Son voisin continuait à parler pour le vent. Ils sont arrivés à la porte : « Je vous laisse, à tout à l'heure peut-être. » Il a posé son panier, puis il est parti en courant vers la piscine où l'on entendait des rires et des plongeons.

Elle est entrée. Il faisait frais. La même musique anesthésiante que sur le *Renaissance* planait ; des gens allaient et venaient ; derrière un guichet une demi-douzaine d'employés s'affairaient. Chloé s'était imaginée qu'on s'approcherait d'elle, lui demanderait ce qu'elle désirait, mais non ! Nul ne semblait la remarquer : elle aurait pu planter sa tente là, au milieu, ils auraient juste fait un détour pour l'éviter.

Elle a choisi un homme aux cheveux grisonnants qui triait du courrier dans un coin de guichet ; elle est allée à lui et s'est lancée :

— Je voudrais voir M. Robert Miller.

Il n'a pas eu l'air étonné. Il n'a pas dit : « Vous vous trompez, mademoiselle, il n'y a personne de ce nom ici. » Il a demandé :

— C'est à quel sujet ?
— C'est personnel.

Il lui semblait qu'une autre parlait ; soudain elle avait terriblement chaud et sa tête tournait.

— Qui devrai-je annoncer ?
— Chloé !

Dire : « Chloé Miller », ce n'était pas possible ! Et Chloé Hervé, risqué : si son père faisait le lien avec Marie ? Ce simple prénom ne semblant pas satisfaire l'employé, elle a ajouté :

— Je viens de la part d'amis français.

Le visage de l'homme s'est rembruni. Elle n'aurait jamais dû dire ça ! Dieu sait si, à Toulon, sa mère et elle les redoutaient, les « amis d'amis ». Alors qu'on ne les connaissait ni d'Eve ni d'Adam, ils s'imaginaient avoir tous les droits, un traitement de faveur, des réductions.

— M. Miller est occupé, a répondu l'employé d'une voix désagréable. Nous recevons un congrès ce matin : des psychiatres.

— Ça tombe bien, on pourrait en avoir besoin, lui a-t-elle lancé avec défi. J'attendrai ? Prévenez-moi dès qu'il sera libre.

Et avant qu'il soit revenu de sa surprise, elle lui a tourné le dos et elle est allée s'asseoir sur l'un des canapés du hall. Son cœur cognait à grands coups : elle pouvait le sentir sous sa main. Finalement, c'était mieux qu'il soit occupé, M. Miller, Robert, Bob, Bobby ! Cela lui donnerait le temps de se calmer, de reprendre souffle. Quatre kilomètres sous le soleil, sans rien ou presque dans l'estomac depuis le déjeuner de la veille, juste trois carrés de chocolat, un bout de brioche et de croissant — côté vitamines, la carence complète —, pas étonnant qu'elle se sente sur le point de tomber dans les pommes !

Un long moment est passé. Elle avait plutôt froid maintenant. Où était Estelle, cette salope qui, le matin même, avait collé sur ses oreilles les pastilles de son *walk-man* pour ne pas l'entendre ? Et Camille, qui avait tant envie de l'écouter mais à laquelle elle n'avait pas eu la force de parler ? Et Steven, avec son eau magique ? Elle regardait les gens, les couples, les familles-lapins dont les petits étaient les copies conformes des parents. Mais que faisait-elle là ? Comme elle se sentait seule !

Puis un groupe d'hommes est entré : costumes de ville, attaché-cases, chaussures de cuir. Ils sentaient à dix lieues le congrès de psychiatres. Celui qui faisait les honneurs de l'endroit était roux ; il portait un pantalon blanc et un blazer vert avec écusson sur la poche. Ils ont traversé le hall pour aller s'engouffrer dans un salon dont un employé a couru refermer les portes.

Pourquoi Chloé s'était-elle imaginé son père plus âgé ? Dix-sept et vingt, ça n'avait jamais fait que trente-sept ans. En tout cas, elle n'avait pas besoin de sortir la photo pour comparer : le grand échalas aux cheveux carottes, au regard vert Irlande et aux joues style « tartines au son » qui venait quasiment de lui raser les bottes ne pouvait être que lui!

« Détachez le bandeau, les filles! »

CHAPITRE V

— Arrêtez-moi là, dit Jean Fabri. Ça ira!
Le taxi le déposa devant le large porche blanc de l'hôtel *Halia*. Les lettres et les quatre étoiles d'or avaient été repeintes. Jean régla la course, laissa un généreux pourboire. « Monsieur désire-t-il que je vienne le reprendre? — Non merci, on me raccompagnera. » La voiture s'éloigna. Alors seulement il se permit d'ouvrir les vannes aux souvenirs.

Il y avait ce bruit de vagues marié à celui du vent qui n'avouait jamais forfait sur ce coin de côte. Il y avait l'odeur des fleurs, tant d'odeurs mêlées que parfois elles vous écœuraient. Et ces pelouses! Le luxe absolu sur cette terre assoiffée. C'était toujours l'*Halia* qu'Odette choisissait : la beauté de l'ancien, alliée au confort moderne : le meilleur bien sûr! Trente ans... Il n'était pas revenu depuis sa mort.

Sans hâte, l'esprit en alerte, il avança vers l'hôtel. Même égrènement de gravier sous ses pieds, même chanson des jets d'eau dans ses oreilles... C'était hier! Seulement, hier, il n'aurait pu faire un pas sans que l'assaillent les journalistes ou chasseurs d'autographes : « Monsieur Fabri... votre dernier récital... vos impressions sur Rhodes... vos projets... »

Ses projets... Il sourit. Derrière la haie de bougainvillées on apercevait les éclairs bleus de la piscine.

Une nuit, il y avait entraîné Odette : elle évitait de se montrer en maillot durant le jour, souffrant de leur différence d'âge. Pourtant, qu'importait à Jean qu'elle fut de vingt ans son aînée ? Elle était tout pour lui : la mère et l'amante, la bienfaitrice et la grande dame qui, d'un jeune homme mal dégrossi, avait su tirer l'artiste. Il l'aimait.

Un peu avant la porte, Jean s'arrêta, essuya son front moite. Il se serait bien étendu un instant sur l'une de ces chaises longues aux confortables coussins pour continuer à rêver. Il aurait commandé du champagne... « Tout à l'heure », se promit-il. Il ne pouvait arriver en retard à son rendez-vous ! Il referma un bouton de sa veste, redressa les épaules et pénétra dans le hall.

— Monsieur Fabri !

— Petros...

Oui, c'était bien Petros, le petit homme à la démarche claudicante et aux sourcils de gendarme qui, le visage plein d'émotion, se hâtait vers lui ! Sous le regard étonné des autres employés, ils se serrèrent longuement les mains.

— *Ti kannis ?*

— *Kala, kala* *...

Ses sourcils avaient blanchi : il portait à présent l'uniforme de concierge, ce sacré Petros qui connaissait par cœur toutes ses chansons, menait autour de lui une garde jalouse et n'avait pas son pareil pour le protéger des gêneurs ! Lorsque Jean avait appelé du *Renaissance*, il avait eu un instant de bonheur en apprenant qu'il était toujours fidèle à son poste.

L'employé regarda les lunettes noires que portait le chanteur sur ses yeux devenus fragiles. Il montra les gens qui passaient, indifférents, et lui adressa un clin d'œil entendu.

* — Comment tu vas ?
— Bien, bien...

— Monsieur voyage incognito?
— C'est cela, dit Jean avec un sourire. Surtout, n'avertis personne. Je suis en vacances.

Petros approuva, se pencha vers son oreille :
— *On* est déjà arrivé... *On* vous attend salon Athéna.
— Je te suis.

Ils traversèrent le hall. La décoration n'avait pas changé et pourtant rien n'était plus pareil : l'âme avait déserté l'endroit! Où était l'élégance, ces femmes en robe légère qui passaient comme des voiles, escortées par des hommes dont la tenue stricte ne semblait conçue que pour mettre en valeur la beauté de leurs atours? Ici, comme partout, c'était l'uniforme : jeans, bermudas, chemisettes à fleurs et les inévitables « tennis » aux pieds. Il suivit des yeux un gros bonhomme en maillot de bain, appareil de photo sur sa poitrine velue.

— Eh oui, soupira Petros à ses côtés, c'est comme ça, Monsieur, aujourd'hui. On a dit non au premier, puis ils ont été dix, puis cent... presque tous à présent.

Jean ne répondit pas. Il venait de découvrir Chloé. Assise au coin d'un canapé, tendue en avant, elle fixait quelque chose ou quelqu'un avec, sur le visage, une telle expression d'avidité que le chanteur s'arrêta, impressionné. Que faisait-elle là? Qui attendait-elle? Suivant la direction de son regard, il ne vit qu'une porte fermée. Certaines phrases sibyllines d'Estelle au sujet de son amie lui revinrent en mémoire : « Ce n'est pas facile pour Chloé... Elle en a bavé... » Aurait-elle besoin d'aide?

— Monsieur Fabri, si vous voulez bien...

Jean reprit sa marche. Il s'occuperait de la petite tout à l'heure; à condition qu'elle se trouve encore là.

Ils longèrent le couloir sur lequel donnaient les

salles de réunion, les bureaux. Petros s'arrêta devant le salon Athéna. Il ouvrit la porte et s'effaça pour le laisser passer.

— Personne ne vous dérangera, j'y veillerai.

Jean entra.

D'abord, ils se regardèrent en silence : le vieux sorcier aux mousseux cheveux blancs et le chanteur que certains surnommaient autrefois « le magicien ». Ils laissèrent s'effacer le temps, puis allèrent l'un vers l'autre, s'étreignirent.

— Léonidas !

— Mon ami...

Jean s'écarta pour mieux voir ce visage qui, lui semblait-il, avait à peine changé. Quel âge avait le vieillard : quatre-vingt-dix ? cent ans ?

— Dis-moi la vérité : tu es immortel !

— On me protège en haut lieu, acquiesça le vieillard avec beaucoup de simplicité en levant un doigt vers le ciel. Le recrutement n'est pas aisé aujourd'hui.

Messager des dieux, dépositaire de la beauté, du rare, de l'unique. Que n'avaient-ils acheté, Odette et lui, au poète-antiquaire connu dans toutes les capitales, réfugié sur cette île où l'on pouvait — était-ce toujours le cas ? — laisser sans crainte sa porte ouverte ? Sculptures, tableaux, bijoux : tous objets exceptionnels et sans prix que Léonidas condescendait, toujours avec regret, à leur céder à des prix astronomiques. Jamais il ne les avait trompés : Jean avait pu le constater lorsque, les vautours du fisc s'étant abattus sur lui, il avait dû, pièce après pièce, se défaire de ses trésors avec, chaque fois, le sentiment de trahir son ami.

— Odette ? interrogea le vieillard.

— Elle a eu un départ digne d'elle : en écoutant un opéra.

Léonidas apprécia. Il alla prendre place devant la

table Empire et fit signe à Jean de se placer en face de lui. Sur un siège, à côté de l'antiquaire, une lourde serviette noire était posée ; à la simple pensée de ce qu'elle contenait, l'émotion étreignit Jean.

— Restes-tu quelques jours ?
— Jusqu'à ce soir seulement : le *Renaissance* appareille à 7 heures.
— La chanson ?
— D'autres m'ont remplacé, dit Jean.

Léonidas se pencha et ouvrit la serviette. Il en sortit d'abord un plateau de velours qu'il plaça au centre de la table. Ses yeux n'étaient plus que deux rayons laser entre les paupières lourdes. Il en dirigea la lumière vers son vis-à-vis.

— C'est pour une dame ?

Jean inclina la tête. De la serviette, Léonidas tira un petit sac en feutrine noire, l'ouvrit avec lenteur, y puisa un jonc d'or orné de diamants et rubis qu'il coucha d'un geste amoureux sur le plateau.

— La princesse à qui il appartenait en a gardé la copie.
— On ne porte plus que les copies, constata Jean. Les originaux sont enfermés dans des coffres. A moins qu'ils ne se trouvent chez toi...

Léonidas passa le doigt le long du bijou, sans le toucher, comme pour en caresser l'éclat.

— Il serait bien que la femme soit grande, brune de préférence... Ses sourcils se froncèrent : Et surtout pas l'une de ces affamées...

Jean sourit : les décolletés d'aujourd'hui crucifiaient l'antiquaire. Les bijoux étaient faits pour célébrer une chair pleine, nacrée, et non des cous étiques brûlés par le soleil.

D'un second sac, il sortit un bracelet : un serpent d'or aux yeux topaze. Jean tendit la main pour le recevoir.

— Il aurait plu à Odette, remarqua-t-il en appréciant, dans le creux de sa paume, le poids fluide du bijou.

Comme il avait aimé lui en offrir, les lui voir porter ! Elle en raffolait ! Léonidas approuva : Odette et lui parlaient d'égal à égal.

C'était à présent une bague qu'il posait sur le plateau : une splendide opale montée sur un fin anneau d'or blanc.

— Une femme me l'a portée un soir : une Sud-Américaine. Il paraît qu'elle attirait le malheur...

L'antiquaire eut un sourire indéfinissable.

— Ne serait-ce pas plutôt toi qui lui aurais jeté un sort afin de l'avoir ? demanda Jean en riant.

Il regarda les reflets magiques de l'opale. Certaines pierres, disait-on, envoûtaient, d'autres guérissaient ou portaient chance, toutes racontaient des histoires d'amour, parfois des histoires de mort.

Verte et rose andalousite... lapis-lazuli... saphirs... un à un les sacs se vidaient. Lorsque Léonidas aurait tout présenté, le moment serait venu de choisir. « Celle-ci... Celle-là... », disait-il et Odette riait : « Il veut tout ! » Il voulait tout et peu lui importait le prix : le bonheur était dans cette beauté et non dans des colonnes de chiffres du côté « avoir » sur un compte en banque. « Celle-ci, celle-là... » Il ne pensait jamais au lendemain.

Jean effleura la perle de sa cravate, passa sa main sur son visage et ferma un instant les yeux : le « lendemain » était là !

Léonidas referma la serviette vide, se laissa aller sur son fauteuil et attendit. Son regard fouillait le cœur de Jean.

— Je me souvenais... dit celui-ci. Un jour, à la télévision, une journaliste m'avait posé une drôle de question...

— Dis...

— Préféreriez-vous avoir tout eu et tout perdre ou n'avoir jamais rien eu ?

Les yeux de Léonidas étaient presque clos. On aurait pu penser qu'il ne respirait plus.

— Avoir tout eu, bien sûr, poursuivit Jean. Il paraît que la plupart des gens répondaient le contraire : Rien. Pour n'avoir pas la douleur de perdre.

— Les fous ! dit l'antiquaire.

Il plongea la main dans la poche intérieure de sa veste, côté cœur, tandis que de son autre main il écartait les bijoux sur le plateau. Dans l'espace ainsi libéré, il laissa rouler un diamant rouge.

— De cette taille, de cette teinte, nul n'en avait jamais vu. Prends-le !

Jean prit le diamant et le leva devant ses yeux.

— Tu l'as tenu, dit Léonidas. Et t'en voila riche à jamais. Oui, ce sont des fous...

Jean reposa le diamant. Son cœur battait : le moment était venu ! Il détacha la perle de sa cravate et la posa à côté de cette goutte de sang.

— T'intéresse-t-elle toujours ?

Léonidas ne cilla pas. Il se pencha vers la perle fine en forme de poire qu'il connaissait par cœur pour l'avoir bien des fois admirée. Plus belle encore peut-être que le diamant car destinée à mourir un jour, tuée par le contact de la peau et des parfums de ceux qui la portaient et l'aimaient. Il releva la tête.

— As-tu bien réfléchi ? N'a-t-elle pas pour toi une grande valeur sentimentale ?

— On peut vendre par sentiment.

Alors, sans hâte, pour laisser à Jean le loisir de les admirer encore, de s'en enrichir à jamais, Léonidas remettra dans leurs sacs les autres bijoux. Lorsqu'il ne restera plus que la perle sur le plateau, la discussion s'engagera. Le vieux sorcier jouera au commerçant intraitable, l'ancien chanteur à l'artiste adulé des foules. Ils seront un instant le sourire des dieux en leurs temples ruinés, une part d'éternité, le bienheureux hasard qui, d'une poussière enrobée de nacre, fait une perle sublime : miroir d'amours humaines.

CHAPITRE VI

Soudain Chloé étouffe : Robert Miller vient de quitter le salon où il s'était enfermé avec son congrès de psychiatres. Il leur adresse un signe, referme la porte, s'engage dans le hall.

Derrière le guichet, l'employé aux cheveux grisonnants auquel elle s'est adressée est aux prises avec un groupe de Japonais. C'est le moment! Chloé se lève, empoigne son panier et se dirige vers son père. Il s'arrête çà et là pour saluer des gens, serrer des mains : une grosse dame le retient plusieurs secondes. Chloé le rejoint comme il quitte le hall. A sa suite, elle longe un vaste couloir sur lequel donnent de petits salons, des bureaux ; le tapis étouffe le bruit des pas. Il pousse une porte : « Direction » et s'engage dans un autre couloir plus étroit. Le cœur de Chloé bat follement : papa, Robert, Bob... Qu'est-ce qu'elle attend? Enfin, il s'arrête, sort une clef de sa poche.

— Vous êtes bien monsieur Miller?

Il sursaute, la découvre, elle et son panier :

— Mais oui, mademoiselle. Il ouvrit : Savez-vous que vous êtes en zone interdite?

— Il fallait que je vous parle, dit-elle très vite. Je viens de la part d'une amie, à Toulon.

— Toulon? Il lève les yeux au plafond et cherche : Toulon... Toulon...

— En France, dit-elle, tout en bas, sur la Méditerranée...

Derrière la porte, un téléphone sonne.

— Excusez-moi, je dois répondre, entrez une minute.

Il ouvre et pénètre dans la pièce. Elle le suit. C'est un grand bureau qui donne sur une pelouse. Tout en parlant — en anglais —, Bob Miller tire les rideaux et ouvre la porte-fenêtre : des bouffées odorantes de gazon tondu, de fleurs, se répandent. Là-bas, près d'un buisson, un ballon a roulé. Il y a aussi une planche de surf et, dessus, un maillot de bain d'enfant qui sèche. Chloé explore la pièce de l'œil : mi-salon, mi-bureau. Habite-t-il ici ? Sur un meuble trône une photo dans un cadre de cuir — Miller parle toujours —, elle s'approche. C'est une grande femme en tailleur strict qui tient l'épaule d'un garçon d'une dizaine d'années, vêtu d'une culotte courte et d'un blazer : le propriétaire du ballon et de la planche ?

Robert Miller raccroche, se tourne vers Chloé :

— Je vous écoute. Alors, Toulon ?

— Est-ce votre femme ? demande Chloé en montrant la photo.

Les mots ont jailli, plus forts qu'elle. Ils ne sont pas venus de la jalousie : elle se doutait bien qu'il serait marié et père de famille, Bob ! Simplement, avant d'annoncer qui elle est, elle a besoin de connaître le terrain, de savoir où elle tombe. Il reste quelques secondes interloqué.

— Ma femme et mon fils... Dites-moi, je n'ai pas très bien compris... Vous venez de la part de qui déjà ?

— Une amie à vous. Une grande amie même... Vous aviez dix-sept ans. Il paraît que toute une soupière de bouillabaisse ne vous faisait pas peur et que vous mangiez les cartilages de la raie.

Et voici qu'il éclate de rire. Chloé l'imite : c'est de soulagement. Il se souvient : ce n'est pas trop tôt.

— Mais oui, s'exclame-t-il. Ça y est... Toulon... l'école d'hôtellerie. Nous y étions restés trois mois. Attendez... cela doit faire...

— Vingt ans, dit Chloé. Vingt ans, dix mois et des poussières.

Le téléphone sonne à nouveau :

— Pardon, dit-il.

Chloé lui sourit. Ça l'arrange plutôt, cette interruption : elle va lui permettre de reprendre souffle. Elle n'avait pas prévu que ce serait si difficile, qu'il lui faudrait tant de courage. Maintenant, elle n'a plus qu'à dire le nom de l'amie : Marie Hervé. Puisqu'elle est sa fille. Simplissime ! Il raccroche.

— On me réclame à la réception. Que puis-je faire pour vous ? Vous ne m'avez toujours pas dit le nom de cette amie.

— Marie Hervé !

De toute ses forces, de toute son attente, elle le regarde, mais rien n'apparaît sur son visage. « Marie Hervé... Marie Hervé... » répète-t-il en cherchant à nouveau l'inspiration au plafond. Apparemment, il se souvient mieux du contenu de l'assiette que de celle qui la remplissait ! « Mais tu as fait l'amour avec elle, mais tu m'as fait... » Les mots brûlent la gorge de Chloé. Il a un geste d'impuissance : décidément, ça ne lui dit rien : Marie Hervé.

— Est-ce que je peux m'asseoir ? demande Chloé. Ça tourne un peu.

L'air contrarié, il lui désigne un siège.

— Cette soupe de poissons, murmure-t-elle. Il vous arrivait de la manger ensemble...

— Mary... s'exclame-t-il. Mary... une petite ronde qui chantait tout le temps, c'est ça ?

— Si elle chantait tout le temps, alors il s'agit bien de ma mère, constate Chloé.

— Votre mère ? Il la regarde, étonné : Ne m'aviez-vous pas parlé d'une amie ?

— Une amie à vous, pas à moi. Si vous croyez que c'est facile de tout sortir d'un coup... surtout avec quelqu'un qui ne pige rien à rien !

Si elle ne tempête pas, elle craque. Elle n'en peut plus.

— Qu'est-ce qui n'est pas facile ? demande ce borné. Vous avez raison, je ne comprends rien à votre histoire. Sa voix est sèche. Il consulte sa montre : On m'attend. Si vous voulez bien ?

Il lui montre la porte, l'y précède. Chloé se lève. Sa tête bourdonne et ses jambes sont en coton.

— Ce qui n'est pas facile, c'est de te dire que tu es mon père !

Alors il se retourne, lentement, comme dans les films et, pour la première fois, il la regarde vraiment. Ses yeux passent sur ses cheveux — « auburn, Monsieur » — puis sur ses yeux où affluent les larmes, sur son corsage, sa jupe. Il regarde tout ça, la bouche ouverte, sans lui ouvrir les bras, sans crier « au fou » non plus, d'un air stupéfait et elle comprend que, tout simplement, il ne la croit pas.

Elle sort la photo de sa poche et la lui tend. C'était un beau jour d'août. Le clocher que l'on aperçoit au fond, comme auréole de lumière, c'est celui de l'église Saint-Jean et il paraît que les cloches sonnaient. Lui, le bras passé sur les épaules de Marie, sourit de toutes ses grandes dents. Elle, elle le regarde à la fois comme un homme et comme un enfant.

— La pièce à conviction ! dit Chloé.

CHAPITRE VII

— Chloé, c'est le plus beau jour de sa vie, remarque Estelle. Vingt ans qu'elle l'attendait !
— Si tu me racontais ça...
Quentin se redresse sur un coude pour la regarder. Elle se tasse contre le mur : justos, une couchette de bateau pour deux !
— Elle retrouve son père, un type très bien, Irlandais, directeur d'un grand hôtel, quatre étoiles...
— Un père « quatre étoiles », rien que ça ! s'exclame Quentin en riant. Mais, dis-moi, elle l'avait donc perdu ?
— Tout comme.
Elle voudrait bien pouvoir en raconter davantage mais pas question ! Chloé et elle sont deux « distinguettes » sans histoire, étudiantes en droit et auxquelles papa et maman ont offert cette croisière.
Elle revient dans l'épaule de son « prince au petit pois » c'est comme ça qu'elle l'appelle depuis qu'elle a vu sa peau, blanche et fine, à peine une peau de garçon. Un petit pois sous le matelas de la princesse du conte qu'elle lisait enfant et celle-ci était criblée de bleus. La peau de Didier, l'ami de Toulon d'Estelle, est mate, rude au toucher ! Elle sent toujours un peu l'essence à cause de son métier de garagiste. Bien le moment de penser à lui ! Estelle promène ses

lèvres sur le cou de Quentin : après l'amour, elle a toujours envie de faire la paix. « Faites l'amour, pas la guerre... » Ça ne veut rien dire puisque l'amour c'est aussi la guerre. On dit « conquérir, vaincre, prendre ». On parle même de « petite mort ».

— Et ton père à toi ? interroge-t-il. Dans les transports, m'as-tu dit ?
— C'est cela.
— Il y fait quoi exactement ?
— Des papiers dans un bureau, répond-elle très vite.

Pas question non plus de parler de son père : il lui fait honte. Deux fois ! Honte de lui et honte d'avoir honte. Mais la mère d'Estelle elle-même, quand elle est en colère, l'appelle « le spaghetti ». D'autant qu'il vient de Bologne... Et, sans doute pour se faire pardonner ce vilain sentiment, avec ses gains au loto, Estelle a commencé par lui payer un taxi neuf. Ce qui fait qu'avec la croisière il ne lui reste rien. Mais pas de regrets !

Elle regarde le dessin compliqué de la chevalière de Quentin.

— Raconte...

Il retire la bague, la lève devant ses yeux.

— Les armes de la famille : un château, une couronne et un cerf. Le château a été vendu, la couronne ne brille plus guère mais le cerf tient fièrement tête à la meute... Il rit : c'est du moins ce que proclame le paternel.

Elle prend la chevalière et la glisse à son doigt ; il y disparaît complètement.

— Il fait quoi, ton paternel à toi ?
— Comme le tien : des papiers dans un bureau.
— Et ta mère ?
— Femme à la maison.
— Maman aussi, dit Estelle.
— Elle ne s'ennuie jamais ?

Un rire qui pince monte en la jeune fille : « Pas le temps ! » Elle voit les piles de linge en attente dans la salle de séjour. Dès l'escalier ça sent la vapeur, la pattemouille et, en toute saison, le rhume fleurit : la mère d'Estelle repasse pour tout le quartier.

Elle rend sa chevalière à Quentin. Il se redresse pour mieux la voir, souffle sur les tortillons bruns qui lui tombent dans les yeux.

— Et vous, mademoiselle ? Racontez un peu. Raconte-moi toi.

— Moi, rien de spécial.

— Ecoutez-la, dit-il en riant. Rien de spécial... Et cette croisière en or massif alors que les copains sont en train de bûcher leurs examens. J'ai une sœur qui fait son droit, figure-toi. Je suis au courant.

Le cœur d'Estelle bat. Que veut-il savoir ? Qu'a-t-il deviné ? Un moment, elle a envie de tout déballer : « Mon père est chauffeur de taxi, je vends des chaussures, c'est grâce au loto qu'on est là. » Dire la vérité et à Dieu vat ! A nouveau, elle revoit le jeune couple d'Anglais, la veille au soir, sur le pont du bateau. Ils semblaient si bien ensemble sans se parler ! La jalousie la mord : pour être bien ensemble dans le silence il faut être allé au fond de l'autre, le connaître vraiment. Elle, jusque-là, n'a fait que mentir à Quentin. Parfois même, elle a l'impression que c'est une autre qui est là et ce n'est pas drôle de n'être pas soi !

— Alors j'attends...

— Mon père...

— Ah ! non... ça suffit de parler des parents. Toi, toi, toi.

Elle ? Elle ne peut pas. Elle a trop peur. Le château, la couronne, le cerf : il n'y a pas de place pour elle là-dedans. Si elle dit qui elle est, elle ne l'intéressera plus. Alors, pour qu'il cesse d'insister, pour changer de sujet en somme, elle rapproche son corps du sien et pose sa main sur lui.

On peut faire l'amour par peur de parler, pour remplir le silence par des caresses : l'amour-chut, l'amour-nuit. Et déjà Quentin réagit sous ses doigts. Qui elle est, il s'en fiche bien maintenant ! Terminées les questions. Elle a gagné. Gagné ? Sa main à lui vient la chercher. Ce qu'elle préfère, dans l'amour, ce sont les caresses. Il paraît que beaucoup de filles sont ainsi : le reste, ni chaud ni froid. Avant de s'endormir, ou le matin au réveil, il lui arrive de s'inventer des histoires. Par exemple, elle est couchée et un homme entre dans sa chambre et commence à la caresser. Elle ne doit surtout pas montrer qu'il l'a réveillée, elle doit rester immobile, les yeux fermés, en respirant régulièrement. Et cela dure très longtemps, et c'est très agréable. Lorsque monte et se répand la grande vague, elle a l'obligation de rester ainsi, sans rien manifester, comme endormie. Puis il s'en va. Elle ne sait vraiment pas pourquoi ce rêve lui procure tant de plaisir. Finalement, même toute seule, elle triche. Il faudra qu'elle en parle à Chloé !

Mais déjà la respiration de Quentin s'accélère. Et il vient sur elle, et il entre en elle. Déjà il prononce ces mots rudes qui ne s'adressent pas vraiment à vous mais à n'importe quelle fille, quel ventre. Déjà son regard s'éloigne, durcit, se tend vers la recherche de sa jouissance. Elle peut voir, sur la table, le collier de Baraka. Elle ne veut pas qu'il soit mort ! Elle veut que Chloé revienne ! Et Quentin a ce râle, il s'abat sur elle comme un poisson mort. Elle se retourne du côté du mur. Elle est seule. Déjà.

CHAPITRE VIII

Il somnolait le *Renaissance*, sur la mer dont, par endroits, le turquoise se mêlait de vert comme la pierre précieuse change parfois de couleur au contact du parfum des femmes.

Ils alourdissaient le ciel, les parfums de Rhodes en fleur, doux, sucrés ou épicés, traversés d'odeurs marines.

Il flambait, le soleil, à cette heure la plus chaude, chassant dans la fraîcheur artificielle des salons ou de leurs cabines les quelques passagers demeurés à bord. Il était 15 h 30. On ne servait plus à déjeuner.

Jean-René, dit J.-R., animateur responsable du pont Héra — piscine et jeux de plein air —, se sentait de fort méchante humeur ! Il avait organisé pour le lendemain un concours de fléchettes et voici que son jeu avait disparu : cible et accessoires. Oui, quelqu'un avait eu le culot de le détacher du mur et de l'emporter... Sur un bateau, comme partout, il y avait des voleurs, bien souvent des gens aisés à la recherche de gratuit et de frissons. Maintes fois on lui avait subtilisé ses ballons, ses raquettes de ping-pong et même un club de golf, mais nul ne s'était encore attaqué à son jeu de fléchettes, lourd et encombrant. Sans doute s'agissait-il d'une mauvaise plaisanterie. En attendant, si le jeu n'était pas retrouvé, il lui faudrait organiser un autre concours et il ne décolérait pas.

Dans la bibliothèque-discothèque, en principe fermée durant les escales mais dont ils avaient réussi à se procurer la clef, Arnaud de Kerguen et Martin Dorffmann se mesuraient aux dames. Comme toujours Arnaud gagnait.

C'était à l'hôpital, où il était resté six mois après son malheureux plongeon, qu'il avait pris goût à ce jeu. Camille prétendait qu'il y cherchait l'occasion de manifester son esprit de domination : enfant, il était chef de bande ; adulte, exerçant son métier de « chasseur de têtes », il aimait infléchir le cours d'une vie. Que pouvait-il faire aujourd'hui, cloué à son fauteuil, sinon essayer d'une façon ou d'une autre, par le jeu, la graphologie, de s'approcher des autres, garder le contact? L'infirme qui s'enferme et ne s'intéresse qu'à sa peine est foutu. Bien sûr, c'était peut-être aussi pour retrouver un peu de puissance qu'il avait fait du jeu de dames une sorte de jeu de la vérité par le gage infligé au perdant. Mais cela leur faisait tellement plaisir! A la fois les gens craignent et rêvent d'être devinés. Et ils avaient toujours la ressource de répondre à côté des questions indiscrètes qu'Arnaud leur posait. Sans savoir — et il en était de même pour ceux qui cherchaient à déguiser leur écriture —, qu'il en apprenait davantage sur eux par leurs efforts pour tricher que par une réponse franche.

— Je crains de n'avoir plus longtemps à vivre! soupira Martin en bougeant sa dame.

— A moins d'un miracle en effet...

L'Allemand était bel et bien condamné: il lui restait une dame et trois pions contre, chez Arnaud, trois dames et un pion.

— Feras-tu un tour à Rhodes tout à l'heure ? interrogea Arnaud.

Martin tira une longue bouffée de son cigare :

— Quand monsieur l'Attaché d'ambassade — je veux dire mon père —, était en poste à Constantinople, nous y sommes venus plusieurs fois ainsi que sur d'autres îles. Il dressait la liste des choses à voir et les barrait d'une grande croix au fur et à mesure des visites. Ce sont ces croix que je vois quand je fais du tourisme : on dirait celles d'un cimetière !

— Et voilà comment on devient avocat... soupira Arnaud

Martin ouvrit de grands yeux.

— Messieurs les jurés... plaida l'infirme, quel enfant ne rêve, un jour ou l'autre, de tirer une croix sur son père ? Regardez-nous : sommes-nous coupables ?

Martin éclata de rire :

— Veux-tu dire que derrière l'avocat se cache un criminel en puissance ?

— Evidemment, dit Arnaud de l'air le plus sérieux du monde. Tout comme derrière le chirurgien se dissimule un assassin : de l'espèce appelée « boucher ».

Il se pencha sur le damier et joua.

— J'irai à terre si tu viens avec moi, dit Martin. Que dirais-tu de déguster un ouzo sur le port en fin d'après-midi ?

— ...que Camille ne me le pardonnerait pas. J'ai refusé de descendre avec elle.

— Alors tant pis pour moi !

A son tour, Martin se concentra. Arnaud se laissa aller en arrière. Il était resté trop longtemps assis : il souffrait. Le Kinési ne pourrait le prendre que tard ce soir. Son regard se figea : la poignée de la porte tournait presque imperceptiblement. Voici qu'à présent, très lentement, quelqu'un la poussait. Arnaud chaussa ses lunettes noires afin de cacher la direction de son regard et pencha son visage sur le damier sans quitter l'issue des yeux.

Le visage d'une fillette apparut, fin, à demi caché sous des cheveux blonds et, tout de suite, il devina qu'il s'agissait de l'enfant dont s'était entichée Camille : la mystérieuse petite anorexique. Et il sut qu'elle venait pour Martin. Celui-ci ne pouvait la voir : il lui tournait le dos.

— J'ai joué, dit Martin en se redressant. A toi. Il remarqua les lunettes d'Arnaud : Tu as mal aux yeux ?

Arnaud posa un doigt sur ses lèvres :

— Une gamine... murmura-t-il, une drôle de gamine avec une frange, est-ce que ça te dit quelque chose ?

En un réflexe, Martin se tourna vers la porte. La petite fille le fixa quelques secondes puis disparut. Il se leva si brusquement qu'un pion roula à terre. Arnaud retira ses lunettes.

— Victoire par abandon ?

— Si tu veux, dit Martin d'une voix altérée. Ta question ?

— Pas comme ça, dit Arnaud. Permets que je la garde en réserve. Il n'est pas mauvais d'en avoir deux devant soi.

Comme désarçonné, l'Allemand hésita, se balançant d'un pied sur l'autre.

— Merci, dit-il à voix basse et il quitta la pièce.

« Merci »... Arnaud regarda le pion qui avait roulé près d'un canapé. Pourquoi merci ? Pour l'avoir épargné ? N'avoir pas demandé : « C'est elle ? » Mais il le savait bien que c'était elle : elle qui depuis quatre jours mettait de la lumière dans les yeux de ce gros garçon. Camille lui en avait parlé ; elle s'en inquiétait. Mais Camille exagérait toujours tout ! Martin avait trouvé quelqu'un à protéger. L'obèse et l'anorexique : un mariage parfait !

Il actionna sa chaise vers le pion : un noir. Il détacha une béquille et essaya de le rapprocher. En vain. Il n'y arriverait jamais comme ça. Il serra les lèvres : se lever, se laisser glisser sur le canapé, attraper ce pion de malheur. Le plus dur serait de remonter sur sa chaise. Mais il faut, je veux, je dois. Je peux !

CHAPITRE IX

Laure pleure et, de ses doigts fins, s'agrippe à la veste de Martin. Il est bouleversé par l'angoisse qu'il lit sur son visage. Il voudrait la protéger de toute attaque, de toute douleur, l'emmener, loin. Que lui a-t-on encore fait?

— Baraka... répète-t-elle. Baraka...

Elle a donc appris la mort du cochon d'Inde! Ils avaient décidé, Camille et lui, de n'en rien lui dire. Ce ne peut être que Théodores, le cabinier: cet imbécile!

— Oui, dit-il, je sais. Mais Baraka était très vieux, complètement au bout du rouleau, Estelle le disait elle-même. Il n'en avait plus pour longtemps.

Le nom d'Estelle ravive les sanglots de la petite fille.

— C'est ma faute, murmure-t-elle.

— Ta faute? Mais quelle idée! s'exclame Martin. Tu ne sais donc pas? Son cœur s'est arrêté, c'est tout. Personne n'y pouvait rien.

Il l'écarte de lui, l'oblige à le regarder:

— Foi d'avocat, c'est la vérité, toute la vérité, rien que la vérité, je le jure.

Il lui a parlé de son métier et ils ont déjà joué à « l'avocat ». Elle aime ça. Un moment, elle le fixe de ses yeux sombres. Sa peau est transparente, un peu bleutée. De tout son regard, elle s'accroche à lui puis, à nouveau, vient dans son épaule et il lui semble que ses sanglots se calment, et il n'ose plus bouger, à peine s'il respire! Et le temps passe ainsi, lumineux, fabuleux : elle a eu peur et elle est venue le chercher, lui, pas un autre. Il semble à Martin qu'il saisit la main de sa propre enfance : qu'il se tire vers la vie.

Lorsque, à la porte du bar, apparaît François Le Moyne, il n'éprouve d'abord que l'irritation d'être dérangé. Puis le regard du commissaire de bord, stupéfait, soupçonneux, l'alerte. Il se découvre par ses yeux : il est sur le canapé d'un bar désert, serrant une gamine dans ses bras. Le sang afflue à ses joues : Le Moyne ne va quand même pas imaginer...

— Laure, dit le commissaire d'une voix forte.

Elle a un sursaut. Elle se détache de Martin et, comme une enfant punie, tête basse, épaules rentrées, à nouveau secouée par les sanglots, elle part sans se retourner. Après un dernier regard incrédule vers Martin, Le Moyne disparaît à son tour. Un sentiment de colère et d'impuissance emplit l'Allemand. Qui est cet homme pour Laure ? Est-ce cet « Il » dont elle parle avec tant de crainte ? Martin ne l'a jamais aimé : il lui trouve quelque chose de faux. Pourquoi n'est-il pas intervenu ? Il a laissé ce sentiment de honte, de culpabilité, le paralyser. Coupable encore, toujours...

Il se lève. Sa tête bourdonne et monte le flot dangereux. Que disait le médecin ? Que ses crises étaient des punitions qu'il s'infligeait à lui-même. Chirurgiens-bouchers... avocats-assassins... Arnaud aurait-il raison ? Il disait aussi, le médecin, qu'il fallait expulser le poison, ouvrir les vannes, gueuler si nécessaire.

« Non, messieurs les jurés, messieurs les passagers, monsieur le commissaire de bord chargé des jeux et des fêtes, nous ne sommes pas coupables. Une enfant, une enfant au bord du désespoir. Une main qui se tend. Nous accusons de noirceur d'âme, de bassesse, ceux qui prétendraient le contraire, nous... »

Des applaudissements retentissent à la porte de la bibliothèque : Arnaud ! Martin s'interrompt. Aurait-il parlé à voix haute ? Ses tempes battent et il a terriblement soif : une bouche en carton comme autrefois lorsqu'il lui arrivait encore de faire l'amour. Mais la menace s'éloigne, son corps retrouve son poids et il éclate de rire.

— Figure-toi que Le Moyne a cru que je séduisais cette gamine !

Arnaud reste grave. Il dirige sa chaise vers lui. Il vient tout près.

— Finalement, cet ouzo, j'irai volontiers le boire avec toi, dit-il.

CHAPITRE X

On peut dire qu'il fait bien les choses, M. Miller : le cadre du restaurant est royal, imprenable la vue sur la mer et il y a plus de serveurs que de clients.

Il a insisté pour que Chloé choisisse de la langouste : « Mais si, mais si, vous me ferez plaisir. » Elle n'a pas eu le cœur de lui apprendre que, sur le *Renaissance*, elle en avait tant qu'elle voulait et qu'elle aurait préféré manger de la moussaka ou de l'agneau grillé comme à Ménélaos. D'ailleurs, le *Renaissance*, elle n'a pas encore eu l'occasion d'en parler : tout a été trop vite ! A peine avait-elle montré la photo qu'il l'embarquait dans sa voiture, une haute jeep avec un klaxon comme une voix éraillée, et l'emmenait ici, à une bonne demi-heure de l'*Halia*. Oubliés, les psychiatres et les rendez-vous importants ! Tout juste s'il a pris le temps de passer un coup de fil pour déclarer qu'un imprévu l'obligeait à s'absenter un moment : l'imprévu, c'est elle !

Pour la dixième fois au moins, il passe le doigt entre son col de chemise et son cou comme s'il manquait d'air.

— Je ne comprends toujours pas pourquoi votre mère ne m'a rien dit.

— Tu étais mineur, il y avait ta famille, l'Irlande, tout ça. Elle a pensé que ça ne pourrait pas coller, vous deux. Pourtant, je te promets, t'avais le ticket !

— Mais elle aurait pu au moins m'écrire !
— T'écrire ?

Elle sourit à ce visage soucieux, aux sourcils comme deux crevettes à longues antennes, aux yeux verts prolongés de fines rides en éventail, qui l'émeuvent, et font « père ». Pour consulter le menu, il a dû sortir ses lunettes... itou pour Marie Hervé qui ne peut plus lire de près. Père et mère binoclards, la voilà bien partie, Chloé ! Mais pourquoi s'entête-t-il à la vouvoyer maintenant qu'il sait à qui il s'adresse ? Elle, elle ne pourrait pas : il est vrai qu'elle le tutoie depuis si longtemps.

— Il paraît que tu avais promis de revenir : tu disais que Dublin-Toulon, contrairement aux apparences, c'était pas la mer à boire... Alors elle a pensé que ça vaudrait mieux de t'annoncer la nouvelle de vive voix ! Et comme elle t'a pas revu...

Il hoche la tête et revient à sa langouste ; elle fait de même. Ici, on vous sert ces bestioles avec une sauce à l'ail et au citron qui complique encore le travail. Heureusement qu'elle a eu l'occasion de s'exercer sur le *Renaissance* ! Mais, plus que la technique, c'est l'appétit qui manque.

— Et comment m'avez-vous trouvé ?
— J'ai appelé Dublin. Les Miller — ceux de la bière —, ils sont connus là-bas !
— Et on vous a dit où j'étais ?
— La preuve !

A nouveau, le doigt entre le col et le cou. Elle préférerait qu'ils parlent d'autre chose : de la vie, l'amour, ces moments où, au *Café des Amis*, elle s'imaginait qu'il venait s'asseoir sur la terrasse et que, sans rien dire, elle lui servait un café irlandais.

— Votre mère sait-elle que vous êtes là ?
— Appelle-la donc Marie... Bien sûr que non, elle ne sait pas ! Si elle savait, je serais bonne pour le cabanon.

— Mais alors, comment êtes-vous venue ?
— Athènes... le bateau... Je m'étais fixée de te retrouver avant mes vingt ans. Ric-rac : c'est aujourd'hui !

Aujourd'hui... Un frisson traverse Miller. C'est bien ce qu'il craignait : elle est venue pour lui ! Quelle histoire, mon Dieu, quelle histoire ! Il ne sait plus où il en est. La petite serveuse de Toulon, il s'en souvient très bien maintenant : ronde et rose, si gaie ! Plus âgée que lui, un peu mère aussi. Il regarde Chloé qui peine sur son crustacé : elle ne doit pas avoir souvent l'occasion d'en manger ! Ce genre de fille, il les connaît par cœur : elles fleurissent sur l'île à longueur d'année, généralement sans le sou, dormant sur les plages, couchant avec n'importe qui, paraît-il. A-t-il eu raison de l'emmener ici ? Il ne s'est même pas posé la question : il n'a eu qu'une idée, l'éloigner de l'hôtel avant qu'elle n'y rencontre Dorothée, sa femme. Et si toute cette histoire était un coup monté entre la mère et la fille ?
— Quels sont vos projets ?

Elle lâche ses couverts et lui sourit. Lorsqu'elle le regarde ainsi, il se dit qu'elle ne peut pas lui jouer la comédie.
— Ça dépend de toi... J'avais pensé... qu'on pourrait le fêter ensemble, cet anniversaire. Et puis, Richard, j'aimerais bien le connaître. Depuis le temps que j'en rêve, d'un frère ! Même une moitié, je ne dirais pas non.
— C'est impossible, il est à l'école, bredouille-t-il.

A nouveau la panique le gagne : voici qu'elle veut connaître son fils ! Et quoi encore ? Qu'il la présente à Dorothée ? Il n'a jamais raconté à celle-ci ni Marie ni les autres. Dans la famille protestante bon teint de sa femme, on ne transige pas avec la morale.

Le maître d'hôtel s'approche et regarde, désolé, leurs assiettes encore pleines.

— Cela ne vous plaît pas?
— Mais si, mais si, nous bavardions...

« Bavarder... il appelle cela bavarder, cet interrogatoire! » Chloé regarde s'éloigner l'employé puis son regard revient sur Bob Miller. La vérité, c'est qu'il crève de trouille, Monsieur son père. Il a peur qu'elle soit venue fiche la pagaille dans sa belle et bonne grande vie. Et elle, elle n'en peut plus de faire des efforts: pour sourire, parler, cacher sa détresse. Tous ces rêves pour finir devant une langouste sauce escargot en face d'un type qui cadenasse son cœur. « N'y pense plus! A quoi bon? » Sa mère avait raison. Mais Chloé n'attendait pas de lui le Pérou: juste qu'il la regarde un moment, l'accepte et puis voilà. Elle serait repartie sur la pointe des pieds.

Elle repousse son assiette, se penche vers lui.
— Mais qu'est-ce que tu crois, que je suis venue t'enlever?
— Pas du tout... mais non... vous dites n'importe quoi. Soudain, il se lève, pose sa serviette en boule sur la table: Un coup de fil à donner à l'hôtel, excusez-moi quelques minutes.

Il est parti. Elle se tourne vers la baie: la mer a encore changé de couleur, les vagues égrènent des planches à voile, on aperçoit des familles qui pique-niquent sur le sable. « Donnez-moi un simple pêcheur, un employé, un ouvrier avec lequel on partagera une boîte de sardines! Quelle idée elle a eu, Marie, de se faire un futur directeur d'hôtel! » Les yeux de Chloé brûlent: « Allons, pas de mélo! »

— Mademoiselle?

C'est tout propre devant elle: plus de langouste ni de mie de pain, une belle assiette à fleurs. Le garçon lui présente le chariot de pâtisseries.

— Baklava? Fillo? Kataifi? On a aussi des glaces. Monsieur a dit que vous preniez tout ce qui vous ferait plaisir.

Chloé se tourne vers lui : il doit avoir son âge. Il s'applique. Elle lui dirait bien qu'à Toulon elle fait le même métier que lui, sauf qu'elle sert plutôt du salé : sandwiches, croque-monsieur, hot dogs.

— Monsieur peut aller se faire f..., dit elle.

Dans une cabine, près du bar, Robert Miller est au téléphone. Il a eu Dublin tout de suite et il éprouve pour le noir petit appareil qu'il serre dans sa main une reconnaissance sans bornes.

— Je vous passe M^e O'Flannagan, dit la secrétaire. Une minute s'il vous plaît.

Comment n'a-t-il pas pensé plus tôt à Timmy ? C'est un ami sûr : il peut tout lui raconter.

— Allô, Bob, c'est toi ? Ne me parle pas du temps qu'il fait sur ton île, sur la nôtre, tu devines...

— Timmy, j'ai un pépin !

En quelques mots, il résume la situation : Chloé et sa photo, Toulon. Là-bas éclate le rire de son ami et rien ne peut lui faire davantage de bien : ce rire le rafraîchit comme la pluie fine, serrée, qui doit verdir encore davantage le gazon irlandais.

— Bravo ! Voilà ce que c'est que de commencer au berceau...

— Au berceau, tu exagères. J'avais dix-sept ans. Et maintenant, qu'est-ce que je fais ?

— Un moment, dit l'avocat d'une voix calme. Cette Marie Hervé, quel genre de fille c'était, tu te rappelles ?

— Bonne vivante, sans complication...

— Tu n'étais pas le premier ?

— Certainement pas.

— Et sans doute pas le seul en piste, j'imagine !

C'est une affirmation : il ne *doit* pas avoir été le seul en piste. Robert Miller se retourne. Il peut apercevoir Chloé au fond de la salle. Le serveur est près d'elle. D'autres personnes sont en train de s'installer.

61

— Je ne sais pas, dit-il. Peut-être pas.

— Ecoute, dit l'avocat, laisse-moi une ou deux heures pour réfléchir. Je peux te rappeler à ton hôtel ? En attendant, ne rentre surtout pas dans son jeu : ni embrassades ni effusions. Il faut tout envisager, même le coup monté. Elle ne t'a rien demandé ?

— Elle a envie de voir Richard.

— Surtout pas, s'exclame O'Flannagan. Tiens-la éloignée de chez toi. Fixe-lui un rendez-vous plus tard. On aura avisé. A première vue, je ne vois pas ce qu'elle peut faire, sinon fiche la m... avec ta femme.

— C'est ce que je crains, dit Miller. Tu connais Dorothée.

— Cette photo, demande O'Flannagan, penses-tu pouvoir la récupérer ?

— J'essaierai. Je suis vraiment emmerdé, tu sais. Heureusement que tu es là !

A l'autre bout du fil, il y a quelques secondes de silence :

— Entre nous, reprend Timmy O'Flannagan, juste entre toi et moi, son histoire, ça se pourrait ?

A nouveau, Miller regarde Chloé, là-bas. Vingt ans aujourd'hui ! « Si on les fêtait ensemble ? » a-t-elle proposé et elle a eu son sourire désarmant.

— Ça se pourrait, murmure-t-il.

Et il se sent dégueulasse.

CHAPITRE XI

— Elle était là, raconta Jean, sur l'un des canapés du hall, toute tendue, l'air... comment dire ? L'air « affamé », c'est ça ! Quand je suis revenu, elle avait disparu.

Alexandra haussa les épaules :

— Que voulez-vous qu'il lui soit arrivé ? Cessez donc de vous faire du souci : ce genre de fille retombe toujours sur ses pattes !

Jean se mit à rire. Il pointa le doigt vers Alexandra :

— Et ce genre de femme ?

Alexandra regarda la glycine qui habillait de mauve le mur du restaurant où ils achevaient de déjeuner dans le quartier des Chevaliers. Pourquoi cette fleur lui paraissait-elle avoir les couleurs de l'amour ? C'était aussi celles du deuil. Elle avait tant espéré passer cette escale avec Steven !

— Ce genre de femme en a parfois plein les pattes...

Le garçon posa devant eux les *granita*.

— Le repas vous a plu ?

— C'était délicieux, dit Alexandra.

Selon la coutume, ils étaient allés élaborer leur menu à la cuisine, n'hésitant pas à goûter au contenu des marmites. Jean avait demandé qu'on les servît dehors et, par exception, on avait dressé pour eux une table dans le jardin. Il semblait connu ici.

A l'intérieur du restaurant un homme se mit à jouer du bouzouki. Des personnes applaudirent.

— Je vous demanderai un service tout à l'heure, dit Jean. Me guider dans le choix d'une robe pour Estelle. Le modèle, je devrais m'en tirer, mais pour la taille, je n'ai aucune chance!

Alexandra réprima un mouvement d'humeur:

— Que trouvez-vous donc à cette fille? Elle ne mérite pas qu'on s'intéresse ainsi à elle.

— Autrefois, raconta Jean avec un sourire, et bien avant que je ne le mérite, une femme s'est intéressée à moi... Si Estelle a perdu hier ce concours de chant — dont le prix était une robe —, c'est par ma faute*.

— Elle a tout simplement été nulle! trancha Alexandra. La chanson que vous lui aviez choisie était magnifique: « C'est le printemps »...

— Mais c'était mon printemps à moi, murmura Jean. Pas le sien!

Alexandra se tourna vers la salle d'où montait à présent un chant nasillard et plaintif.

— Pourquoi la musique grecque est-elle toujours si triste? interrogea-t-elle.

— C'est celle du regret, expliqua Jean. Souvent celle de la liberté perdue.

Machinalement, sa main vint vers sa cravate, à l'endroit où, ce matin encore, se trouvait l'épingle. Alexandra suivit son geste.

— Je ne vous avais encore jamais vu sans votre perle... cette perle si parfaite.

Jean eut un rire:

— Justement, se promener de nos jours avec la perfection, n'est-ce pas de l'inconscience... ou de

* *Croisière 1.*

l'héroïsme? Et si on me l'avait dérobée, c'est moi qui aurais été accusé... de provocation!

— Si on vous « l'avait » dérobée? répéta Alexandra.

Elle hésita : l'amitié était parfois de savoir taire ce que l'on savait ; en d'autres cas, il fallait au contraire avoir le courage de parler pour sortir l'autre de sa solitude. Au risque de l'irriter.

— Ce matin, reprit-elle légèrement, j'ai eu l'occasion de feuilleter les journaux de la semaine.

— Voilà qui devrait être interdit en croisière.

— Je me suis intéressée à la page des spectacles, poursuivit-elle. J'y ai beaucoup d'amis. On y parlait d'un chanteur de talent plus ou moins recherché par le fisc.

Quelques secondes, Jean se figea, puis il sourit :

— Avec ces gens-là, c'est en général plutôt « plus » que « moins »... et ce n'est pas le talent qu'ils recherchent!

— On y disait aussi, continua Alexandra sans le quitter des yeux, que ce chanteur avait dû mettre tous ses biens en vente, y compris le bateau qu'il aimait : *La Révérence*...

— Il est tellement plus simple de voyager sur le bateau des autres!

— ...et qu'il ne lui restait plus rien, conclut-elle.

Jean redressa la tête :

— Et les souvenirs? protesta-t-il avec force. Et la beauté? Croyez-vous qu'on ait besoin de la posséder pour en être riche? Son regard se fit lointain : Ce matin, j'ai vu un diamant rouge...

La lumière qui éclairait son visage, comme le reflet du diamant, frappa Alexandra. Jean se pencha sur elle :

— S'il vous plaît, ne parlons plus de cela. Vous savez bien que les journalistes racontent n'importe quoi.

— Je le sais, dit-elle. La preuve ? Ils disaient dans ce même article que nul ne savait où se trouvait ce chanteur...

Ils se sourirent. Le garçon enlevait leurs assiettes, posait devant eux des verres d'eau fraîche et des tasses pour le café. Jean lui prit des mains la cafetière à long manche.

— Merci. Je le servirai moi-même.

Lorsque le breuvage eut assez reposé, il le versa dans les tasses. De l'autre côté du mur, dans la rue pavée, on entendait les pas d'un troupeau de touristes. Ce matin, au musée où Alexandra avait espéré retrouver Steven, elle s'était longuement arrêtée devant une statue d'Aphrodite, ramenée, disait le guide, dans les filets d'un pêcheur. Les bras de la déesse étaient brisés et elle détournait la tête, comme honteuse de ne pouvoir voiler son corps offert par la tunique baissée jusqu'au bas de son ventre. Cette femme avait ému Alexandra : l'amour vous livrait ainsi ! Soudain, on se retrouvait sans défense. L'amour... Mais pouvait-elle donner ce nom à la souffrance qu'elle éprouvait à voir Steven lui échapper, au besoin que son corps avait du sien depuis l'autre jour ?

À courtes gorgées, elle laissa rouler sur son palais la poudre parfumée du café, ayant un peu l'impression de goûter à la terre de Grèce. Jean avait déjà terminé le sien ; il en renversa le marc dans son assiette afin que s'y forment les dessins de l'avenir. Elle se pencha.

— Je vois une femme...

— Elle est bien là, approuva-t-il. La perle, c'est elle qui me l'avait offerte. Et elle aurait préféré la rendre à la mer plutôt que de la laisser au fisc.

Il sourit à Alexandra et elle sut qu'elle avait eu raison de parler : au cours de ce voyage qui, peut-être, était le dernier du chanteur, il ne serait plus seul avec son secret.

Il prit sa tasse à elle et la retourna sur la soucoupe mais, vite, elle recouvrit celle-ci de sa main :

— Ne me dites rien. Je risquerais de vous croire.

Leurs regards se rencontrèrent : tant de courage et de dignité dans celui de Jean ! Elle pensa qu'elle aurait pu l'aimer.

Plus tard, un taxi les arrêta dans une vallée étroite boisée de pins et d'arbrisseaux recouverts de fleurs brunes qui palpitaient au vent. La chaleur était tombée, la lumière semblait sourdre de l'intérieur des choses. Alors qu'ils marchaient vers le bois dont on sentait de loin l'odeur vanillée, ils croisèrent une vieille femme en noir aux hautes bottes de cuir rouge.

— Ce n'est pas par coquetterie, expliqua Jean, mais tout simplement pour se protéger des morsures de serpents.

Alexandra s'arrêta pour suivre la paysanne des yeux.

— Pourquoi ai-je donc laissé mes appareils photographiques chez moi ? Je suis en manque. Et désarmée...

— Est-il vrai que les Japonais ont inventé un appareil qui parle ? demanda Jean. Il dit : « Attention... pas assez de lumière. Ou bien, objectif mal cadré... » On ne peut plus rater sa photo !

— L'appareil le plus perfectionné du monde ne saura jamais choisir ce qu'on va mettre dans la boîte, ni le moment où l'on va l'y mettre, dit Alexandra en haussant les épaules. Ce qui compte, c'est de savoir attendre l'instant où l'émotion passe et de l'arrêter.

Le femme aux bottes rouges avait disparu. Jean glissa son bras sous celui d'Alexandra et ils reprirent leur promenade. Le photographe, comme le peintre, l'artiste, n'avait qu'un but : emprisonner l'émotion, la beauté. Pour défier la mort ?

— Avec les êtres aussi il y a un instant à saisir, murmura Alexandra. Je n'ai pas su attendre assez...

Sur ses lèvres, il lut un prénom : « Steven » et il se souvint de son visage lumineux au retour de l'escale en Crète : il avait pensé : « Cela a été », et son cœur s'était serré.

Ils se trouvaient maintenant à quelques mètres des buissons dont l'odeur de vanille — celle du benjoin —, était plus forte que jamais. Ils s'étendaient à perte de vue, parsemés de leurs fleurs charnues. Jean fit signe à Alexandra de s'arrêter.

— Vous parliez d'instant, dit-il. Applaudissez s'il vous plaît, et des deux mains, à celui-ci...

Alexandra se mit à rire et frappa dans ses mains. Alors, toutes ensemble s'envolèrent les fleurs dont les pétales déployés livrèrent leurs couleurs secrètes : rouges, noires et blanches. Un nuage de papillons voila un instant le ciel. En un geste instinctif, de peur ou d'émotion, Alexandra posa les mains devant ses yeux. Jean fit mine de la photographier.

— C'est ce geste-là que j'aurais choisi d'enfermer dans ma boîte, dit-il.

Et comme elle écartait ses doigts, devant ce visage vulnérable de petite Polonaise, de femme « libérée », il pensa qu'il aurait pu l'aimer.

CHAPITRE XII

Il n'a même pas été foutu de faire sa commission lui-même, ce lâche : il lui a envoyé le maître d'hôtel ! « Le monsieur était appelé d'urgence, il viendrait la reprendre ici dans deux heures. En attendant, elle devait se distraire, aller sur la plage, louer un parasol, un matelas, une planche à voile... » Avant de s'éloigner, l'employé a posé discrètement sur la table une feuille de papier pliée en deux et Chloé a cru que c'était un mot, au moins elle connaîtrait l'écriture de son père ! Mais la feuille ne contenait qu'un billet de banque.

Elle a repris son panier au vestiaire et quitté le restaurant qui s'appelait *Le Paradis,* allez inventer ça ! Un moment, elle a regardé la mer sur laquelle dansaient les voiles, la plage où des familles étaient rassemblées sous des parasols ; des enfants jouaient autour d'un bateau renversé, partout on entendait des rires, des appels. Ça faisait mal.

Elle s'est engouffrée dans un taxi au volant duquel un homme somnolait : « Hôtel *Halia.* » Il n'était que 3 heures : elle avait le temps. Le chauffeur n'arrêtait pas de parler, elle ne comprenait rien à ce qu'il racontait. Lorsqu'elle a reconnu les murs du parc, elle lui a tapé sur l'épaule : son voyage se terminait là, pas question, cette fois, d'entrer par la voie royale.

Le paysage grésillait sous le soleil et la chaleur collait sa jupe à ses cuisses. Trois gamins, de l'espèce des crânes rasés, des mouches à touristes, faisaient le guet. Ils se sont précipités vers elle : « Miss... Miss... » Elle leur a donné tout ce qui restait du billet : ça lui brûlait les doigts.

Comme une voleuse, elle s'est glissée dans le royaume de son père, traçant son chemin parmi les buissons, les cactus géants, les massifs de fleurs inconnues, attentive aux odeurs et aux bruits secrets. Lorsqu'elle était petite, elle aimait marcher ainsi en des endroits où nul n'allait et que son pied, lui semblait-il, réveillait. Il lui arrivait aussi d'entourer les arbres de ses bras, oui, de prendre un arbre dans ses bras pour être la première à faire ça. « Chloé est incroyable », disait sa mère avec une sorte de fierté. Et c'est ainsi, à force d'être incroyable, que l'on se prend au jeu et se réveille un jour dans le parc d'un hôtel étranger avec, au bout du bras, un panier lourd comme si on y transportait le cadavre d'un père.

Des voix ! Chloé se rabat sur le côté. Un petit groupe d'hommes, vêtus en citadins, passe non loin d'elle, discutant avec animation. Il lui semble reconnaître certains des « psy » : « Docteurs, docteurs, vous dont le boulot est de retirer les bandeaux qu'on se met sur les yeux, êtes-vous sûrs d'avoir raison ? Les bandeaux, ce n'est pas si mal finalement : dessous, on peut imaginer le monde à son idée, rêver au jour où on les enlèvera... »

Ils s'éloignent et elle reprend sa marche : voici la piscine, déserte. La bonne heure, pour le bain, c'est la fin de journée, quand tout se calme et qu'on a l'impression, écartant l'eau des bras, la mer, de se frayer un chemin vers l'oubli. Et voilà, vu de dos, l'hôtel *Halia*. Une partie de la façade est cachée par une haie ; si elle ne s'est pas trompée, derrière celle-ci il doit y avoir une pelouse et sur la pelouse un ballon, une planche et un maillot d'enfant.

Le cœur de Chloé bat comme elle s'approche du portail taillé dans la haie. C'est bien là ! On a refermé la porte-fenêtre du bureau de monsieur le Directeur, les rideaux en ont été tirés. Chloé pousse le portail et se glisse dans le jardin privé. Il est 4 heures. A quelle heure les gamins sortent-ils de l'école dans cette île qui ressemble à celle des « quatre jeudis » ?

— *Who are you?* demande-t-il.

Il n'est pas roux mais châtain, tout frisé. Juché sur son vélo, il la regarde d'un air intrigué. Puis son regard file vers la cible qu'elle a fixée au plus gros arbre de l'endroit et revient aux fléchettes qu'elle tient dans sa main.

— Je suis Chloé, répond-elle. Toi, c'est Richard ?

Il incline la tête. Elle montre la cible :

— *We play?*

Il n'hésite pas.

— O.K. !

Il laisse tomber vélo et sac à dos, prend les fléchettes qu'elle lui tend et, bien campé sur ses baskets, vise en fermant un œil. Camille applaudirait : le jeu, l'apprivoisement par le jeu !

La première flèche disparaît dans la nature. Chloé rit, Richard aussi, c'est bien, il a de l'humour, le petit ! Et la partie s'engage, voilà, c'est aussi simple que ça : *Miss* Chloé Hervé-Miller est en train de jouer aux fléchettes avec son demi-frère, ne les dérangez pas ! Elle en profite pour bavarder un peu. Elle lui dit par exemple qu'un frère, elle en a toujours rêvé. Elle lui demande s'il fait du surf avec son père et comment il est, Bobby, quand il n'a pas peur qu'on lui pique sa tranquillité. C'est pratique, finalement, qu'il ne comprenne pas le français et, lorsqu'il parle à son tour, elle ne fait aucun effort pour traduire.

Peut-être lui dit-il qu'une sœur, ça ne lui aurait pas déplu non plus. Qu'il se sent parfois seul et aimerait bien qu'elle reste un peu. Serait-ce possible? Elle répond : « Non merci, elle ne pourra pas, c'est dommage, elle sent qu'elle se serait plu ici, mais voilà, elle a l'impression de déranger. » Ils ont terminé la partie. En avant pour une autre puisque Monsieur la réclame.

Mine de rien, tout en jouant, elle cherche la marque de fabrique, la petite ressemblance, la preuve supplémentaire. Les cheveux? Décidément non, ce ne sont pas les siens, ni ceux de son père d'ailleurs. La couleur des yeux tire sur le jaune. Pour le nez et la bouche, on ne peut pas dire : c'est l'âge têtard où tout est en souffrance. En souffrance...

Soudain, son cœur bondit : elle l'a, le point commun ! Les oreilles : larges, décollées, style feuilles de choux. Marie s'en désespérait lorsqu'elle était gamine : jamais on n'avait vu de spécimens pareils dans la famille et pendant deux ans elle a eu droit au sparadrap sous ses bouclettes. Comment n'a-t-elle pas pensé à regarder celles de son père?

Absorbée par sa découverte, elle n'entend pas s'ouvrir l'une des portes qui donnent sur le jardin et ne voit la femme que lorsqu'elle débouche sous son nez : jeune, plutôt grande, mince et très « distinguette ». L'air étonné, celle-ci interroge son fils. Que répond-il : « Je l'ai trouvée là, elle est sympa, si on la gardait? » Puis elle tourne vers Chloé un visage sévère : la question qu'elle pose est facile à deviner :

— Qui êtes-vous?

— Personne, répond très vite Chloé dont la bouche est devenue toute sèche.

— *French?*

Elle acquiesce. Et même Toulonnaise pour vous servir. La femme lui fait signe d'attendre puis rentre dans la maison. Richard aimerait bien finir la partie.

— Je crois qu'on n'aura pas le temps, tu vois, lui dit-elle. Mais *thank you!*
— *You're welcome,* dit-il.
Welcome, ça veut dire bienvenue, quel beau mot ! Elle n'a pas le temps de le savourer : à la porte-fenêtre, revoilà Madame. Monsieur est avec elle !
Il est vert. Mais il garde son calme et parvient même à sourire en s'adressant à elle d'une voix très gentleman.
— Savez-vous que vous êtes ici dans un jardin privé, mademoiselle ?
— Je m'en doutais un peu, répond Chloé. Pardon monsieur.
— Je suppose que vous êtes descendue à l'hôtel ? poursuit-il et son regard lui demande de ne pas nier.
— Un hôtel épatant, dit Chloé, digne de son directeur.
Il lui semble être sur une scène de théâtre, jouant la comédie. Il y a deux spectateurs à convaincre : la mère et le fils.
— Je vous serais reconnaissant de reprendre vos affaires...
« Et d'aller au diable... » ajoutent les yeux de Miller.
Il parle maintenant au fiston qui va ramasser son cartable et se dirige vers la maison aux côtés de sa mère. Avant d'y pénétrer, il se retourne et lui fait signe :
— *Bye...*
— *Bye,* Richard ! répond Chloé.
Miller a suivi sa famille. Tous trois disparaissent. Le pire c'est ce mal de cœur, cette nausée qui ne la lâche pas et lui retire ses forces. Elle décroche la cible de l'arbre et sort du jardin pour chercher la fléchette perdue.
— Je vous avais dit de m'attendre là-bas...
Au-dessus d'elle, monsieur le Directeur la foudroie

du regard; il a laissé à la maison son masque d'acteur.

— Deux heures, ça faisait longuet, explique-t-elle. Et je voulais voir Richard.

— Que lui avez-vous dit?

— Plein de choses! Mais vu le barrage des langues, ça m'étonnerait qu'il ait compris.

Il saisit son poignet. Il n'est plus vert d'émotion, mais rouge de colère.

— Venez... Ça a assez duré!

— C'est justement ce que je me disais.

Il l'entraîne. « Et mon panier, monsieur, avec mon passeport, mon identité... Vous les gardez? Serait-ce, comme disent les psychiatres, un acte manqué? »

Les voilà dans une allée bordée de poubelles d'où dépassent des carapaces de crustacés; ça sent le dessous des jupes de la mer. L'allée de service sans doute. Elle a peine à le suivre, son *daddy long legs*.

— Heureusement que j'ai laissé mes talons aiguilles à la maison, plaisante-t-elle. On va loin comme ça?

Il la regarde d'un air incrédule, serre les lèvres sans répondre.

— Je croyais que j'étais descendue à l'hôtel, poursuit Chloé, ça n'a pas l'air d'être la direction.

C'est celle du « retour à la case départ », la grand-route qui craque au soleil. Une fois sorti du parc, il se décide à lâcher son bras.

— Ecoutez, dit-il. Je ne veux plus vous voir ici. Si vous revenez, je serai obligé d'appeler la police.

— Pour le constat?

Elle se dresse sur la pointe des pieds et désigne les oreilles de son père avant de découvrir les siennes:

— A l'école, on m'appelait « écoutilles »... Je vois qu'on a de qui tenir, Richard et moi.

— Mais qu'est-ce que vous racontez? explose-t-il. Que pensez-vous pouvoir prouver? Croyez-vous que j'étais le seul dans la vie de Marie?

Avant d'avoir compris toute la galanterie contenue dans cette phrase, elle se retrouve une enveloppe dans la main.

— Pour votre billet de retour! Vous avez un avion qui décolle demain matin. J'ai mis un peu plus pour l'hôtel. Maintenant, cette photo...

Chloé sort le cliché de sa poche et, sans quitter son père des yeux, le déchire en petits morceaux qu'elle offre au sol de Rhodes.

— Tu m'excuseras mais je n'ai pas pensé à t'apporter le négatif. Si je le retrouve, je te l'enverrai, promis. Poste restante, ça va de soi.

Soudain, il semble un peu perdu, il hésite. Mais comme rien ne vient, elle s'en va. La lumière danse devant elle et les cigales s'en donnent à cœur joie. A cœur joie... Attention de ne pas tomber: trop de lumière, c'est comme pas de lumière, ça aveugle.

Une petite fille passe, en robe déchirée, portant précieusement une cuvette dans laquelle se dresse une colline d'oursins encore luisants d'eau de mer. Chloé s'arrête, l'enfant aussi. Elles se regardent. « En veux-tu? » interrogent les yeux suppliants de la gamine. Sur les oursins, Chloé pose l'enveloppe. La petite fille reprend son chemin.

Cela fait drôle de marcher les mains vides. « Mademoiselle, savez-vous que vous êtes ici dans un jardin privé? » Quel acteur, son père! Il a raté sa vocation. Acteur comique bien entendu. Et son: « Je n'étais pas le seul dans la vie de Marie... » Où ça mène un homme, la pétoche... C'est vraiment à mourir de rire, cette histoire. A mourir...

« Wouuuuuuuuuu... Wouuuuuuuuu », appelle un bateau sur le port.

Déjà 6 heures. Comme le temps passe!

CHAPITRE XIII

— Premier appel du *Renaissance*! dit Steven en montrant le port où commençait à se presser la foule.

— Messieurs, les paris sont ouverts, annonça Martin. Partirons-nous cette fois à l'heure?

— Et Dyonisos aura-t-il à nouveau tourné la tête de nos amies? s'interrogea Arnaud.

— A Dyonisos, à nous, à elles! dit Martin en levant son verre.

Tous trois se regardèrent et se mirent à rire. C'était cela, une croisière : ces moments de gaieté, de légèreté où l'on se permettait de redevenir enfant. Ils venaient de passer *Chez Zorba*, l'un des cafés du port, un moment délicieux, savourant l'ouzo accompagné des habituels *mézédes*, olives, tarama, poulpe frit, s'imprégnant de la douceur de cette fin de soirée. L'Egée absorbait lentement l'hostie rouge du soleil. On avait à la fois l'impression d'une fin et d'un recommencement.

Steven se leva et, bras haut levés, s'étira. Pourquoi se sentait-il soudain comme joyeusement propulsé en avant? Parce qu'une petite fille rousse allait reprendre la mer avec lui? « Tu es fou », se dit-il. Chloé n'était même pas libre : « Un rendez-vous qui peut changer ma vie », avait-elle dit. En attendant, elle avait bel et bien changé sa lumière à lui : depuis hier, il voyait tout différemment, en plus aigu, en plus douloureux. Tant pis! Fou de cette façon, il voulait bien.

Pour la seconde fois, la sirène du bateau retentit.

— En avant, dit Martin. Ne mettons pas trop à l'épreuve les nerfs fragiles de notre commandant bien-aimé.

Lorsqu'ils arrivèrent sur le quai, ils remarquèrent un attroupement autour d'un cargo surmonté d'une grue. Ils s'approchèrent. Un silence impressionnant régnait, tout le monde fixait un gros bloc de pierre que des marins venaient de sortir de la mer. Une femme en noir pleurait. Le bloc avait la forme d'une main, le bout des doigts en était brisé.

— De quoi s'agit-il demanda Steven à l'un des officiers du *Renaissance* qui se trouvait parmi les badauds.

— Ce serait un morceau du fameux colosse de Rhodes... expliqua celui-ci d'une voix émue.

...La main d'Hélios, dieu du soleil, qui trois cents ans avant Jésus-Christ brandissait un flambeau à l'entrée de la ville. Un moment, ils regardèrent les hommes défaire les griffes qui enserraient le vestige. Des sirènes retentirent et plusieurs jeeps foncèrent vers eux. Des militaires en jaillirent, écartèrent les curieux et entourèrent la pierre. Les trois amis reprirent leur chemin.

— Chacun porte en soi les débris d'un colosse brisé, ironisa Martin.

— Veux-tu dire les débris de soi? demanda Arnaud.

Les passagers étaient nombreux sur le pont du *Renaissance*. Martin et Arnaud disparurent dans le bateau. Steven alluma un cigare. Il était presque 7 heures, l'appareillage devait être imminent.

« On demande Mlle Chloé Hervé, dit une voix dans les haut-parleurs, Mlle Chloé Hervé est attendue dans le hall d'information. »

L'écrivain se figea. Anxieusement, il regarda autour de lui : plus loin, penchées sur le bastingage, Camille et Estelle scrutaient le quai. Il courut vers elles.

— Chloé n'est pas entrée, dit Camille avec inquiétude. Nous espérions qu'elle était avec vous.

— Le commandant est furieux, renchérit Estelle. Elle avait promis de se présenter à 6 heures. Il a décidé de partir avec ou sans elle.

— Savez-vous où elle est allée ? demanda Steven.

Estelle secoua négativement la tête :

— Elle devait rencontrer quelqu'un.

L'Américain eut un geste agacé :

— Je le sais : et même quelqu'un qui pouvait changer sa vie...

— Elle vous l'a dit ! s'exclama la jeune fille.

— Une nuit entière sur un pont, c'est long, ironisa Steven. On parle pour se réchauffer, on se raconte des choses... Ce quelqu'un, vous le connaissez ?

Estelle détourna la tête et ne répondit pas. Steven consulta sa montre.

— Il ne reste qu'une dizaine de minutes avant l'heure prévue pour l'appareillage. Si vous tenez à partir sans votre amie, vous n'avez qu'à continuer, ainsi.

— Je ne le connais pas, dit Estelle à contrecœur. Enfin, je ne l'ai jamais vu. Chloé non plus d'ailleurs...

Camille se figea :

— Chloé ne l'avait jamais vu ? répéta-t-elle avec angoisse.

— Si vous vous expliquiez ? demanda Steven en se tournant vers elle. Qui est ce fantôme que nul ne connaît ?

— Son père, dit Camille sans hésiter. Le père de Chloé.

Steven resta interdit : le père de Chloé ! Il avait tout imaginé : fiancé, amant et même mari, pourquoi pas ? Mais son père... Il fut pris soudain d'une irrésistible envie de rire ; le visage des deux filles l'en empêcha et il réalisa seulement ce qui venait d'être dit.

— Chloé ne connaissait pas son père ?

— Juste en photo, dit Estelle. Et lui, il était même pas au courant. Elle voulait lui faire la surprise.

— Et vous l'avez laissée ? rugit Steven. Vous l'avez laissé faire cette connerie ?

— Je lui ai proposé de l'accompagner, dit Camille. Elle n'a pas voulu.

— Je savais bien que vous ne comprendriez pas, dit Estelle les larmes aux yeux. Elle s'est mis ça dans le crâne depuis qu'elle est petite... Si elle apprend que je vous ai raconté, je vais me faire étriper, c'est sûr.

— Essayons d'être précis, dit Steven d'un ton radouci. Savez-vous ce que fait son père à Rhodes ?

— Il dirige un hôtel, dit Estelle, un grand, un quatre-étoiles. Et ça se pourrait bien qu'elle ait décidé de rester avec lui ! A part ça, il est irlandais.

Au bout du quai, un taxi apparut, klaxon déchaîné, se frayant difficilement un chemin parmi les badauds. Estelle se précipita contre le bastingage, imitée par Camille et Steven. Dans un grand crissement de freins, le taxi s'arrêta au ras de la passerelle. Jean Fabri en sortit, précédant Alexandra. Jean portait un volumineux paquet. Ils montèrent rapidement la passerelle.

— Ouf, nous avons craint de manquer le départ ! dit Jean joyeusement. La Vallée des Papillons nous retenait prisonniers.

Il montra l'attroupement autour du morceau de pierre.

— Que se passe-t-il là-bas?
— On vous racontera ça, dit Steven. Nous sommes...
— J'ai pensé à vous, l'interrompit Alexandra en lui tendant un paquet qu'elle venait de sortir de son sac.

Sans sembler voir celui-ci, Steven écarta sa main:
— Nous sommes inquiets pour Chloé, reprit-il. Elle n'est pas là. Vous ne l'auriez pas rencontrée par hasard?
— Encore! s'exclama Alexandra. Mais quelle petite c... Elle le fait exprès décidément!

Steven lui adressa un sourire glacial.
— Ce mot ne convient ni à elle... ni à votre bouche, dit-il.
— Ecoutez, intervint Jean. Je l'ai aperçue ce matin, j'ai même failli lui parler. Elle avait l'air plutôt mal en point.
— Où? demandèrent en même temps Estelle et Steven.
— L'hôtel *Halia*. Elle attendait dans le hall.
— Mon Dieu! s'exclama Estelle. Halia... le nom marqué sur la photo. Moi qui croyais que c'était une déesse, voilà que c'était l'hôtel de son père!

Pour la troisième fois, la sirène du bateau retentit, puis une voix dans les haut-parleurs: « Nous avertissons les passagers que l'appareillage va avoir lieu incessamment. »

Steven prit la main d'Estelle:
— Venez.

Sur la passerelle, le silence était à couper au couteau. Kouris s'approcha de la vitre; les officiers échangèrent un regard inquiet. Le commandant regarda les passagers massés sur le pont, la foule sur le quai. Comme en Crète! Ça recommençait! Il retira sa casquette et s'épongea le front, puis il revint vers Steven et Estelle.

— Cette fois, pas question d'attendre, décida-t-il. Je l'ai avertie ce matin : elle a pris ses responsabilités.

— Nous craignons qu'elle ne soit en difficulté, intercéda Steven.

Kouris éclata de rire :

— En difficulté ? Elle ? Alors là, vous m'étonneriez. Et si on l'a... enlevée, je souhaite bien du plaisir au ravisseur...

Quelques officiers sourirent poliment. Il remit sa casquette.

— Trois embarquements... trois retards. C'est terminé. Nous partons. Il se tourna vers son second : Qu'est-ce que vous attendez pour la relever, cette foutue coupée ?

— A vos ordres, Commandant.

— Puis-je vous demander de m'accorder cinq minutes, dit Steven calmement, le temps de rassembler quelques affaires.

— Moi aussi, dit Estelle. Cinq minutes, ça suffira.

Elle croisa le regard de Quentin qui attendait les instructions à la porte de la cabine-radio. Celui-ci lui fit un signe de connivence. Depuis l'intrusion de la jeune fille sur la passerelle avec Steven, il se sentait partagé entre le rire et la surprise : était-ce bien la même fille que celle qui, il y a quelques heures, se trouvait dans ses bras, soumise, inerte, muette ?

— Vous avez l'intention de redescendre à terre ? demanda Kouris accablé.

— Et d'y rester jusqu'à ce que nous ayons retrouvé Chloé, dit Steven. Dussions-nous y passer la nuit.

— La nuit ? Y passer la nuit ? rugit Kouris.

— J'ajouterai qu'appareiller en laissant en rade trois passagers retenus pour... affaire urgente n'est peut-être pas très réglementaire, dit Steven. Il doit y avoir là une question délicate de responsabilité. Il se tourna vers Estelle : Allons-y !

Elle le suivit. Le visage du commandant avait viré au rouge brique. Arrivée à la porte, Estelle se tourna vers lui ;

— Quand on la ramènera, dit-elle, vu qu'elle ne sera peut-être pas en très bon état, inutile de jouer les ayatollahs !

CHAPITRE XIV

En smoking, car il devait participer au cocktail donné en l'honneur du congrès de psychiatres, Robert Miller s'efforçait de retrouver un peu de calme dans son bureau lorsque la porte de celui-ci s'ouvrit à toute volée et que, derrière Petros qui faisait de grands gestes d'impuissance, apparurent Steven et Estelle.

Ils regardèrent autour d'eux et leur visage se rembrunit comme s'ils avaient espéré trouver là quelqu'un d'autre que lui.

— Où est-elle ? demanda Steven.

Miller comprit tout de suite qu'il ne pouvait s'agir que de Chloé. Décidément, il n'en aurait jamais terminé avec cette histoire : elle avait donc des amis ici ! Pourquoi ne le lui avait-elle pas dit ? Il fit signe à Petros de disposer.

— De qui parlez-vous ? demanda-t-il lorsque celui-ci eut refermé la porte.

— De la jeune fille qui est venue vous voir ce matin, dit Steven avec assurance.

Son métier avait appris à Miller à juger rapidement de la qualité des touristes qui défilaient sur l'île : cet Américain n'était pas n'importe qui. Son aisance, sa distinction, la façon sobre et élégante dont il était vêtu, l'élevaient au-dessus de la masse et s'il s'était présenté à son hôtel, Miller l'aurait traité comme un hôte de qualité. Quant à la petite Française qui l'accompagnait, brune aux cheveux bouclés, elle lui parut d'un genre bien différent.

— Cette jeune fille est repartie, annonça-t-il le plus naturellement possible. Je crois qu'elle avait l'intention de reprendre l'avion demain matin pour rentrer chez elle.

— L'avion ? Rentrer chez elle ? répéta Estelle incrédule, mais...

— Attends, dit Steven et il posa sa main sur son poignet pour la calmer : Depuis combien de temps est-elle partie ? demanda-t-il à Miller.

Celui-ci regarda sa montre :

— Deux bonnes heures.

Il pensa que Dorothée n'allait pas tarder à venir le chercher. Il ne manquerait plus qu'elle tombe sur eux ! Il lui avait affirmé qu'il ne connaissait ni d'Eve ni d'Adam celle qui s'était introduite dans leur jardin et elle semblait l'avoir cru.

Comme Chloé l'avait fait ce matin, Estelle se pencha sur la photo représentant Dorothée et Richard, puis releva les yeux sur lui.

— Elle vous a dit ? demanda-t-elle d'une voix altérée.

Miller hésita. « Il faut nier, tu n'as pas le choix, avait conseillé Timmy. Si tu sens venir un chantage, menace de prévenir la police. Au besoin, fais-le. Elle ne peut rien contre toi. » Mais ni l'avocat ni lui-même n'avaient prévu les amis : cet Américain surtout, au regard si droit que Miller se sentait dans ses petits souliers chaque fois qu'il le croisait.

Il comprit qu'il avait trop hésité pour nier à présent et il inclina la tête : oui, Chloé lui avait dit.

— Et alors ? demanda Estelle.

— Alors rien, dit Miller. Elle m'a raconté son histoire et nous nous sommes séparés, c'est tout.

— Son histoire? répéta Estelle d'une voix consternée.
— Savez-vous où elle est allée? demanda Steven d'un ton glacé.
— Je n'en ai aucune idée, répondit Miller. En ville, je suppose, à l'hôtel.

Steven regarda autour de lui :
— Il me semble que nous sommes dans un hôtel ici, dit-il avec ironie. Après ce qu'elle vous a appris, n'avez-vous pas pensé à lui proposer une chambre?

Miller revit le moment où Chloé avait déchiré la photo : sa « pièce à conviction », et celui où, sans même l'ouvrir, elle avait posé l'enveloppe sur la cuvette d'oursins d'une gamine qui peut-être laisserait le vent la lui prendre : tout cet argent! Il avait eu alors le sentiment de faire fausse route. Ne pouvait-il lui dire qu'il la croyait? Lui expliquer? Il ne s'en était pas senti le courage. Et depuis il pensait à une phrase que répétait volontiers son père : « Mériter l'estime de soi-même », une phrase qu'il avait voulu faire sienne...

— Ne me dites pas que vous l'avez virée? interrompit Estelle.

Il ne répondit pas. Elle s'avança et le regarda de la tête aux pieds comme si elle le découvrait ; dans son smoking, il se sentit soudain déguisé.

— Vous avez cru qu'elle venait pour votre fric, c'est ça?
— Je n'ai rien cru du tout, se rebiffa Miller. Une inconnue débarque et vous raconte une histoire de fou. N'importe qui aurait réagi de la même façon à ma place.
— N'importe qui, en effet! dit Steven méprisant.
— Et la photo? demanda Estelle, celle de vous avec Marie, ça aussi c'était une histoire de fou?
— J'ai vu un cliché de vacances, dit Miller, où j'ai reconnu une amie qui, depuis vingt ans, ne m'avait donné aucun signe de vie.

Steven prit le bras d'Estelle :
— Ça ne sert à rien de rester, viens.
— Non ! dit Estelle.

Elle se dégagea et marcha vers cet homme, ce salaud qui parlait de Chloé comme d'une illuminée, le genre à agiter des clochettes dans la rue en sautillant d'un pied sur l'autre. Et dire que ce matin, de toutes ses forces, elle avait souhaité que ça ne colle pas entre eux, mais quelle salope elle était elle aussi.

— Elle n'avait pas l'intention de vous gêner, dit-elle. Elle avait juste besoin de vous voir. Vous vous êtes complètement planté.

Miller baissa la tête. Elle comprit qu'il la croyait et que, sans doute, malgré ce qu'il disait, il avait cru Chloé. Mais alors c'était encore pire ! Il acceptait que Chloé soit sa fille et il la balançait. Il déchirait la photo, le ventre de Marie, il l'avortait. Estelle revit son amie penchée sur la photo : « On attend toujours sa fille ! »... « Eh bien non, tu vois, pas toujours ! » La colère, le chagrin la submergèrent. Elle passa de l'autre côté du bureau. Il fallait qu'elle parle, qu'elle dise. Et elle parla.

« Avait-il entendu tout à l'heure la sirène d'un bateau sur le port ? C'était celle du *Renaissance*, le plus beau des bateaux de croisière et c'était Chloé qu'on appelait. Côté fric, elle n'attendait rien de personne, elle avait tout ce qu'il fallait. Sur ce bateau, elles avaient loué la cabine la plus luxueuse de toutes, Steven pouvait témoigner. »

Elle se tourna vers Steven qui témoigna en inclinant la tête. Elle dit à Miller que quatre cents passagers, plus trois cents membres d'équipage attendaient, pour reprendre la mer, que sa fille ait daigné remettre pied à bord. Oui, le *Renaissance* n'appareillerait que lorsque Chloé serait rentrée, même le commandant était d'accord.

Alors qu'elle avait tant de mal à parler d'habitude,

voilà que les mots venaient tout seuls, comme autant de flèches tirées par l'amitié, l'urgence et le chagrin aussi, ce chagrin qui devait terrasser Chloé, elle ne savait où, sans personne pour la consoler. Et ces mots, ces flèches, faisaient mouche. Elle pouvait voir M. Miller se tasser sur son siège, se vider de son importance, n'être plus, dans son smoking blanc, qu'un absurde Mickey déguisé.

Steven s'était rapproché. Il ne pensait plus à l'interrompre ; il devait bien sentir qu'elle parlait aussi pour lui qui, dans son Amérique avait tiré le gros lot, ça crevait les yeux : des parents super, des dollars à gogo et, en prime, des idées pour ses histoires.

Elle leur dit que ça faisait vingt ans que Chloé attendait le jour où elle apprendrait à son père qu'il avait mis par inadvertance sur la terre une petite rousse de sa fabrication. C'était pour ce jour-là qu'elle avait appris l'anglais, les fléchettes et le café irlandais. Elle avait besoin, absolument, qu'il la regarde une bonne fois et lui dise : « O.K. ! tu existes, je te vois, tu es là. » Tant qu'il ne le lui aurait pas dit, elle continuerait à rembarrer tous les garçons qui oseraient s'approcher de trop près parce que derrière chacun d'eux, elle verrait la mer, un bateau et ce mot qu'elle ne supportait pas d'entendre lorsqu'on parlait d'amour, le mot « aventure » qui, pour elle, voulait dire « abandon ».

Lorsque, sur sa lancée — et plus tard elle s'en mordrait les doigts —, Estelle ajouta que Chloé n'avait pas encore eu un seul type dans sa vie, qu'elle était vierge, martyre et complètement bloquée, elle fut frappée par le regard de Steven : à la fois étonné, heureux, tendu, ému, toute la palette, oui, il flippait l'écrivain à succès, le grand scénariste... Et elle qui reprochait à Chloé sa sagesse et luttait pour qu'elle saute le pas, voilà qu'elle se sentait fière d'en connaître une qui savait dire : « Non » aux garçons, aux Didier trop doux, aux Quentin trop beaux, aux Steven, aux amours de passage qui ne sont pas de l'amour mais bonjour-bonsoir : Estelle se sentit fière par procuration.

Miller avait relevé la tête ; il la regardait comme s'il se réveillait et c'est alors qu'elle remarqua dans ses yeux la même flamme rousse et noire qui brûlait parfois dans ceux de Chloé, exactement la même expression, de doute, de tristesse, d'entêtement et ça la tua tout à fait, elle eut envie de partir, de ne plus voir ce gâchis !

— Elle vous aimait, dit-elle encore et elle se décida à prendre le mouchoir que Steven lui tendait depuis un moment pour colmater l'inondation sur son visage.

— Allez, viens, on va la retrouver, ta « vierge et martyre », dit-il d'une voix sourde.

Et, sans lui accorder un regard de plus, ils plantèrent là le grand patron du quatre-étoiles *Halia*.

CHAPITRE XV

La nuit commençait à venir lorsqu'ils arrivèrent à Kalithéa. « J'ai marqué sur la liste de rapporter de l'eau magique, avait dit Chloé à Steven. » Kalithéa n'était qu'à trois kilomètres de l'hôtel *Halia*.

Il demanda au taxi de les attendre et ils passèrent le porche, dévoré par la verdure, qui ouvrait sur les jardins des anciens thermes. Des colonnes roses et ocre, dont certaines étaient brisées, s'élevaient le long de leur chemin. Ils avançaient sur des restes de mosaïques représentant des coquillages, des poissons. Le vent agitait les feuilles des arbres. On entendait, plus bas, se casser les vagues. L'endroit était totalement désert.

Ils débouchèrent sur une sorte de promontoire. Tout près, la mer, la plage, une haie de mimosas dont l'odeur montait jusqu'à eux. Et sous leurs yeux, comme une grande fleur renversée, le bâtiment des bains avec son toit en coupole. Deux escaliers en demi-cercles, à la courbe élégante, y menaient. Ils les descendirent.

— Vous croyez qu'elle est là ? chuchota Estelle.
— Espérons, dit Steven.

Six ouvertures en forme d'arcades, ornées de sculptures représentant des motifs marins, permettaient d'accéder au bâtiment. Lorsqu'ils y entrèrent des oiseaux s'envolèrent dans de grands froissements d'ailes. Impressionnée, Estelle saisit la main de Steven.

Une vasque profonde, ponctuée de bancs de pierre sur lesquels devaient s'asseoir autrefois les malades et d'où ils laissaient probablement tremper leurs membres dans l'eau bienfaisante, occupait le cœur de l'endroit. Cette eau était évoquée partout : vasques, amphores, animaux de la mer. Mais les fontaines étaient à sec, les tuyaux endommagés, le sable avait envahi le fond de la vasque, de profondes rides creusaient les bancs et, là-haut, percés dans la coupole, les losanges de couleur violette représentant un ciel étoilé, n'éclairaient plus qu'une planète morte.

Chloé était bien là! Près d'une arcade qui ouvrait sur la mer, assise sur le sol, les genoux dans les bras et le menton sur les genoux.

Si, dans un scénario, Steven avait décrit le visage qu'elle tourna vers eux lorsqu'ils apparurent, il y aurait mis d'abord le reproche : où était-elle cette eau magique qui fait s'ouvrir les bras des pères à leurs filles inconnues? Il y aurait mis le désespoir : un désespoir « à la Chloé », caché derrière des lèvres qui tentaient d'esquisser un sourire de défi. Et la solitude bien sûr, celle qu'ouvrent les rêves perdus et qui fait de la vie un puits où l'on est tenté de se laisser tomber. Dans son regard, il n'aurait pas mis d'étonnement. Chloé savait qu'ils viendraient la chercher; elle semblait même leur demander : « Pourquoi si tard? »

Estelle courut vers son amie, s'agenouilla près d'elle, l'entoura de ses bras et plongea la tête dans son cou comme si c'était elle qui cherchait protection. D'un geste brusque, Chloé se dégagea et tourna la tête vers la plage, les mimosas en fleur dont les bords soyeux touchaient le sable. Elle tremblait. A son tour, Steven s'approcha, il retira son blouson et en recouvrit les épaules de la jeune fille comme il l'avait fait cette nuit sur le pont du bateau.

— Quand vous mettrez-vous dans la tête que les soirées sont plus fraîches en Grèce qu'à Toulon ? demanda-t-il d'une voix rauque. Et savez-vous que rien n'est plus traître qu'un coup de froid sur un coup de soleil ?

Au mot « soleil », en un geste instinctif, si féminin, Chloé toucha le bout de son nez et Steven sut, qu'en elle, la vie avait déjà repris le dessus. Cela ne le surprit pas. Chloé était la vie, la vie envers et contre tout, elle se battait et c'était pour cela aussi qu'il l'aimait, oui : qu'il l'aimait.

Estelle regarda autour d'elle :

— Je ne vois pas ton panier ? Qu'est-ce que tu en as fait ?

Toujours muette, Chloé haussa les épaules. Estelle fixa quelques secondes ses lèvres pincées.

— Une qui a perdu sa langue, dit-elle avec un rire nerveux, une autre, sur le bateau, qui bouffe rien et le troisième qui bouffe trop ! Partez en croisière, les amis, y'a de la joie ! Et elle posa à nouveau la tête sur l'épaule de Chloé : Avec Quentin, ça y est ! murmura-t-elle. Tu m'as manquée.

La nuit était presque là. Steven s'accroupit en face de Chloé.

— Ne comptez pas sur nous pour partir sans vous ! lui dit-il.

— Tout le monde t'attend, supplia Estelle.

— *Please... darling*, dit Steven en lui tendant les mains.

Chloé hésita, puis soudain elle se leva. C'est alors que, dans le creux de sa jupe qu'elle tenait retroussée, ils découvrirent une grosse tortue. Elle cala celle-ci sous son bras et les suivit vers le taxi.

Dans la voiture qui les ramenait au port, Estelle

caressa la tête que l'animal, affolé, tournait de tous côtés. Elle était vraiment belle, cette tortue : des écailles rousses, une taille exceptionnelle, un regard. Par rapport à Baraka, il ne lui manquait que la parole.

— C'est le commandant qui va être content ! dit-elle.

Un colosse brisé

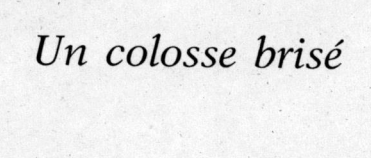

CHAPITRE PREMIER

Sur le pont du *Renaissance*, Andrew Simpson, respectable industriel anglais qui avait décidé de fêter par une croisière ses dix premiers jours de retraite, consulta sa montre : il était plus de 21 heures. Perplexe, il se tourna vers sa femme, Sarah : « N'est-il pas surprenant que pas une seule fois au cours de ce voyage l'heure de l'appareillage n'ait été respectée ? lui demanda-t-il. Votre cousin nous avait pourtant parlé du commandant Kouris comme d'un homme très à cheval sur le règlement. »

Sarah Simpson eut un léger soupir de dépit : tellement à cheval qu'il avait, jusqu'à hier, toléré un animal à bord : un cochon d'Inde... « Si nous avions su, dit-elle, nous aurions emmené ce cher Georges avec nous. » « Ce cher Georges » était le chat des Simpson et le couple avait hésité à entreprendre le voyage lorsqu'il avait appris que le félin ne pourrait les accompagner.

Tous deux se replongèrent dans la contemplation de Rhodes : avec ses remparts et ses tours, ses coupoles, ses minarets et ses palais que semblait éclairer de l'intérieur l'âme même du passé, la ville surgissait comme un conte des *Mille et Une Nuits*. Andrew sortit son mouchoir et éternua discrètement : les fleurs du printemps lui donnaient le rhume des foins et il avait hâte de se retrouver au large : en mer, son rhume s'évanouissait comme par enchantement.

— Bonsoir Monsieur... Madame...

Le commissaire de bord, accompagné du maître d'hôtel principal, s'inclinait devant le couple.

— Le dîner du commandant aura lieu un peu plus tard que prévu, leur apprit-il. Vous voudrez bien l'en excuser.

— *No problem !* dit Simpson. Mais dites-moi, cette jeune Chloé Hervé dont nous avons entendu prononcer le nom à plusieurs reprises dans les haut-parleurs, n'est-elle pas la même personne que celle qui s'était déjà fait désirer en Crète ?

— Je crains que oui, dit Le Moyne. Vous pouvez aussi ajouter Le Pirée à son palmarès.

— Il est bien difficile de contrôler les jeunes filles aujourd'hui, remarqua la vieille Anglaise. Ne parlons pas de leurs animaux...

Mais nul ne répondit à cette remarque perfide : penchés sur le bastingage, les trois hommes regardaient un taxi qui se dirigeait à vive allure vers le *Renaissance*.

— Le plaisir de l'attente serait-il sur le point de se terminer ? interrogea Andrew.

L'officier en second passa la tête dans le bureau du commandant : « Ils arrivent », annonça-t-il.

Kouris se leva, sortit en bousculant l'officier et monta sur le pont supérieur. Des applaudissements retentissaient : un comble ! Applaudir à cet intolérable manque au réglement. Les trois complices s'engageaient sur la passerelle, la jeune Chloé en tête, front haut, apparemment pas le moins du monde contrite. Son amie la suivait, l'Américain fermait la marche. Arrivée sur le pont, comme en signe de victoire, Chloé leva une sorte de paquet rond pour le présenter aux passagers. Kouris prit ses jumelles et les dirigea vers elle. Son cœur bondit : le paquet avait quatre pattes et une tête... Le paquet était une tortue ! Il laissa tomber ses jumelles et, la parole coupée par l'indignation, se tourna vers Quentin qui venait de le rejoindre.

— Commandant, dit vivement celui-ci, suivant vos ordres, nous appareillons !

Chloé baissa les bras : il pesait lourd, cet animal. Son regard parcourut la foule des passagers qui se pressaient autour d'elle, lui fermant le chemin du hall. Des questions, des plaisanteries fusaient, des mains se tendaient vers la tortue. Sans répondre, elle appliqua celle-ci contre sa poitrine.

Une main fraîche s'empara de la sienne et elle découvrit Camille près d'elle. « Viens, dit celle-ci, tu dois être fatiguée. » « Peut-on passer, s'il vous plaît ? », demanda Steven avec autorité. Les gens s'écartèrent.

Alors qu'ils arrivaient à la porte du hall, un klaxon retentit au bout du quai, semblable à une voix enrouée. Chloé s'immobilisa. Elle lâcha la main de Camille, fit demi-tour et revint vers le bastingage. La Jeep fonçait vers le bateau ; elle s'arrêta en bas de la passerelle et Bob Miller en sauta. Il portait toujours son smoking blanc. Dans la voiture, il prit le panier de Chloé d'où dépassait la cible et courut vers l'échelle de coupée auprès de laquelle des marins s'affairaient. Tout le long des bastingages les passagers revenaient au spectacle. Visiblement, Miller demandait à accéder au bateau et on le lui refusait. Il finit par confier le panier à un marin qui le monta rapidement sur le pont. Levant les yeux pour suivre celui-ci, parmi les passagers, en haut de la passerelle, il découvrit Chloé.

Immobile, entre Camille et Estelle, elle le regardait. Steven se tenait debout derrière les trois filles.

— Chloé! cria Miller.
Estelle se pencha vers son amie et voulut lui dire quelque chose. Steven l'arrêta :
— Ne t'en mêle pas.
— J'ai réfléchi, poursuivit Bob Miller. Si tu veux...
Il tendit les mains comme pour lui offrir de le rejoindre. Chloé ne bougea pas. Des marins commençaient à manœuvrer la coupée, d'autres, sur le quai, se préparaient à larguer les amarres. Le moteur du remorqueur tournait.
— Ecoute! cria Miller.
Il s'approcha tout au bord du quai, tournant la tête de tous côtés, comme cherchant un moyen de retenir le bateau. Chloé le regardait, toujours en silence. A nouveau, il lui tendit les mains.
— Ecoute... écoute-moi, répéta-t-il. Je...
La sirène du bateau couvrit les paroles qui suivirent. Le remorqueur s'était mis en marche. Lentement, le nez du *Renaissance* décolla du quai. Alors Chloé se tourna vers ses amis.
— Mais qu'est-ce qu'il me veut celui-là? demanda-t-elle. Vous avez entendu? Il me tutoie. Je le connais pas, moi!
Elle regarda encore une fois son père, puis lui tourna le dos et s'éloigna. D'eux mêmes, cette fois, obscurément conscients que quelque chose d'important s'était produit, les passagers s'écartaient pour lui laisser le chemin libre.
Le bateau s'évitait vers le large. Steven courut à l'arrière. Miller était toujours sur le quai, immobile. Il reconnut l'Américain et eut un geste vers lui, comme pour lui dire ou lui demander quelque chose. Steven leva la main :
— Je te la ramènerai, dit-il sourdement. Mais bon sang, ce ne sera pas pour toi : ce sera pour elle.

Il était 21 h 30. L'animateur du pont Héra, Jean-

René, avait récupéré dans le panier laissé sur le pont la cible et les fléchettes qu'il avait passé sa journée à chercher. Ainsi, c'était la petite Hervé qui avait emporté son jeu! Il aurait dû s'en douter : depuis le départ, elle s'était exercée chaque jour et il l'avait inscrite d'office au concours du lendemain.

Sorti des passes, le *Renaissance* avait pris sa vitesse de croisière. Les lumières de l'île s'estompaient. Andrew Simpson constata que déjà il respirait mieux et que ses yeux ne le picotaient plus. Galamment, il présenta son bras à sa femme : « Le commandant nous attend, ma chère. »

A Rhodes, le remorqueur reprit sa place le long du quai. Des badauds continuaient à se presser autour des balustrades entourant la main érodée du colosse. Trois militaires en armes refoulaient ceux qui manifestaient le désir de la toucher.

Accroupi sur le sol, un petit garçon au crâne rasé s'était juré de ne pas bouger avant qu'ait disparu la dernière lumière du *Renaissance*. Près de lui, un homme roux qui n'était sûrement pas d'ici, regardait lui aussi du côté de la mer. Il portait un beau costume blanc, il devait être riche et l'enfant se demanda pourquoi il pleurait.

CHAPITRE II

Incrédule, pétrifiée par l'admiration, Estelle regarde la robe qu'elle vient de sortir du carton et d'étaler sur sa couchette : l'aérienne soie bleue aux reflets changeants. Lui est-elle vraiment destinée ?

De l'autre carton, elle sort maintenant les chaussures : des cousues main, des italiennes. Elle en effleure sa joue, respire la bonne odeur de cuir avant de les poser sur le lit, à côté de la robe, puis, une nouvelle fois, elle lit la carte de Jean Fabri : « Prix spécial pour une demoiselle-printemps. » Il a fait ça ! Il a remplacé la robe qu'elle avait espéré gagner au concours par cette autre mille fois plus belle. Dire que la veille elle l'a insulté, que ce matin elle a refusé de le voir...

Avec précaution, Estelle prend la robe et la met devant elle. La buée qui sort de la salle de bains où Chloé prend une douche ternit la glace. Cette buée... cette robe... cela illustre bien cette journée : tout se mélange, joie et larmes, bonheur, malheur. A-t-elle le droit d'éprouver du plaisir après ce qui est arrivé à son amie ?

— Alors comme ça, mademoiselle se fait entretenir ?

Chloé vient d'apparaître et la jauge de haut en bas en s'étrillant avec sa serviette :

— Et le bonhomme qui raque n'est même pas celui qui partage la couchette, bravo !

Avant, elle aurait râlé ; depuis qu'elle a prononcé ses premiers mots en tournant le dos à son père, on dirait qu'elle ne sait plus que plaisanter. Estelle n'aime pas ça : c'est quand on ne pleure pas qu'on a le plus mal. Déjà, lorsqu'elles étaient mômes, en cas de malheur, Chloé gardait les yeux secs. Elle s'enfermait des heures dans les caves ou les greniers. Lorsqu'elle ne montait pas au sommet des arbres, quitte à en redescendre dans les bras d'un pompier.

En attendant, elle enfile un jean, passe un T-shirt, se tourne vers Estelle qui, indécise, contemple toujours sa robe.

— Qu'est-ce que tu attends pour la mettre ? Il doit brûler de voir la vedette, ton bienfaiteur ! Et remue-toi, j'ai faim !

— On va dîner ? s'étonne Estelle.

— Il me semble que c'est l'heure, répond Chloé. Camille a dit qu'elle nous gardait deux places. Grouille ! Elle s'accroupit devant la cage où est installée la tortue : Sans compter qu'il va falloir l'alimenter, celle-là. Tu t'en charges ?

— ...Elles aiment la salade et les mollusques, récite Estelle résignée. Vu le contexte, on essaiera de remplacer le ver de terre par la moule.

— L'avantage avec ces bêtes-là, déclare Chloé en se relevant, c'est que ça vit vieux : elle m'enterrera !

Fait-elle allusion à Baraka ? Quand on est malheureux, on mord toujours un peu. Estelle se décide à passer la robe, noue la fine ceinture argentée. Comment Jean a-t-il si exactement deviné sa taille ? Les chaussures aussi lui vont à merveille. Estelle tourne deux ou trois fois sur elle-même puis rejoint Chloé dans la salle de bains. Celle-ci sifflote en séchant ses cheveux.

— Tu vas l'appeler comment, ta tortue ?

— Homère, Kalithéa, Halia... y'a que l'embarras du choix.

— A propos d'Halia, risque Estelle. On est d'abord allés te chercher là-bas, à l'hôtel. Et Bob, je peux te dire qu'il en a pris pour son grade!

— Mais de quoi je me mêle? crie Chloé.

Le menton tremblant, elle fixe Estelle et, dans son regard vert, à la fois chargé d'orage et de tristesse, son regard d'Irlande, Estelle retrouve la même lumière fière et têtue que dans celle de Bob Miller. Avait-elle imaginé que son père l'avait retrouvée tout seul et qu'il était venu la chercher sans qu'on l'y pousse un peu? Estelle sent les larmes monter; d'un geste brusque, Chloé l'écarte, revient dans la cabine.

— Les ordures, ça se pleure pas, ça se balaie, dit-elle.

CHAPITRE III

Le commandant s'était fait excuser pour le dîner. Son second, assisté de Quentin, le remplaçait à la table officielle où tour à tour étaient conviés certains passagers triés sur le volet. Les élus trouvaient, en début d'après-midi, une belle invitation dans leur chambre et c'était toujours un moment agréable que celui où ils annonçaient à leurs amis ou connaissances que le soir ils ne prendraient pas leur repas avec eux et leur en expliquaient la raison.

Quentin venait d'apprendre aux hôtes de Kouris que le « pacha » était victime d'une légère indisposition. Ce qu'il avait évité de dire, c'est qu'une tortue en était la cause ! Furieux de n'avoir pas eu le courage de jeter celle-ci à la mer, le commandant s'était cloîtré dans son bureau.

Ce n'était pas une tortue mais feu un cochon d'Inde qui avait été la cause de l'indisposition de Justinien, le chef cuisinier. Les dégâts que Baraka avait causés dans sa chambre à fromages, le désespoir de sa propriétaire devant la mort de sa mascotte, lui avaient tourné les sangs et, lorsque Steven Blake était venu lui commander un gâteau d'anniversaire, il avait été tenté de refuser. D'autant qu'il ne s'agissait pas de n'importe quel gâteau : l'Américain désirait une pièce montée dont il s'était mêlé de lui dicter la composition! Ne pouvant alléguer un manque de temps en ce jour d'escale où la plupart des passagers déjeunaient à terre, Justinien avait fini par accepter, tout en réduisant les exigences du monsieur.

Pour l'instant, le cuisinier éprouvait comme un sombre triomphe : à nouveau le départ avait été différé et son dîner considérablement retardé, mais cette fois il ne s'était pas laissé prendre! Il avait prévu un menu à l'épreuve des retards : gaspacho, ratatouille, osso bucco... Et au lieu de se ronger les sangs devant la salle à manger déserte, il avait, sur le pont réservé au personnel, guetté le retour de la récidiviste : la dénommée Chloé Hervé.

Il était à présent 22 heures, tout le monde dînait et Justinien regardait non sans satisfaction sa pièce montée : meringue, glace et fruits frais, dans laquelle il venait de piquer les bougies. Puisque telle était la tradition, il porterait en personne le gâteau à l'heureuse destinataire : vingt bougies, vingt ans! Qui pouvait-elle être?

— Ils dévorent! annonça le neveu du cuisinier en passant à toute allure avec deux grands plats où ne restaient que des collines d'os à moelle, rougis par la tomate.

Oui, les passagers dévoraient! L'excursion à Rhodes, l'attente des retardataires, l'heure avancée avaient aiguisé leur appétit. Le plaisir aussi d'être reparti! Chacun en avait long à conter sur sa visite de l'île et les souvenirs qu'il en avait rapportés : quelques femmes avaient succombé aux fourrures, spécialité de l'île.

Quentin discutait bougainvillées avec sa voisine, une délicieuse vieille Anglaise enchâssée dans la dentelle rose lorsqu'il s'interrompit : la porte de la salle à manger venait de s'ouvrir sur Estelle et Chloé.

Estelle portait une robe exquise, d'un goût parfait et qui lui allait à ravir. Ses cheveux, pour une fois tirés en arrière, dégageaient un visage enfantin qui sembla désarmé à l'officier. Il la suivit des yeux comme, visiblement intimidée, à la suite de Chloé qui portait son jean habituel, elle traversait la salle comble pour se rendre à la table où les appelaient leurs amis. Quentin soupira : il aurait volontiers échangé Estelle contre la rose Anglaise...

Martin, Steven et Jean se levèrent pour accueillir les filles. « Considérez-moi comme sur mes pattes », dit Arnaud. Alexandra et Camille leur souriaient. Chloé prit place entre Steven et Martin ; Jean fit signe à Estelle de venir près de lui. Les yeux brillants, il contemplait la robe.

— Merci, chuchota-t-elle en s'installant. Et pardon.

— Le dernier mot est de trop, dit le chanteur sur le même ton. Et ne voyez-vous pas que cette robe était faite pour vous ?

Chloé désigna les couverts intacts :

— Mais vous n'avez pas commencé !

— Un repas n'est une fête que lorsque tout le monde est là, remarqua Steven.

— Et nous ne vous avons pas attendues pour boire, intervint Martin en levant sa coupe. Ni pour étudier le programme. Malicieusement, il déploya le programme sur l'assiette de Chloé : J'ai noté une soupe de tortue...

Chloé éclata de rire. Elle parcourut rapidement la feuille des yeux :

— Soupe de tortue ou gaspacho de langouste, lut-elle. Non merci ! J'ai soupé des deux aujourd'hui.

— Comment sont les langoustes rhodiennes ? interrogea Martin.

Les regards d'Estelle et de Steven se croisèrent.

— Saignantes, dit brièvement Chloé.

A nouveau elle rit et le cœur de Steven se serra. Quand abandonnerait-elle le combat ? Son silence de tout à l'heure, son rire d'à présent procédaient d'une même lutte pour ne pas laisser s'exprimer sa douleur. Par fierté ? Par peur ? Il lui faudrait désormais apprendre à vivre sans son rêve.

L'Américain sentit sur lui le regard d'Alexandra et s'aperçut qu'il jouait machinalement avec le briquet en argent qu'elle lui avait offert. Il avait été contrarié de ce présent, mais comment le lui refuser ?

— Apprends qu'en arrivant en retard, tu as manqué un moment historique, déclara Martin à Chloé. Celui où l'on a tiré de la mer un morceau du fameux colosse.

— Le colosse ? demanda Chloé.

— L'une des sept merveilles du monde, dit Alexandra.

— Il mesurait 32 mètres, expliqua Jean. Tout de bronze vêtu, il était dédié à Hélios, dieu du soleil. On prétend qu'un tremblement de terre l'abattit ; personnellement, j'ai une autre version.

— Peut-on savoir ? interrogea Camille.

— Ce fut l'œuvre des dieux jaloux. Il était trop beau : il leur faisait de l'ombre.

— Et alors ? demanda Estelle avec un regard passionné de petite fille.

— L'oracle de Delphes ayant déconseillé d'y toucher, il resta à terre la bagatelle de huit siècles. Jusqu'à ce qu'un mystérieux marchand en emporte les morceaux à dos de neuf cents chameaux... Marchand qui n'était bien sûr, toujours selon moi, qu'un dieu déguisé pris de remords.

La voix de Jean était celle d'un conteur. On comprenait qu'en chantant il ait tenu son public en haleine.

— Et jusqu'à cet après-midi 18 heures, le colosse garda son mystère, conclut Arnaud.

— Ça suffit ! Ne m'en dites pas davantage, supplia Martin en se bouchant les oreilles. Je veux pouvoir rêver très fort.

— Rêver... répéta Chloé d'une voix rauque. Tous les regards se tournèrent vers elle. Elle n'avait pas encore commencé à manger. Elle sourit : Rêver à la septième merveille du monde... à un colosse en mille morceaux...

Plus tard, les lumières de la salle à manger s'éteignirent et, dans le silence qui, peu à peu, s'établit, on put entendre monter la musique d'anniversaire comme des profondeurs de la mer. Vêtus de pantalons noirs bouffants, retenus à la taille par une large ceinture grenat, les musiciens firent leur entrée, précédant Justinien, toque sur la tête, qui poussait un chariot sur lequel s'élevait le chef-d'œuvre de meringue et de fruits.

Le cuisinier s'arrêta et des applaudissements retentirent. Sur un signe discret de Steven, le maître d'hôtel en charge de leur table alla parler à Justinien qui commença lentement son voyage entre les dîneurs, prenant garde à ce que restent allumées les vingt petites flammes.

Les passagers se levaient, cherchant à deviner quel était le héros de la fête. Estelle et Camille échangèrent un regard : se pourrait-il ? Steven souriait. Chloé paraissait absente.

Quand le maître d'hôtel avait murmuré le nom de celle-ci à l'oreille de Justinien, il avait compris que le fruit de ses efforts était destiné à celle qui avait, lors de l'escale en Crète, saboté par son retard son fameux dîner « doulce France* ». Il n'en continuait pas moins bravement son chemin à la suite de l'employé, résigné à boire jusqu'à la lie le calice de la fatalité.

* Croisière 1.

Le chariot était presque arrivé à sa table lorsque Chloé réalisa que le gâteau était pour elle. Elle regarda ses amis, vit le sourire de Steven.

— Vous m'avez quand même pas fait ça? grondat-elle.

Justinien s'arrêta. « Vingt cierges, compta Martin, l'âge de raison. » « *Happy birthday to you* », commencèrent à chanter les passagers en une effroyable cacophonie. Chloé fit des yeux le tour de la salle, ses lèvres tremblaient et le sang s'était retiré de ses joues:

— Ras le bol de l'anglais, plaisanta-t-elle avec effort. Pourquoi ils chantent pas en français?

— Joyeux anniversaire, entonna Jean en levant sa coupe.

Alexandra se tourna vers le chanteur:

— J'entends enfin votre voix...

Il se pencha vers elle:

— Certaines priorités sont incontournables, murmura-t-il en montrant Chloé avant de se remettre à chanter.

« Debout! », scanda la salle. Chloé se leva et les applaudissements retentirent à nouveau. « Décidément, il n'y en a que pour vous ce soir », remarqua Arnaud. « La célébrité », soupira Martin. « Soufflez », cria quelqu'un. « Toutes les bougies à la fois », reprirent d'autres voix. Les musiciens maintenaient le suspense en exécutant une sorte de roulement de tambour. Chloé se pencha vers la pièce montée.

— Bon anniversaire, ma chérie, dit Steven.

Alexandra tressaillit. Chloé regarda l'Américain, Camille, Estelle, tous ces sourires connus et inconnus et de sa poitrine monta le premier sanglot. De toutes ses forces, elle chercha à le refouler, à dire quelque chose, plaisanter, rire, mais cette fois elle n'y parvint pas, le flot la submergea, ses épaules s'affaissèrent, elle prit sa serviette et y enfouit son visage.

Une main l'attira sur son siège, le cercle de ses amis se referma sur elle, quelqu'un souffla les bougies, les lumières se rallumèrent et, peu à peu, les conversations reprirent.

Revenu près de ses fourneaux, Justinien songeait au pouvoir d'émotion contenu dans vingt petites flammes plantées autour d'une couronne de meringue.

Le destin de Martin Dorfmann

CHAPITRE PREMIER

Elle nage. Comme elle est : simplement et avec grâce. Elle a sûrement pris des leçons : peu de filles possèdent ainsi la technique du crawl, la plupart sortent trop la tête ou croient que pour avancer il faut déclencher des geysers avec les pieds.

Chaque matin depuis le début de la croisière, Quentin a pu la voir courir vers la piscine dans son peignoir jaune poussin après avoir un instant admiré le paysage. Des officiers l'ont surnommée : « la naïade » ce qui est plutôt gentil si l'on pense aux noms dont ils gratifient certains passagers. A les entendre, le zoo au grand complet serait présent sur le *Renaissance*. La « naïade », ça lui va aussi bien que son nom : Camille de Cressant. Un nom de petite fille modèle.

Quentin sait aussi qu'elle commence sa journée en assistant à la messe, célébrée à 8 heures dans la bibliothèque transformée pour la circonstance en chapelle. Ils n'y sont que cinq ou six, pas davantage, sauf le dimanche bien entendu. Inutile de dire que Camille est de beaucoup la plus jeune. Après la messe et le plongeon, elle va prendre son petit déjeuner au grill, tout en lisant ou écrivant. C'est bien le genre de fille à tenir un journal.

Ce matin, l'officier radio a décidé d'aller lui dire

bonjour. Il débouche pont Héra au moment où, ruisselante, elle remonte l'échelle. Elle porte un maillot blanc très sage. Dans son visage nu, sous la corolle des cils foncés par l'eau, ses yeux sont d'un bleu étonnant. Elle sourit en découvrant Quentin.

— Bonjour! La meilleure heure pour le bain.

— Certains affirment que c'est le soir, remarque-t-il.

— C'est vrai aussi, mais le soir c'est plutôt une conclusion, alors que le matin... Elle montre la mer, la jeune lumière : C'est une naissance : on a l'impression de prendre un bain de pureté.

— Comme en allant à la messe? demande malicieusement l'officier.

Camille devient toute rose.

— La messe, c'est pour la force, dit-elle.

Sur la pointe de ses pieds nus, elle va reprendre son peignoir « poussin » et en couvre ses épaules.

— Vous nagez bien, la félicite Quentin.

— C'est Arnaud qui m'a appris : j'avais à peine quatre ans.

— Pourra-t-il remarcher un jour?

La question ne semble pas surprendre Camille; elle doit avoir l'habitude qu'on la lui pose.

— On parle de nouveaux traitements... Mais il ne remarchera jamais vraiment.

Elle va maintenant vers la proue et se penche pour regarder le sillage. Quentin l'a suivie. Il fait délicieusement bon : un petit 20 degrés. Dans deux heures, on cuira et les chaises longues seront toutes occupées.

— Que diriez-vous de prendre un café ici? Je parie que le grill est plein : de gens et de musique.

Camille se retourne et regarde autour d'elle, hésitante. Quelques passagers se promènent, un vieux monsieur dans une chaise longue est en contemplation. Quentin frappe de petits coups secs sur le bois du bastingage : tic, tac, tac, tac...

— En morse, cela veut dire : Je vous en prie.
— Pourquoi pas ? dit-elle.

Pourquoi pas ? Arnaud serait satisfait : « Danse, amuse-toi, vois des gens... » son refrain quotidien ! Ils en sont à la moitié du voyage et rien de ce que Camille espérait ne s'est produit : pas le moindre signe d'espoir. Le pire est de se sentir si loin de lui qui, depuis l'enfance, était son double, de ne plus jamais connaître ensemble ces moments d'harmonie où tout était dit sans être prononcé. Le silence d'Arnaud n'est plus de complicité mais hostile.

Camille suit des yeux le vol de quatre mouettes qui planent au-dessus du bateau, espérant de la nourriture. Et si Arnaud disait vrai : s'il ne l'aimait plus ? Chaque jour, dans son métier, Camille peut constater que seuls sont capables d'amour ceux qui sont à peu près en paix avec eux-mêmes. On ne fait finalement que transmettre de la joie que l'on éprouve. On n'accepte l'autre qu'après s'être d'abord accepté et comment son fougueux et orgueilleux compagnon d'enfance s'accepterait-il mutilé ?

Deux employés en pantalon noir, large ceinture de même couleur et chemise claire déploient les chaises longues autour de la piscine et y disposent les matelas. « *Good morning*, mademoiselle. — *Kaliméra* », répond-elle. Elle a appris quelques mots de grec. *Kaliméra, Tikanis, Yassou*... Souvent, elle se demande ce que pensent ces hommes au service de gens qui dépensent sans doute plus en quelques jours que ce qu'ils gagnent, eux, en plusieurs mois. Est-ce qu'ils comparent, rêvent, envient ? Si certains sourient, la plupart lui paraissent graves. « Tu te demandes toujours trop tout ! » lui reproche Arnaud.

L'un des employés lui désigne un siège. Elle s'y installe. Arnaud ! Elle l'appelait « l'homme pressé »... Pressé de vivre, d'aimer, d'apprendre, de prendre. Si elle lui avait dit oui ce jour-là, si elle avait cédé à son désir, il n'aurait pas, de colère, plongé dans l'endroit interdit. Il l'a fait pour se venger. Et puisqu'ils allaient se marier...

La gorge de Camille se serre. Ils n'en ont jamais reparlé.

— Mademoiselle est servie !

Sidérée, elle découvre sur le plateau que lui présente cérémonieusement Quentin, un petit déjeuner pantagruélique. Outre le café promis, il y a une montagne de brioches, des toasts, des jus de fruits.

— Suis-je autorisé à partager ce frugal repas ? demande l'officier, au garde-à-vous dans son uniforme blanc.

Elle rit :

— Vous l'êtes.

Soudain, elle a faim et trouve que c'est bon d'être jeune, d'avoir devant soi toute une journée en mer, de découvrir Istanbul bientôt. Quentin la regarde ; il est grave.

— C'est la première fois que j'entends votre rire, remarque-t-il. Que nous arrive-t-il donc ?

Elle se sent rougir : que signifie ce « nous » ?

— On attaque ? dit-elle.

— A vos ordres.

Plus tard, il s'étonnera de lui avoir si rapidement et si simplement parlé de lui, de sa famille très parisienne, de son père qui aurait souhaité le voir travailler dans un bureau à côté du sien. Mais lui, depuis les scouts — plus exactement l'apprentissage du morse aux scouts —, ne rêvait que de mer et d'aventure ; voilà, c'est simple la vie : tic, tac, tac, tac et on se retrouve officier.

A sa demande, tout aussi naturellement, Camille parle de son métier auprès d'enfants en difficulté. Chez la plupart d'entre eux, explique-t-elle, il y a eu, à un moment ou à un autre, une carence d'amour et elle ne peut s'empêcher de penser, tant pis s'il s'agit du plus gros cliché du monde, que l'amour est comme le soleil, indispensable à l'épanouissement des êtres et des choses. Et elle rit parce qu'il faut bien rire en disant les choses essentielles.

En riant lui aussi, Quentin lui confie que l'amour, enfin celui que l'on porte à une fille, il ne l'a pas encore connu. Est-ce dû à son métier ? C'est un peu trop facile de séduire lorsqu'on porte un uniforme et que l'on est bronzé toute l'année. Il n'a jamais vraiment eu le temps de désirer. Et, toujours en riant, il dit qu'il souhaite aimer un jour, aimer à en voir le monde sous les couleurs des clichés éculés, à en compter les étoiles le soir comme il le voit si souvent faire à d'autres, quitte à souffrir comme un perdu. Et Camille rétorque, en riant elle aussi, que ces étoiles, certains « perdus » les comptent tout seuls et qu'alors le ciel devient un puits profond à la mesure de toutes les amours non partagées, qu'on y tombe et que ce n'est pas du tout aussi grisant qu'il semble l'imaginer.

Camille pense à Arnaud, mais aussi à Chloé et à Laure ; et Quentin à Estelle, à celles qui l'ont précédée et à qui il n'a jamais eu envie de parler comme à cette jeune fille sage près de laquelle il se sent simplement bien et également, il ne sait pourquoi, un rien nostalgique.

La chaleur monte, ils n'ont pas remarqué les passagers qui, peu à peu, ont envahi le pont. Ils étaient trois ou quatre, ils sont quarante. Il était 8 h 30, 10 heures vont bientôt sonner. D'habitude, avant d'aller prendre son petit déjeuner, Camille appelle Arnaud pour lui proposer de l'accompagner, il refuse toujours. Ce matin, elle a oublié et, lorsqu'il apparaît dans sa chaise roulante, elle ne le voit pas, parce qu'elle regarde un long morceau de terre brune comme un chien paresseux étendu sur la mer tout en écoutant Quentin lui raconter que, s'il y a tant de chapelles sur certaines îles, c'est que les marins pris dans les tempêtes font le vœu d'en élever une s'ils reviennent à bon port. Ainsi, dans l'île de Santorin, s'arrondissent sept cents coupoles : une pour trois habitants ; et l'officier lui affirme qu'il vient d'en élever une en forme de vœu sur le morceau de terre déshérité, mais lui ce sont des tempêtes qu'il réclame : celles du cœur. Et Camille rit.

Comme la tempête, un cancer et peut-être aussi l'explosion d'un grand bonheur, un drame est fait de nombreux éléments que l'on ne parvient jamais à nommer tous, où le hasard a sa part, éléments que certains empaquettent, pour simplifier, sous l'étiquette « destin ». Comment Camille et Quentin se douteraient-ils, dans cette matinée limpide, que le rire de Camille sera l'un des éléments qui feront du lendemain un jour de turbulence pour Martin Dorfmann ?

Ils n'ont pas vu Arnaud faire demi-tour et disparaître.

CHAPITRE II

Le grill était plein. Les gens allaient se servir au buffet puis s'installaient aux tables où on leur portait la boisson chaude de leur choix. L'atmosphère était détendue, amicale ; rien de comparable avec celle des premiers jours. Qu'ils aient ou non fait connaissance, les passagers se souriaient, échangeaient des plaisanteries. Ils avaient partagé les mêmes jeux, dansé, empli les cars lors des escales. Certains s'étaient aimés ; souvenirs et projets communs les liaient.

Arnaud poussa la porte. Le rire de Camille résonnait encore à ses oreilles : ce rire d'enfant. Depuis combien de temps ne l'avait-elle pas eu avec lui ? Se souvenait-elle enfin qu'elle était jeune, séduisante et libre ? « Libre », se dit-il et la douleur le transperça.

— Puis-je vous aider, Monsieur ?
— Volontiers.

Le serveur suivit Arnaud le long du buffet, posant sur un plateau les mets que celui-ci lui désignait : compote de fruits frais, céréales, œufs au bacon. Arnaud n'avait aucune faim mais manger faisait partie du plan : il devait, au moins pour quelques jours encore, être au mieux de sa forme. Après, on verrait !

Arrivé au bout du buffet, l'employé lui montra la salle.

— Monsieur a-t-il une préférence ?

— Certainement, dit Arnaud. Posez-moi tout ça près de l'homme au gros cigare qui se cache derrière son journal.

Martin plia son journal. D'un geste qui se voulait anodin, il enfouit dans sa poche la boîte de médicament posée devant lui, acheva sa tasse de thé, essuya délicatement sa bouche et y glissa à nouveau son cigare : celui-ci était éteint. Il désigna le livre que Arnaud avait posé sur la table.

— Etudier l'écriture d'autrui, n'est-ce pas un peu comme lire dans les lignes de sa main ?

— Là, tu y vas fort, dit Arnaud en riant. Je reconnais que l'intuition joue son rôle dans la graphologie, mais il s'agit malgré tout d'une analyse des plus scientifiques.

— Est-il vrai que notre écriture change avec nous ? interrogea encore Martin.

— A la fois elle change et reste la même : nous demeurons « nous » toute notre vie.

— Hélas ! soupira l'Allemand en levant comiquement les yeux au ciel.

Il regarda Arnaud qui, visiblement, se forçait à manger ; il éprouvait toujours cette envie de faire quelque chose pour lui, mais quoi ? Il ne pourrait jamais lui rendre l'usage de ses jambes.

Il appela un serveur et commanda une bière qui lui fut apportée aussitôt ; l'employé lui présenta la note. Il signa.

— Voici qui pourrait m'en dire long sur ton compte, plaisanta Arnaud. Rien de plus révélateur qu'une signature.

Martin plia vivement la fiche et la rendit au garçon.

— Cachez-moi vite ça !

Tous deux rirent. Arnaud se tourna vers le hublot. La côte turque se devinait au loin.

— Nous nous quitterons demain à Istanbul! annonça soudain Martin.

— Nous nous quitterons? répéta Arnaud stupéfait.

— Je resterai une quinzaine de jours là-bas, expliqua l'Allemand du même ton abrupt. Je rentrerai par le bateau suivant.

— Voilà donc pourquoi tu as entrepris ce voyage... remarqua Arnaud songeur.

— « Doux pays de mon enfance... », chantonna Martin.

Il alluma son Montecristo et en tira une longue bouffée. Que représentaient pour lui ces cigares qui ne quittaient jamais ses lèvres? s'interrogea Arnaud. Les médecins auraient tout de suite proposé des réponses : le sein de la mère? L'image du père? Avant que Martin ne le cache dans sa poche, il avait pu lire le nom du médicament posé sur la table : du Gardénal. Depuis quand en prenait-il?

— Nous sommes partis d'Istanbul plutôt brusquement après la mort de ma mère, reprit Martin. On ne m'a pas laissé le temps de faire mes adieux.

— Tu avais des amis là-bas?

— Une... Meryem : pas très recommandable. Danseuse du ventre.

Arnaud sourit. Il sentait Martin à la fois désireux de parler et sur la défensive : ce voyage devait avoir une grande importance pour lui.

— Quand as-tu quitté Istanbul?

— J'avais douze ans.

— Pour aller où?

— En pension, dit Martin d'un ton coupant. Et il se détourna.

— Si tu n'es plus là, qui me ramassera si je tombe? demanda Arnaud.

Le visage de l'Allemand s'empourpra. Il écrasa son cigare dans un cendrier et plongea le nez dans son verre de bière.

— Confidence pour confidence, reprit l'infirme, moi aussi je débarque avant la fin du voyage.
— Tu débarques ?
C'était au tour de Martin d'ouvrir des yeux incrédules.
— A Mykonos. Top secret ! Tu connais Camille : elle n'aurait de cesse de m'en empêcher. Ou bien elle voudrait venir avec moi.
Martin détailla le visage d'Arnaud.
— Pourquoi ? demanda-t-il d'une voix inquiète.
— Besoin de faire le point. Tranquille. Avec mes foutues jambes, plus moyen d'être jamais seul. Un ami me prête sa maison, dans la baie d'Ornos. Une femme s'occupera de moi et il y a un excellent médecin dans l'île. Sans compter que pour mes pattes le soleil est recommandé. Sais-tu que celui de Mykonos a des pouvoirs particuliers ?
L'air toujours soucieux, Martin secoua négativement la tête. La main d'Arnaud passa sous la table et, comme il le faisait souvent, il pinça l'une de ses cuisses pour vérifier qu'il y restait un peu de vie.
— Il semblerait que les dieux des éléments se disputent ce petit bout de terre, expliqua-t-il. Le meltem y est d'une violence rare et l'air d'une incomparable douceur. A l'ardeur du soleil succèdent des soirées infiniment tendres. C'est le choc des contraires. Les pauvres terriens récoltent un peu de l'énergie qui pleut de ces combats.
— Et tu comptes y rester longtemps ? demanda l'Allemand.
— On verra ça, dit Arnaud. Il désigna son livre : J'emporte de quoi poursuivre mes études.
Martin se pencha vers lui :
— J'aime bien Camille, dit-il.
— Moi aussi, dit Arnaud. Et cela lui fera le plus grand bien de respirer... librement durant quelques semaines. Il entendit à nouveau le rire de Camille

avec Quentin : Elle a d'ailleurs commencé, ajouta-t-il d'une voix durcie.

Il repoussa son plateau. Martin ne disait plus rien mais sa nervosité était presque palpable. De quoi l'Allemand le soupçonnait-il ? De vouloir en finir sur cette île ? Martin aussi devait parfois se demander si cela valait la peine de continuer : cigares à gogo ou non. L'amitié si étrange qu'il éprouvait depuis le début du voyage pour le gros garçon l'emplit. Il revit la scène émouvante avec la petite Laure.

— Es-tu prêt à régler une vieille dette de jeu ? demanda-t-il.

— A la disposition du grand inquisiteur, dit Martin avec un rire résigné.

Arnaud montra la poche où, il y a un instant, l'Allemand avait glissé la boîte de médicament.

— Le Gardénal, c'est pour quoi ?

— Encore un souvenir d'enfance, dit Martin très naturellement. Une sale méningite qui m'a laissé quelques passages à vide... ou à trop plein.

Un serveur s'approcha :

— Puis-je desservir, Messieurs ?

— Allez-y, dit Arnaud.

Il regarda autour de lui. La salle à manger s'était vidée sans qu'il s'en aperçoive. Ils y étaient les derniers clients : le malade et l'infirme. Une image plutôt incongrue se présenta à lui : le destin les avait placés, Martin et lui, en cordée au cours de cette croisière. Si l'un des deux lâchait...

— Dans cette maison, à Mykonos, il y a une chambre d'ami, dit-il. Si, à ton retour d'Istanbul ?

La joie déforma le visage de l'Allemand.

— Pour la bière et le champagne, ne t'occupe de rien : c'est moi !

CHAPITRE III

Avec le plus total mépris, Estelle considère le gros Espagnol congestionné par l'effort qui projette ses fléchettes partout sauf sur la cible. Des spectateurs rient, la famille du joueur l'encourage, les autres participants au concours attendent docilement leur tour.

L'œil noir, elle se tourne vers Jean Fabri.

— Chloé les aurait tous écrabouillés! Je n'ai jamais vu quelqu'un d'aussi fort: elle peut même jouer les yeux bandés. Mais vous voulez savoir une chose? C'est fini: elle n'y touchera plus. On parie?

— Certainement pas, dit Jean. Moi je veux parier que Chloé rejouera parce que cela voudra dire qu'elle est guérie.

— On ne guérit pas d'un père! décrète Estelle sombrement.

L'Espagnol est éliminé; un Anglais à lunettes prend la relève. Il salue, fait le clown; des gens applaudissent. Estelle s'éloigne, s'assurant que Jean la suit. Celui-ci l'a sentie sur le point de dire quelque chose d'important mais, au dernier moment, elle s'est ravisée. Quand se décidera-t-elle à exprimer ce qui lui pèse et, parfois, la rend si peu naturelle?

Elle s'installe dans un fauteuil disposé dans un endroit abrité du vent. Il prend place à côté d'elle. On voit la mer par les larges baies.

— Ton père à toi est italien, n'est-ce pas ? hasarde le chanteur.

Estelle acquiesce :

— On s'appelle même Bofetti. Ça veut dire « petit bœuf ».

— Bofetti, répète Jean avec plaisir. Voilà un nom vivant ! Sais-tu qu'on prétend que, en France, dans cent ans, tout le monde s'appellera Durand ou Martin ?

Estelle reste bouche bée, puis elle a un rire incrédule :

— Si on vous avait appelé « Bob » toute la vie, vous auriez trouvez ça vivant, vous ?

— A l'école, il y avait un garçon qui s'appelait Pissard, raconte Jean. Tu imagines les plaisanteries ! Eh bien il avait trouvé la parade : il claironnait partout son nom et en riait avant les autres.

Estelle ne dit plus rien. Elle semble réfléchir, fixant d'un air têtu la pointe de ses espadrilles. Au loin passe un long bateau où des hommes et des femmes, qui sans doute leur ressemblent, doivent vivre également la fête d'une croisière. Lorsqu'il était enfant, il arrivait à Jean de se rendre dans les gares pour saluer de la main les gens en partance. En particulier, les Wagons-lits le fascinaient, et la tendre lumière des lampes sur les tables du restaurant. Le désir d'être un jour l'un de ces voyageurs le propulsait en avant. Cela devait être ça, la vieillesse : ne plus se sentir tiré.

Il se tourne vers Estelle : tirée, elle l'est ! Et qu'importe que ce soit par des désirs moyens, des buts insignifiants. L'essentiel est d'avoir envie d'avancer.

— Et si votre père n'était pas ingénieur, demande-t-elle soudain sans le regarder. Si, par exemple, il était chauffeur de taxi ?

— C'est un métier qui permet de voir chaque jour des visages nouveaux, répond Jean d'une voix prudente. Mon père à moi, qui était boulanger, disait que les visages nouveaux étaient le levain de sa vie.

— Et si vous n'étiez pas étudiante en droit mais que vous vendiez des chaussures, reprend Estelle avec le même ton de défi et toujours sans le regarder.

Un rire attendri monte en Jean : enfin, elle y vient !

— Le cuir sent bon, remarque-t-il. Comme le pain.

Alors Estelle se tourne vers lui, le regarde bien en face et se lance.

— Votre père, c'était le pain, vous, c'est la chanson, moi, c'est la godasse et, ce voyage, on l'a gagné au loto. Voilà, c'est dit, maintenant vous savez tout !

Emu, Jean prend ses mains dans les siennes. Au diable le regard soupçonneux des gens : qu'ils imaginent ce qu'ils veulent. Elle aura été la lumière de son dernier voyage.

— Tu vois, dit-il, je me demandais un peu ce que je faisais ici. Eh bien, je le sais maintenant : je peux encore servir d'oreille. Merci de m'avoir fait confiance.

Estelle éclate de rire, plus légère déjà, soulagée d'avoir partagé son secret. Aura-t-il le temps de la convaincre qu'il vaut mieux être une bonne et joyeuse vendeuse de chaussures qu'une fausse étudiante en droit ?

— Mais ça se fête, tout ça ! s'exclame-t-elle soudain.

— Il me semble, approuve Jean intrigué.

Alors elle se redresse et, d'un geste de grande dame, frappe dans ses mains en direction du bar.

— Champagne !

Tandis que les passagers — dont certains revenaient des cours de gymnastique ou de danse —, dégustaient le bouillon chaud de 11 heures, accompagné de gâteaux secs, on leur servit le champagne. Ils heurtèrent leurs coupes.

— Que dirais-tu de me tutoyer ? a proposé Jean. Nous serions à égalité.

Il y avait de la réprobation dans les yeux d'Estelle lorsqu'elle a refusé :

— Je tutoie tout le monde. Vous... j'ai pas envie. C'est agréable.

Puis Steven est venu vers eux de cette démarche déliée des Américains. Il avait l'air soucieux. Estelle lui a tendu sa coupe de champagne ; il a refusé.

— Comment va Chloé ?

— Elle a eu mal au cœur cette nuit. Il paraît que c'est le gâteau d'anniversaire.

— Camille dit qu'elle ne veut voir personne.

— Sauf Punchy, sa tortue... Estelle lui a adressé un clin d'œil complice : Tu remarqueras qu'elle a choisi un nom anglais.

Steven a tendu la main :

— Je peux avoir la clef de votre cabine ?

Sans hésiter, Estelle la lui a remise :

— Si tu tiens à te faire étriper !

Il l'a remerciée, puis il est parti à grandes enjambées. Estelle s'est penchée vers Jean :

— Vous avez vu ses yeux ?

Jean a incliné la tête : « Ceux d'un homme amoureux ».

— C'est venu comme ça, d'un coup, je suis témoin, a dit la jeune fille avec envie.

C'est alors qu'une onde de tendresse et de mélancolie a parcouru le chanteur. De plus en plus souvent, les gens le fatiguaient, si semblables, si monotones. Mais parfois, comme maintenant, il s'en sentait solidaire. Oui, il était beau que ce soit l'amour, illusoire ou non, qui les tire le plus sûrement : désir, plaisir, amour. Jean avait aimé et on l'avait aimé ; tous ne pouvaient en dire autant. Cela lui retirait le droit de se plaindre.

Machinalement, sa main passa sur sa cravate.

— Ça alors, votre perle... s'exclama Estelle. Elle le regardait un air de reproche : C'est la première fois que je vous voie sans.

— Je me suis dit qu'une épingle de cravate, c'était bien démodé, expliqua-t-il. Tu ne trouves pas ?

— Ah ! ça non ! trancha la jeune fille. Et moi, je l'aime. Ordre de la remettre.

CHAPITRE IV

Steven s'arrête devant la 6 Vénus, regarde l'écriteau : « Ne pas déranger », fait sauter la clef dans sa main. « Alors, mon vieux, tu y vas ou ou non ? »

Ce ne sera pas la première fois qu'il pénétrera sans y être convié dans la chambre d'une jeune fille et, en général, tout s'est passé plutôt joyeusement : l'aventure ! Mais c'est justement ce mot qui l'arrête. Il se souvient du cri de Chloé en l'entendant : aventure, départ, abandon. Est-ce cela qu'il va lui offrir après ce qui est arrivé la veille ? S'il entre dans cette cabine, si par chance elle ne le fout pas à la porte, si par miracle il lui plaît un peu, il s'engage : au moins à ne pas la faire souffrir davantage. Et lui, jusque-là, c'est la perspective de l'engagement qui lui tirait des cris...

Il fait quelques pas dans la coursive : « Vierge, martyre et complètement bloquée »... Chaque fois qu'il revoit Estelle prononçant ces paroles, il ne peut s'empêcher de sourire : cela existe donc encore ce genre de filles ? Et serait-ce pour sa rareté, pour être le premier, l'apprivoiseur, l'initiateur, qu'il la veut tant, de tout son cœur et son corps ?

Et aussi parce qu'elle est toute d'or roux et de vif argent comme l'empoisonnante petite sœur des westerns qu'il préférait cent fois aux belles héroïnes.

Alors on y va! Il revient sur ses pas, enfonce résolument la clef dans la serrure, ouvre la porte, s'immobilise. Rêve-t-il? C'est bien la voix de Chloé qui sort du drap sous lequel elle est aux trois quarts cachée. Sa voix des jours où elle plaisante, gaie avec parfois une descente dans le grave, le sourd : une descente en elle. Elle parle plutôt vite et il ne comprend pas la moitié de ce qu'elle raconte. Puis il réalise que le son vient d'un magnétophone : Chloé s'écoute!

Elle ne l'a pas entendu entrer; tournée du côté du mur, elle ne peut le voir et, comme il traîne près de la couchette le pouf placé devant la coiffeuse, il se dit qu'elle aura rudement raison, lorsqu'elle le découvrira là, de le mettre dehors. Mais tant pis, il prend le risque : il ne reste que quatre jours de croisière, quatre jours pour la gagner.

Il sort une cigarette de sa poche, la glisse entre ses lèvres, ne l'allume pas. On sent le soleil derrière les rideaux tirés sur les hublots et, remontant en soi, le mouvement ample de la mer. Le souffle de l'air conditionné vous sépare du monde. Dans la cage placée bien en évidence sur la table, une tortue de Kalithéa racle sa carapace aux barreaux. Le décor est planté. Comment la vie va-t-elle tourner maintenant, de quel côté?

Et s'il l'écrivait?

S'il écrivait ce moment, cette fille nue réfugiée sous son drap, l'éclair blanc d'une nuque où il voudrait appuyer et promener sa bouche, son impression d'être au bord d'un choix, le désir qu'il a d'elle, sa décision de ne pas essayer de la séduire. Est-ce cela, l'amour? Garder mains et lèvres loin de ce corps? Se sentir prêt à attendre le temps qu'il faudra? Ou est-ce, plus simplement, de laisser son stylo dans sa poche? Steven s'est toujours promis de ne pas mettre celle qu'il aimerait dans un livre, de la garder pour lui.

La cassette s'arrête. Chloé ne dormait pas puisqu'elle bouge aussitôt. Sans se retourner, elle sort un bras du drap.

— On n'est pas dans la tombe du roi Minos, dit-elle. Si tu veux faire du bruit, te gêne pas. Quant à Punchy, les moules, je te signale qu'elle n'a pas apprécié.

Si la voix n'était enrouée, grosse de souffrance retenue, Steven éclaterait de rire. Chloé l'a donc entendu ; elle pense que c'est Estelle. Il est temps de se manifester.

— Jamais vu une tortue apprécier des moules !

Chloé pousse un cri, se retourne, le découvre, tire le drap jusqu'à son menton.

— J'avais de la peine pour toi, dit-il. Il fallait que je te le dise.

Elle regarde cet Américain, ce conteur d'histoires qui est venu la chercher aux sources taries de l'eau magique, qui tout à la fois l'attire et lui fait peur, un peu comme la mer. « Pourquoi es-tu revenu ? Ça commençait à aller mieux, j'avais moins mal, même la colère était passée. Le rêve qui se brise, ce n'est pas du tout comme on imagine : ce n'est pas un coup mais une absence, c'est un froid plutôt qu'une brûlure, le vide et non la souffrance. Tout ce que je sais, c'est que je n'ai plus envie de vivre, ça ne m'intéresse plus vraiment... »

Il la regarde, qui se laisse retomber en arrière et fixe le plafond comme si elle voulait passer à travers. Avec ses joues toutes rouges, ses boucles collées à son front, elle lui rappelle les angelots sur les fresques de certaines églises.

— Tu te souviens ? demande-t-il. Un jour, tu m'avais parlé d'une bouteille à la mer, d'un S.O.S. Eh bien, j'ai trouvé la bouteille. Me voilà !

— Il n'y a pas de bouteille, dit-elle. Pas de S.O.S.

C'est juste un petit coup de froid et, dans ces cas-là, on bouge pas trop, on reste au chaud. Elle se tourne à nouveau vers lui : C'est bon, la cigarette éteinte ? J'ai rien contre la fumée, tu sais.

Steven plonge la main dans sa poche à la recherche de ses allumettes et ses doigts rencontrent le briquet qu'Alexandra lui a offert. Bon Dieu, pourquoi l'a-t-il donc accepté ? Il ressort sa main vide, ôte sa cigarette de sa bouche et la jette dans un cendrier.

— Les « ptits coups de froid », ça rend la gorge sensible, dit-il. La fumée est décommandée.

A nouveau, elle regarde le plafond :

— Tu comprends, dit-elle de sa même voix enrouée, c'est une affaire de drogue. Chaque fois que ça n'allait pas, je me disais : Tu t'en fous, un jour, il viendra te chercher. *L'addict* totale.

Et soudain, Steven se revoit petit garçon, au Texas, bien droit devant le drapeau américain que l'on hissait chaque matin dans la cour de l'école, sentant gonfler en lui l'amour de son pays et le désir de le servir, obscurément conscient du bonheur profond de l'engagement. Pour les bouteilles à la mer, il y a deux solutions : ou vous les repoussez du pied — ni vu ni connu — ou, comme un idiot, vous les ramassez pour lire le message qu'elles contiennent et c'est forcément le prélude à toutes sortes d'emmerdements. « Eh bien voilà ma chérie aux yeux clos, au visage d'angelot, j'ai trouvé ton message et j'accepte l'engagement. » Les petits garçons, dans la cour de l'école, saluaient le drapeau. Du dos de la main, très brièvement, il caresse la joue de Chloé.

— Et si j'étais venu te chercher ?

Sous ses doigts, elle a frissonné.

— Faut surtout pas faire ça, dit-elle, c'est un geste de père.

CHAPITRE V

A 14 h 30, salon Quatre-Saisons, Mme Van Houten, Belge de cinquante-deux ans, entama la finale de Scrabble en plaçant sur le tableau le mot « kilt » qui lui rapporta vingt-six points. Son adversaire, Gilles Domanges, jeune Français de quatorze ans que l'on disait surdoué et auquel ses parents avaient offert cette croisière en récompense de ses succès scolaires, ajouta aussitôt un S au bout de kilt en formant le mot « coqs » qui lui valut trente-cinq points.

Armé de chronomètre et dictionnaire, un ancien professeur de lettres choisi parmi les passagers avait été chargé d'arbitrer la partie. De nombreux spectateurs entouraient les joueurs. Des paris s'engageaient.

A 14 h 35, quittant sa cabine pour aller se faire bronzer sur le pont, Estelle remarqua que la porte de la 9 Vénus était entrouverte. Y glissant un œil curieux, elle aperçut, suspendu au dossier d'une chaise, un sac à dos en nylon rose. Elle s'immobilisa : que lui rappelait-il donc ? Fouillant sa mémoire, elle se revit dans les cuisines du bateau devant le petit cadavre de Baraka. Un employé apportait le sac : « Je l'ai trouvé dans la chambre à fromages. » Elle revit Camille le subtilisant comme si elle craignait que quelqu'un ne le reconnaisse. Elle entendit Chloé s'accuser : tout était de sa faute, elle avait laissé Baraka s'échapper.

Le cœur d'Estelle se mit à battre : ce n'était pas Chloé la coupable mais la gamine qui logeait ici. Elle avait transporté le cochon d'Inde dans le sac et, lorsque les choses avaient mal tourné, l'avait lâchement abandonné.

Estelle entra dans la cabine. Un plateau chargé de nourriture était posé sur la table : crème, gâteaux, confitures. Une petite fille gâtée ! Théodorès apparut à la porte de la salle de bains. Il parut très ennuyé de la voir là.

— Je cherche Laure, dit-elle.

Le cabinier hésita. Estelle se força à sourire :

— Nous avons rendez-vous.

— Elle... revenir tout de suite, dit Théodorès à contrecœur.

— Alors je vais l'attendre ici, déclara Estelle. Et elle s'installa d'autorité sur la chaise à laquelle était suspendu le sac.

Trouvant Estelle dans sa cabine, Laure comprit tout de suite pourquoi elle était venue et elle ne fut pas étonnée. Un jour ou l'autre, on payait pour ses mauvaises actions. *Elle* le lui répétait sans cesse : le moment était venu de payer pour la mort de Baraka.

Estelle s'était levée mais elle ne disait rien. La petite fille referma la porte, traversa la cabine pour s'asseoir sur sa couchette et attendit.

Estelle décrocha le sac et vint l'agiter sous son nez :

— C'est toi, n'est-ce pas ? Tu y avais mis Baraka, tu l'as descendu dans la chambre à fromages ?

Laure baissa les yeux. Elle savait qu'au fond du sac restait l'odeur du cochon d'Inde : l'odeur de la mort. Comme elle ne répondait pas, Estelle saisit son bras et le secoua de toutes ses forces mais sans lui faire vraiment mal. « Elle n'était, cria-t-elle, qu'une enfant gâtée, une sainte Nitouche et une criminelle. »

Quand, dans leur grande maison d'Athènes. *Elle* criait ainsi contre Laure, quand *Elle* lui disait qu'elle se liguait avec son père pour avoir sa peau, il y avait une chose qui à la fois fascinait et dégoûtait la petite fille : cette mousse blanche au coin des lèvres. Et ensuite, presque toujours, *Elle* pleurait, parce que, disait-elle, son enfant, la chair de sa chair, ne l'aimait pas.

Et c'était vrai !

Ainsi qu'elle le faisait lorsque sa mère l'accusait, lui prédisant qu'un jour elle et son père finiraient par prendre sa vie, Laure tenta de disparaître. Elle ferma ses yeux, ses oreilles et son cœur. Mais depuis le jour où elle avait crié à sa mère : « Eh bien, oui, tu as raison, si tu meurs on sera bien contents », ce jour où Flora Le Moyne avait pris sa voiture et était allée s'écraser contre un arbre, lorsque Laure cherchait à se réfugier en elle, elle l'y retrouvait, avec ses yeux bleus si durs et sa mousse au coin des lèvres et Flora lui disait : « Tu vois, j'avais raison, tu voulais ma mort et tu l'as eue. » Alors, le mot « maman » était devenu impossible à prononcer et l'enfant vivait dans la terreur que son père apprenne que tout était arrivé à cause d'elle. Peut-être s'en doutait-il.

Le Moyne raccompagna à la porte l'officier Harisson, médecin à bord du *Renaissance*.

— Alors, cette solution vous paraît bonne ? demanda-t-il avec espoir.

— En voyez-vous une autre ? interrogea le docteur. Il est indispensable que Laure ait une vie normale avec des enfants de son âge et vous voyez bien que la garder avec vous n'a rien arrangé, au contraire !

— Merci, dit Le Moyne.

Harisson posa sa main sur l'épaule du commissaire.

— A votre place, j'aurais sans doute agi comme vous, mon vieux.

Il sortit. Le Moyne revint à son bureau et forma sur le téléphone le numéro de Laure : autant régler le problème tout de suite. La petite fille répondit aussitôt. « Viens, ordonna-t-il. Il faut que nous parlions. »

Il raccrocha et, un instant, prit sa tête dans ses mains. Jamais il n'aurait dû l'emmener. Harisson avait raison : cela n'avait rien arrangé. Le dialogue était rompu entre sa fille et lui : on aurait dit que depuis la mort de sa mère, à la fois Laure le fuyait et refusait de s'en séparer. Et en plus, il risquait sa carrière ! Emmener sur le *Renaissance* un membre de sa famille était formellement interdit à l'équipage par Kouris.

Mais lorsque, au Pirée, une heure avant l'appareillage, il avait trouvé Laure dans sa cabine, lorsque, pour qu'il la garde, elle s'était livrée à un véritable chantage, il n'avait pas eu la force de résister. N'avait-elle pas, un mois auparavant, absorbé le contenu d'un tube de tranquillisants ? L'un de ceux qu'employait sa mère ?

Sur le bateau, seuls le médecin et le cabinier en chef du pont Vénus, Théodorès, un vieux de la vieille que Le Moyne avait fait engager et qui lui était attaché, étaient au courant. Laure avait promis de se montrer discrète.

Discrète... Le Moyne alluma une cigarette. Pouvait-on demander à une gamine de onze ans de rester à longueur de journée enfermée dans sa cabine ? Le souhaitait-il ? Il n'avait pas été mécontent lorsqu'il avait appris par Théodorès que Camille de Cressant s'intéressait à elle. En revanche, depuis qu'il l'avait trouvée dans les bras de ce gros Allemand, Martin Dorfmann, l'inquiétude le tenaillait. Heureusement que celui-ci débarquait demain !

La porte s'ouvrit et Laure entra, tête basse, comme une condamnée. Il l'entraîna vers le canapé et s'assit à côté d'elle. De sa voix la plus affectueuse, il lui apprit que la croisière terminée il l'emmènerait en Suisse, dans un home d'enfants. C'était le pays de sa mère, elle y avait des cousins chez qui elle passerait ses congés et, bien entendu, il viendrait la voir aussi souvent qu'il le pourrait. Là-bas, près d'enfants de son âge, elle pourrait reprendre sa scolarité.

Laure releva le menton, le fixa de ses yeux bruns dont tous assuraient qu'ils étaient les siens et dit : « Non. » Elle n'irait pas en pension. Il ne se débarrasserait pas d'elle comme ça.

« Se débarrasser d'elle... » L'amour, l'impuissance se mêlaient en François Le Moyne. Comment pouvait-elle penser cela, elle qui était tout ce qui lui restait ? Alors qu'il s'était promis de demeurer calme, il se mit en colère : Laure imaginait-elle qu'il pourrait l'emmener à chacun de ses voyages ? Se rendait-elle compte des risques qu'il prenait ? Et elle, ses études ? Non, cette fois il ne céderait pas : elle irait dans ce home ! D'ailleurs — il venait de l'apprendre —, son inscription y avait été acceptée bien que l'on fût en cours d'année scolaire, ce qui était une chance.

Le visage mince disparut sous la frange. Le cœur de Le Moyne se serra comme il regardait les jambes, si maigres, de la petite fille, ces « allumettes » dont il semblait que le moindre choc aurait pu les briser net. Faire manger Laure avait toujours été un problème mais, depuis la mort de Flora, c'était pire que tout. Il avait envie de la serrer contre lui, de la prendre en lui comme une mère porte son enfant pour la nourrir. Bon sang, que lui avait-il fait ? Que se passait-il sous ce front têtu ? Ils s'entendaient si bien avant l'accident.

Il chercha à l'embrasser mais elle lui déroba son

visage; le téléphone sonna, elle en profita pour s'enfuir.

— Mais non, dit Le Moyne à l'appareil. Je n'ai pas oublié, je viens tout de suite.

Il raccrocha et, d'un geste las, tira à lui la photo posée sur le bureau : Laure et sa mère. Flora ! Un si joli nom pour une femme qui jour après jour se fanait, s'étiolait, minée par la dépression. Lorsqu'elle avait écrasé sa voiture contre un arbre, elle conduisait sous calmants et on avait trouvé de l'alcool dans son sang. De cela, il n'avait pas voulu parler à sa fille pour ne pas abîmer le souvenir de la mère, mais le mot « dépression » le hantait : une maladie de famille. Laure à présent ?

Il se leva et rectifia la tenue dans la glace. Car à part ça, l'officier François Le Moyne était le grand maître des fêtes et réjouissances à bord du *Renaissance* et on venait de lui rappeler au téléphone que, dans un moment, il devrait remettre son prix au lauréat du championnat de Scrabble. Sa présence était souhaitée au salon Quatre-Saisons.

Martin terminait sa première valise lorsqu'on frappa à sa porte.

Il faisait ses bagages comme en songe, ne parvenant pas à réaliser que le lendemain il serait à Istanbul, la ville où il avait vécu les moments les plus importants de son enfance et où, lorsqu'il y repensait aujourd'hui, il se disait que, malgré tout, il avait été heureux.

Alors pourquoi avoir si longtemps différé ce retour ? N'y revenait-il pas en fils délivré du joug de son père, en avocat prisé de tous ? Mais il y revenait aussi en orphelin : c'était à Istanbul qu'un cancer avait emporté sa mère.

Lorsqu'il revoyait la ville, la première chose qui se présentait à son esprit était un tapis rouge à petites fleurs dans un bas-côté de la mosquée de Soliman le Magnifique. Sa mère avait offert ce tapis au Dieu des Musulmans après que Martin ait été sauvé de sa méningite et ils venaient souvent s'y agenouiller côte à côte. Pour elle, Dieu était dans le cœur de chacun et peu lui importait le lieu de culte ou le nom qu'on lui prêtait, elle ne croyait qu'en la force de Sa Lumière.

Dans un coin du tapis de prière, Martin avait élu une petite fleur orangée dont il se disait qu'elle était lui et que, tant qu'il l'y verrait, sa vie serait protégée. Sa première visite, il se l'était promis, serait pour la mosquée de Soliman : pour lui.

On frappa à sa porte, il pensa qu'on lui apportait sa note de bar, il ouvrit et découvrit Laure.

Elle portait un bermuda orange comme la fleur du tapis de prière. Elle s'apprêtait à dire quelque chose lorsqu'elle vit les valises sur les couchettes et les mots se figèrent sur ses lèvres.

— Je vais t'expliquer, dit Martin.

Il referma la porte, la mena jusqu'à un fauteuil, s'assit en face d'elle et lui prit les mains. Il n'avait pas encore eu le courage de lui annoncer qu'il allait quitter le bateau, craignant que, l'apprenant, ne disparut à nouveau son fragile bonheur ! Cela faisait certainement des années qu'il attendait Laure pour qu'il la sentît aujourd'hui comme le seul lien véritable le rattachant à la vie et que l'idée de la perdre lui fût à ce point insupportable. Elle était venue et toute la dérision de son existence lui était apparue. A quoi bon et pour qui, pour quoi se lever le matin : champagne, caviar et solitude. Mais, depuis une certaine nuit, si bien appelée « des déesses », dès qu'il ouvrait les yeux, elle était là et elle lui avait fait le plus beau cadeau qui soit : son besoin de lui.

— Je resterai deux semaines à Istanbul, dit-il. C'était prévu avant qu'on se rencontre. Après, je reviendrai à Athènes, juste pour toi, pour te voir.

Il découvrirait qui elle était et comment elle vivait. Ils correspondraient. De loin comme de près il continuerait à l'aider.

Elle resta un moment silencieuse. Enfin, elle releva son visage.

— Emmène-moi, dit-elle.

Le cœur de Martin bondit : « Emmène-moi. » Jamais, personne ne lui avait demandé cela, sur ce ton de prière. Et il fallait que ce fût elle ! Une sueur d'angoisse coula le long de ses omoplates. Il essaya de rire.

— Voyons, tu sais bien que c'est impossible. Comment veux-tu?

— Emmène-moi, emmène-moi, répéta-t-elle.

Il ferma les yeux, incapable de répondre, pris dans la tempête. Il sentit les mains de la petite fille glisser hors des siennes. Il la sentit s'éloigner : « Emmène-moi... » Comment voulait-elle?

Il tira son mouchoir de sa poche et le passa sur son front trempé.

— Ecoute, j'ai besoin de boire quelque chose, toi aussi d'ailleurs. Ça ira mieux après, tu verras !

Il se jeta dans le petit salon; ses tempes battaient : « Emmène-moi. » Il chavirait. Elle n'avait pas le droit de lui demander ça. Il sortit le Gardénal de sa sacoche, en avala deux comprimés : « Calme... calme... » Dans le petit bar, il prit des jus de fruits.

Lorsqu'il revint dans la cabine, Laure n'y était plus.

« Mesdames et Messieurs, dit la voix d'une hôtesse dans les haut-parleurs, nous vous rappelons que la finale de notre championnat de Scrabble se déroule actuellement au salon Quatre-Saisons. A 17 heures, vous pourrez entendre au grand salon la conférence sur Istanbul où nous arriverons demain en tout début de matinée. Et n'oubliez surtout pas, à 19 heures, pont Héra, le spectacle de théâtre d'ombres. »

Sortant de la 6 Vénus, heureuse d'avoir parlé avec Chloé, de l'avoir trouvée mieux, Camille frappa à plusieurs reprises à la porte de Laure : en vain. Pourtant, c'était l'heure où elles étaient convenues de faire une partie de ping-pong ; la petite fille aimait ce jeu et s'y montrait fort adroite.

Théodorès somnolait en écoutant la radio dans la cabine de service : un air nostalgique, la musique du regret. Répondant aux questions de Camille, il lui apprit qu'Estelle était venue voir Laure vers 2 h 30 ; ensuite, il ne savait pas ce qu'elle avait fait. Sur l'insistance de la jeune fille, il finit par accepter, avec la plus mauvaise grâce, d'ouvrir avec son passe la porte de la 9 Vénus. Devant le spectacle qu'offrait la cabine, tous deux poussèrent un même cri.

Le contenu du plateau de nourriture, laissé en permanence à la petite fille, était répandu sur le sol, la vaisselle brisée, la glace de la coiffeuse souillée de confiture. Ils coururent dans la salle de bains : Laure ne s'y trouvait pas. Parmi les objets à terre, Camille ramassa le singe en fourrure qu'elle avait rapporté hier de Rhodes et qui avait semblé enchanter la fillette. Il y avait aussi le sac à dos en nylon rose et la paire de ciseaux qui avait servi à le lacérer.

Martin apparut à la porte ; son visage se crispa en voyant les dégât.

— C'est ma faute, constata-t-il.
— Que s'est-il passé ? interrogea Camille anxieusement. Où est Laure ?

Il ne répondit pas. Son front était couvert de gouttelettes de sueur et il semblait en lutte avec lui-même. Théodorès le regardait d'un air méfiant. Camille vint le prendre par le bras.

— Il faut trouver Estelle. Elle est venue ici ! paraît-il.

Estelle rêvait ! Elle se trouvait à Toulon et Quentin

lui apportait des fleurs, les mêmes que celles reçues à nouveau le matin même : un troisième bouquet accompagné de la mystérieuse carte portant un numéro. Elle ne parvenait pas à tendre les mains pour prendre ces fleurs. Mécontent, Quentin frappait son épaule...

Elle se réveilla en sursaut. Ce n'était pas Quentin mais Camille qui la secouait et elle ne se trouvait pas à Toulon mais sur le pont du *Renaissance,* étendue à demi nue au soleil. La « distinguette » était accompagnée de Martin ; tous deux avaient un visage tragique.

— Laure a disparu, dit Camille. Que s'est-il passé ?

— Il s'est passé qu'elle a eu droit à la scène de sa vie, déclara Estelle.

Elle tira sa serviette sur sa poitrine nue et raconta sa découverte : c'était Laure la responsable de la mort de Baraka. La petite fille n'avait d'ailleurs nullement cherché à nier. Ce qu'Estelle lui reprochait n'était pas tant d'avoir descendu le cochon d'Inde dans la chambre à fromages que de l'y avoir abandonné. On aurait peut-être pu le sauver.

— Petit c..., dit Martin.

Estelle regarda l'Allemand avec stupéfaction. Il était d'habitude la politesse même.

— Laure n'est pas responsable, expliqua Camille. Elle est malade. Tu n'aurais jamais dû l'accuser. Sais-tu où elle est ?

Ce fut à cet instant qu'Estelle se souvint de la photo représentant une femme et une petite fille qu'elle avait vue un jour sur le bureau du commissaire Le Moyne. Elle s'était demandé qui la gamine lui rappelait. C'était Laure, bien sûr !

Elle hésita à leur en parler à cause de la grossièreté de Martin, mais le visage anxieux de Camille la décida.

— Au cas où ça vous intéresserait, je sais qui est le père, dit-elle.

Au salon Quatre-Saisons, les applaudissements retentirent. Avec le mot « voltige », Mme Van Houten venait de placer tout son jeu. Elle était à présent presque assurée de la victoire : il ne restait plus que quelques lettres à piocher et elle avait plus de soixante points d'avance. Dans le jeu de Gilles Domange, se trouvaient entre autres le W et une lettre blanche ; il avait écarté légèrement celle-ci des autres comme pour l'oublier. Il était 3 h 10.

Le Moyne mêlait ses bravos aux autres lorsqu'il vit venir vers lui Martin Dorfmann et Camille de Cressant. Il devina tout de suite qu'il s'agissait de Laure. Que s'était-il encore passé ?

— Pouvons-nous vous parler ? demanda l'Allemand d'un ton rude.

— Dans mon bureau, répondit Le Moyne.

Il dit quelques mots au second et les y précéda. La présence de Camille le rassurait ; en revanche, celle de Martin, le ton qu'il avait pris, l'exaspéraient déjà.

Il leur fit signe de s'asseoir sur le canapé et prit place derrière son bureau. Martin demeura debout.

— Pourquoi séquestrez-vous votre fille ? demanda-t-il.

Le Moyne eut un rire triste :

— Voilà un bien grand mot ! Sachez que c'est elle qui a tenu à faire partie de cette croisière. Au point où nous en sommes, je puis vous dire que je n'avais pas le droit de l'y emmener et qu'elle le savait très bien. Voilà pourquoi je lui ai demandé de ne pas trop se faire remarquer : la famille des membres d'équipage n'est pas tolérée à bord.

— Elle a peur de vous, dit Martin d'un ton agressif. Vous ne nous direz pas le contraire.

— Je m'en garderai bien, répondit Le Moyne,

mais si vous m'en donnez la raison, vous me rendrez un grand service.

Camille regarda les mains crispées du commissaire, son visage où, derrière le calme apparent, elle pouvait lire la souffrance. Il n'y avait en face d'elle qu'un père impuissant face à la détresse de son enfant : elle connaissait !

Dans son travail, la première chose à laquelle elle s'efforçait, était d'établir le contact avec les parents ; la plupart éprouvaient un sentiment de culpabilité qui les rongeait : comment accepter d'avoir mis au monde un enfant sans goût pour la vie ?

Son regard croisa celui de Le Moyne.

— Laure vient de perdre sa mère, n'est-ce pas ? demanda-t-elle.

Il inclina la tête :

— Ma femme s'est tuée il y a trois mois au volant de sa voiture.

« Elle s'est tuée »... Il n'en aurait pas parlé autrement s'il s'était agi d'un suicide. Camille hésita. Elle sentait la solitude de Le Moyne, son besoin d'être aidé, mais elle craignait de le blesser par des questions indiscrètes et la présence de Martin n'arrangeait rien. Il se dégageait de lui une agressivité presque palpable. Pour l'instant, penché sur le bureau, il examinait une photo. Camille revit la chambre dévastée. Où était Laure ? Pour l'aider, il fallait absolument qu'elle sût ce qui s'était passé entre elle et sa mère. Elle n'aurait peut-être pas d'autres occasions de l'apprendre.

— J'aimerais aider Laure, dit-elle. C'est mon métier que de m'occuper d'enfants en difficulté.

— Je sais, dit Le Moyne. Il se leva et la rejoignit sur le canapé. Ma femme était dépressive, reprit-il avec une simplicité qui alla droit au cœur de la jeune fille. Elle ne supportait ni d'avoir quitté Genève, ni de vivre avec un mari... trop épris de voyages.

— Et avec Laure, cela se passait comment ? interrogea Camille à mi-voix.
— Laure n'a jamais été une enfant facile.
Martin releva brusquement la tête, mais Le Moyne ne sembla pas le remarquer.
— Je viens d'en avoir une nouvelle fois la preuve, poursuivit-il avec un rire triste. Je l'ai inscrite dans un home d'enfants pour après ce voyage : elle y fera du sport, elle y côtoiera des enfants de son âge et elle aime la Suisse. Elle a pourtant refusé.
— En pension ? rugit Martin. Vous voulez la mettre en pension ?
Camille et le commissaire sursautèrent. Le Moyne se leva.
— Veuillez me pardonner, dit Martin avec un rire. Une bouffée de chaleur... Cela arrive aussi aux hommes : question d'hormones. Il prit une longue inspiration, sortit un cigare de son étui, se tourna vers Le Moyne : Ne mettez pas Laure en pension, continua-t-il d'une voix plus calme.
— Je ne peux la garder avec moi. Comme vous l'avez vous-même constaté, cela ne se passe pas au mieux.
Martin alla vers le hublot et y appuya un instant son front, puis il revint vers le commissaire.
— J'ai connu un enfant de son âge, raconta-t-il d'une voix hachée. Lui aussi avait perdu sa mère... on l'avait envoyé en pension... Il s'interrompit ; son poing était fermé sur son cigare, il le broyait : Eh bien, il s'est pendu, conclut-il.
A nouveau, il eut son rire bref. Le Moyne se leva. Il semblait à bout.
— Je vous remercie pour vos conseils, monsieur, mais il me semble que cette affaire ne vous concerne pas, dit-il ton sec. Vous me permettrez de faire ce que je jugerai le meilleur pour ma fille.
— Bien sûr, dit Martin. Je comprends.

Il adressa au commissaire un bref signe de tête et quitta la pièce. Camille et Le Moyne se regardèrent.

— Si vous le voulez bien, nous nous reverrons, murmura la jeune fille. Et, à son tour, elle sortit du bureau.

Martin était arrêté au bout de la coursive. En regardant sa silhouette éléphantesque, elle eut soudain à la fois pitié de lui et peur. Au moment où elle le rejoignait, il se retourna et, à sa stupéfaction, lui présenta un visage apaisé. Il ouvrit sa main : les débris de son cigare s'éparpillèrent sur le sol.

— Quel gâchis ! dit-il. Pensez donc : un Montecristo !

— Il faudrait peut-être retrouver Laure maintenant, proposa faiblement Camille.

— Mais je sais où elle est, dit-il. Et là n'est pas le problème !

Ce ne fut qu'un peu plus tard que Camille comprit, ou plutôt qu'elle accepta de comprendre d'où venait sa peur. Ce n'était pas la violence qu'elle avait découverte en Martin, ni la scène pénible qu'il avait faite à Le Moyne qui l'avait provoquée, mais l'enfant : celui dont l'Allemand avait parlé, que l'on avait mis en pension et qui s'était pendu. Parce que cet enfant — elle en aurait mis sa main au feu —, s'appelait Martin Dorfmann.

A 15 h 30, Gilles Domange plaça sur le tableau du Scrabble le mot « wapiti », en se branchant sur le I de « rixe » et utilisant les cinq lettres qui lui restaient, dont la lettre blanche. Le W comptait triple et l'ensemble du mot double. Il obtint aussi soixante-quatorze points et coiffa au poteau Mme Van Houten à qui il ne restait que deux lettres très faciles à mettre. L'effet de surprise fut total. L'arbitre vérifia dans le dictionnaire que le wapiti était bien un grand cerf d'Amérique du Nord. Ayant parié sur Mme Van Houten la plupart des passagers perdirent.

François Le Moyne remit au gagnant une copie en argent de la montre molle de Dali. La finaliste eut droit à un flacon de parfum. Comme on tendait à Gilles Domange un micro pour qu'il fît part au public de ses impressions, il leva la montre qu'il venait de recevoir.

— Le temps..., dit-il. Nous avons joué soixante minutes, j'étais conscient de chacune d'elles et pourtant elles ont passé... comme des éclairs. Et peut-être qu'au même moment, pour d'autres gens, ces mêmes minutes semblaient durer des siècles...

Un silence se fit parmi les passagers car ce garçon n'avait que quatorze ans, que la plupart d'entre eux en avaient quatre, cinq ou même six fois plus et que la fuite du temps était leur grande affaire. Si beaucoup voyageaient c'était pour remplir ce temps d'autre chose que de quotidien, avoir l'impression de le mieux saisir et, parfois, d'en ralentir la course.

— En grec, *Kronos*, dit le professeur qui avait arbitré le combat. Le dieu malin Kronos qui s'amuse à faire de soixante minutes un éclair ou un siècle. Qui dit mieux ?

Des rires lui répondirent, tout le monde applaudit et, soulagés, les gens passèrent à autre chose.

Soixante minutes, le temps d'une partie de Scrabble, auraient suffi pour que se nouent les fils qui conduiraient Martin vers son destin.

Les montreurs d'ombres

CHAPITRE PREMIER

Sur le mur de toile tendue apparaît Kariaghiosis. Il porte un habit multicolore dont il ne semble pas peu fier. Il se pavane, lisse d'énormes moustaches, entrecoupe son discours de chants et bruits peu élégants.

Ce qu'il raconte, par la voix du récitant caché derrière l'écran, seuls les Grecs peuvent le comprendre ; mais les mots n'ont pas d'importance, bruits et attitudes suffisent et l'essentiel de l'intrigue a été expliqué aux passagers avant le spectacle : le bel Alessandros est épris de Sirénia, fille d'un roi jaloux qui la fait garder par un dragon. Karaghiosis, homme simple et rusé, héros de l'histoire, aidera le jeune seigneur à la délivrer.

Les tréteaux du théâtre d'ombres chinoises ont été dressés pont Vénus où les employés ont aligné des rangées de chaises. Le léger courant de brise, les champs bleus de la mer au bout desquels pend le fruit rouge du soleil font partie du décor. Il est 19 heures.

Annoncé par le galop d'un cheval, voici l'amoureux ! Il se jette aux pieds de Kariaghiosis pour le supplier de venir avec lui au château du méchant roi. Au contraire de la voix de baryton du héros, celle d'Alessandros est légèrement efféminée et le pauvre bégaye. S'il est bien né, il n'est pas pour autant malin : c'est le riche simplet par rapport au pauvre astucieux. On ne peut tout avoir !

Camille effleure l'épaule d'Arnaud qui a arrêté son fauteuil roulant un peu à l'écart du public. Où qu'il soit, surtout dans la foule, il tient à pouvoir s'éclipser dès qu'il le désire.
— Regarde, chuchote-t-elle.
Elle lui montre Martin. Accoudé au bastingage, l'Allemand suit le spectacle. Son visage est impressionnant : tendu, passionné.
— Il faudra que je te raconte, poursuit Camille à voix basse ; il s'est passé quelque chose avec Laure. Je suis inquiète.
Le regard d'Arnaud revient vers la jeune fille. Elle s'est fait un chignon et c'est ainsi qu'il la préfère : le visage dégagé, libre de maquillage, si pur ! Il le prenait entre ses mains et l'approchait de sa bouche comme une coupe d'un vin précieux pour venir y boire. Au centre du chignon, elle a piqué une marguerite de tissu. Est-ce pour Quentin ?
— Tu n'as pas à t'inquiéter, dit-il. Martin nous quitte demain : il reste à Istanbul.
De soulagement, elle pousse un gros soupir. Il faut toujours qu'elle ait peur pour quelqu'un ! Il revoit la petite Laure, cherchant Martin et entend avec malaise la plaidoirie que l'Allemand s'adressait à lui-même : « Non coupable. »
— Les handicapés de l'enfance, ça existe aussi, dit-il.
Camille le regarde, frappée.
— Sais-tu s'il a été en pension autrefois ? demande-t-elle soudain.
« Chut ! » Des gens se tournent vers eux, le doigt sur les lèvres.
— Quelle importance ? lance Arnaud. Regarde...
Le visage apaisé, Martin rit comme tout le monde

aux facéties de Kariaghiosis qui, avec les plus grandes difficultés, se juche à l'arrière du cheval d'Alessandros.

Au troisième rang des spectateurs, Chloé regarde s'éloigner sur la même monture les silhouettes des deux héros. La bosse de Kariaghiosis se balance de façon grotesque et la bourse bien remplie que lui a donnée le seigneur accompagne le trot d'un bruit de ferraille.
Elle se tourne vers Steven, assis à ses côtés :
— C'est Guignol ! remarque-t-elle. Ils n'ont rien inventé, les Grecs.
— Chaque pays a besoin d'un guignol pour faire rire les hommes de leurs misères, dit-il. Et depuis que ceux-ci existent, en matière de sentiments, ils n'ont rien inventé de bien nouveau.
Chloé regarde à nouveau l'écran : cet après-midi, c'était le néant, ce soir, la fièvre. Elle a envie de se battre, de crier un bon coup mais elle ne sait pas contre qui : contre elle-même peut-être, ou contre celui-là, le Lucky Luke américain assis à côté d'elle, qui est venu la repêcher à Kalithéa et se glisse, mine de rien, dans le vide laissé par Bob Miller.
— Si les sentiments sont les mêmes depuis toujours, à quoi bon écrire des livres ? lui demande-t-elle avec défi.
— Parce que, pour chaque homme qui les éprouve, ils redeviennent neufs.

...Il a écrit des centaines de pages sur l'amour et ne pourrait compter toutes celles qu'il a lues. Il sait à peu près le pourquoi et le comment de ce qu'il éprouve pour Chloé. Il est capable de situer la naissance de son sentiment pour elle et il n'ignore pas que de tous les sentiments, celui qui pousse un homme vers une femme est le plus incertain et le plus fragile ; et pourtant cela n'a rien changé à la joie formidable qui l'a submergé il y a un instant lorsqu'elle est apparue sur le pont, qu'elle l'a cherché des yeux et que, sans hésiter, elle a marché vers lui et pris place près de lui, pour assister au spectacle du théâtre d'ombres... Pourtant, son désir de la serrer contre lui, de la serrer trop fort comme on a parfois envie d'étreindre l'espoir, à l'étouffer, parce qu'on n'ose y croire, est aussi vif que si elle était la première, ou la dernière femme de sa vie.

Eclairs, bruit de lames heurtées et musique guerrière, nous sommes au royaume du père de Sirénia. Et voilà celui-ci, de rouge et de noir vêtu, tenant en laisse un dragon aux yeux de feu, lui recommandant d'une voix caverneuse de bien surveiller sa fille car n'a-t-il pas entendu dire qu'un seigneur projetait de la lui enlever ? La voix aigrelette qui sort du dragon pour lui répondre déclenche un fou rire général.

Les applaudissements crépitent lorsqu'apparaît Sirénia dans une longue robe aux reflets d'or et d'argent. Accompagnée par une musique romantique, elle griffe le ciel de ses doigts aux ongles démesurés, appelant d'une voix chantante celui qui la délivrera.

Du coin de l'œil, Quentin regarde Estelle qui, avec conviction, joint ses applaudissements aux autres. Elle a pris à ses côtés la place que, à tout hasard, il avait réservé pour Camille. Camille est restée près d'Arnaud !

Martin prétend qu'ils sont toujours fiancés, quelqu'un d'autre lui a affirmé le contraire. Il ferme un instant les yeux pour mieux se souvenir... Vous abordez une fille près d'une piscine comme cela vous est arrivé cent fois : pour lui parler pluie ou beau temps et lui faire la cour. Et voilà qu'à votre insu vous vous retrouvez en train de lui raconter des choses essentielles : de celles que l'on hésite à dire, à soi ou aux autres parce qu'elles ouvrent sur des interrogations douloureuses. Et tombe de vos épaules le bel uniforme d'officier, vous n'êtes plus que ce jeune homme que saisit parfois la peur de s'être trompé dans ses choix : il visait l'aventure, il est au cœur de la « grande bouffe » ; ce jeune homme à qui la mer offre tant de conquêtes faciles tout en lui répétant, vague après vague, qu'il existe des amours dont on n'est jamais rassasié. Tout au long de la journée ce moment lui est revenu en mémoire, comme un choc sourd au cœur, une difficulté à respirer : il a tant d'autres choses à lui dire !

— Toc... toc... toc... es-tu là ?

Avec un brin de timidité, Estelle frappe à la manche de Quentin et il revient à la réalité : un spectacle de marionnettes, une gentille fille qu'il désirait la veille.

— Tu avais fermé les yeux ; j'ai cru que tu dormais.
— Je pensais.
— A moi ?

Il sourit sans répondre. « Penses-tu à moi ?... M'aimes-tu ? » Pourquoi éprouvent-elles toutes le besoin de poser ces questions ?

Il lève les yeux vers le ciel : « Etoiles, mes compagnes lointaines... » Et soudain il se souvient du vœu qu'il avait fait aux côtés d'Estelle lors de la Nuit des Déesses : « Un jour, aimer vraiment. » Sur son genou, en morse, il frappe le nom de Camille. Mais non, pas elle ! Pas si vite. Ne vous emballez pas, les dieux, et rappelez-vous que ce sont les désirs des hommes qui vous créent et que vous mourez à l'instant où leur espoir meurt.

Les deux larrons sont arrivés au château du méchant roi. Le public hurle de rire en voyant Kariaghiosis qui, pour tromper le dragon, s'est recouvert d'un voile semblable à celui de Sirénia. Le bossu ondule et fait des grâces devant le monstre ébahi. Lorsqu'il lui présente une bouteille de vin, on devine ses intentions.

— Et si, pour une fois, c'était le dragon qui gagnait ? demande Chloé à Steven.

— Le public ne marcherait pas.

Le public est redevenu enfant : il veut des bons et des méchants ; le mal, châtié ; l'amour, récompensé. Il trépigne, rit et applaudit trop fort, copiant avec maladresse celui qu'il était, lorsqu'il croyait en un monde juste, en une vie à peu près éternelle ; tandis qu'au fond de lui se retourne, comme dans un mauvais rêve, l'innocence trompée.

L'hilarité est à son comble lorsque le roi, après s'être efforcé en vain de réveiller le dragon ivre mort, croit perdre l'esprit en voyant les deux Sirénia onduler en cadence sous leurs voiles devant lui. Alessandros lui-même ne sait plus laquelle est laquelle et c'est encore Kariaghiosis qui devra donner au roi le coup d'épée fatal.

Tout fier, Alessandros emmène Sirénia tandis que, fatigué, Kariaghiosis s'assoit sur le dragon : il sort de ses voiles un gigantesque sandwich...

Une ovation est faite aux artistes lorsqu'ils viennent saluer devant l'écran. Ils sont trois, vêtus de noir et bottés de cuir rouge. L'un porte la barbe blanche, l'autre a un rude visage de bandit crétois, le troisième, un tout jeune garçon, interprétait sans doute la voix de Sirénia. Ils ne sourient pas, se contentant d'incliner légèrement la tête sous les applaudissements.

« Les passagers sont avertis que le dîner est servi dans la salle à manger et au grill. Il sera, ce soir, aux couleurs de la Turquie. Merci. »

Appuyé au bastingage, Martin Dorfmann regarde s'égailler les gens. Autrefois, à l'ambassade, pour fêter Noël, il arrivait qu'on organisât des spectacles de marionnettes et il attendait ce moment comme celui de tous les délices. Devant l'écran, il devinait, tour à tour, le fier chevalier qui sauvait sa belle, l'homme rusé qui se riait des pièges tendus et, le spectacle terminé, comme ce soir, il se sentait apaisé parce que tout avait été dit et pardonné. Les ombres sur l'écran n'étaient que la face cachée de chacun, ses désirs les plus obscurs et parfois les plus inavouables.

Martin revoit la dernière minute du spectacle, ce moment inouï qui a fait tomber sur l'assistance un lourd silence : de fond d'âme. Quand, après le combat, Kariaghiosis s'est assis sur le dragon, quand il a tendu le doigt vers le flanc ouvert du roi, l'a trempé dans l'entaille puis l'a porté à sa bouche. Quand, pour se prouver qu'il était un homme, il a fait la grimace en goûtant au sang du père.

CHAPITRE II

La sirène retentit, le gyrophare se mit à tourner : jackpot ! Une petite pluie de pièces tomba de la machine à sous et la vieille dame battit des mains. Elle récolta ses gains dans la boîte qu'on lui avait remise à l'entrée du casino et recommença fiévreusement à jouer, espérant les trois citrons, oranges ou pamplemousses qui lui vaudraient une autre manne.

— Vous allez tout reperdre, dit Chloé navrée.

— Je joue toujours jusqu'à ce que j'aie tout perdu, lui confia la vieille dame avec gourmandise.

Du night-club s'échappa une bouffée de musique comme Alexandra en sortait. Il était plus de minuit ; à cette heure, l'orchestre jouait exclusivement des slows et elle avait été très invitée mais ces hommes-là ne l'intéressaient pas.

Comme elle passait près du casino, elle vit Chloé. Celle-ci portait une combinaison sans forme et les inévitables baskets. Aux côtés d'une femme âgée, elle s'agitait devant une machine à sous.

Alexandra hésita. Regardant plus loin, elle aperçut Steven dans la pièce des jeux sérieux, à une table de black-jack. Elle vint vers la jeune fille.

— Laissez-le ! ordonna-t-elle.

Chloé se retourna, interloquée et Alexandra s'en voulut d'avoir prononcé ces mots mais ils avaient été plus forts qu'elle. Elle n'aurait pas dû boire de punch : le rhum ne lui avait jamais réussi.

— Laisser qui ? demanda Chloé.

— Steven Blake.

La jeune fille haussa les épaules :

— Difficile de laisser quelqu'un qu'on n'a pas pris, ni rien.

— Vous savez très bien ce que je veux dire, insista Alexandra avec irritation. Il tourne autour de vous. Mais ne rêvez pas, c'est la nouveauté qui l'attire : Steven est un homme qui ne s'attache pas.

— Je n'ai jamais cherché à attacher personne, dit Chloé. Et, pour les rêves, j'ai tout donné, merci !

Elle se replaça en face de sa machine, introduisit un quarter dans la fente et abaissa la manette : rien ne vint.

— Pas de chance au jeu, ce soir, soupira-t-elle.

« Alors : chance en amour ? » Etait-ce ce qu'elle voulait dire ? Une onde de colère souleva Alexandra et, à nouveau, les mots vinrent malgré elle.

— Steven est mon amant !

Il lui sembla que Chloé se raidissait. « Elle a beau jouer les indifférentes, elle s'y intéresse », pensa-t-elle.

— On peut dire que vous ne perdez pas de temps, remarqua la jeune fille d'un ton détaché.

— Lui non plus, dit Alexandra, et, une croisière, cela passe vite, vous savez !

— Comme les illusions, dit Chloé.

Elle abaissa à nouveau la manette et, cette fois, quelques pièces dévalèrent. La vieille dame s'approcha pour la féliciter. Chloé les laissa dans la mâchoire de l'appareil et recommença à jouer.

— Il nous reste quatre jours de croisière, reprit Alexandra. J'aimerais les passer avec lui.

— C'est avec l'intéressé qu'il faut voir ça, dit Chloé.

A nouveau la colère, comme une onde de chaleur, traversa Alexandra, se répandant sur son cou, son décolleté. Comment lutter contre cette gamine ? Avec une autre femme, une « vraie », elle aurait pu ; à armes égales. Mais les armes de Chloé, elle ne les possédait plus : son insouciance, sa naïveté, sa spontanéité, en un mot sa jeunesse. Chloé n'avait pas besoin de calculer : le temps ne lui était pas compté.

Dans la glace de la machine à sous, entre les oranges, les pamplemousses et les citrons, Alexandra vit son propre visage et le trouva beau : « encore » beau. Complice mais sournoisement ennemi, la trahissant avec ces rides, ces flétrissures, cet imperceptible affaissement des chairs dont chaque matin elle notait avec effroi les progrès.

A nouveau, elle regarda Steven, dans la salle de roulette, et elle eut honte. Que lui arrivait-il ? N'était-elle pas en train d'agir comme elle avait cent fois reproché à Sacha de le faire avant de le quitter : elle s'accrochait.

— Je vous prie de m'excuser, dit-elle à Chloé. Je dois être fatiguée. Et ce spectacle de marionnettes m'a démoralisée : elles sont trop vraies ! Puis-je compter sur vous pour ne pas faire part à... l'intéressé de notre conversation ?

Elle avait, cette fois, parlé sans agressivité. Après tout, c'était elle qui s'était offerte à Steven et il ne lui avait pas promis qu'il y aurait une suite à leur étreinte. Elle se revit près de lui, en Crète, suivant des yeux le vol d'un oiseau, exprimant un vœu qui lui avait alors semblé stupide, presque indécent : « Qu'il m'aime ! »

— Est-ce que vous l'aimez ? demanda Chloé.

Le cœur d'Alexandra bondit : cette question... maintenant ! Dans la glace de la machine, elle croisa le regard de la jeune fille, très grave.

— Il me semble, répondit-elle.

...Puisqu'elle en était affamée : de son corps autant que de ce qu'elle devinait dans son esprit de créateur. De son regard à l'affût de la vie et de ses mains qui savaient faire attendre pour mieux offrir le plaisir. Les hommes se révélaient tout entiers dans leur façon de faire l'amour et l'amour était-il autre chose que l'expression fiévreuse, éclatante de la grande faim égoïste que chacun portait en soi ? Avec Steven, elle partageait aussi une faim de liberté et de beauté.

Chloé se tourna vers elle et lui sourit.

— Vous savez, dit-elle, Steven est juste un ami, rien d'autre.

Se hissant sur la pointe des pieds, elle jeta un regard vers la salle où jouait toujours l'Américain et Alexandra comprit qu'elle avait bien deviné : c'était pour l'attendre que Chloé s'était installée là.

— Il a été gentil avec moi, ajouta la jeune fille. J'avais des histoires de père...

Son regard se brouilla, elle lui fit un petit signe des doigts et s'éloigna rapidement, laissant dans la mâchoire de l'appareil les quelques pièces qu'elle avait gagnées. Alexandra la suivit des yeux. Souvent, surtout les soirs d'hiver lorsque s'allumaient les lumières des maisons douillettes de France, elle pensait à la Pologne et à celle qu'elle serait devenue si elle y était restée. La personne qu'elle regrettait le plus là-bas, c'était une petite sœur dont sa mère lui écrivait qu'elle était courageuse et gaie. Elle se surprit à penser à Chloé comme à cette petite sœur perdue.

Elle se secoua : allons, quelle idées absurdes, décidément ! Cela lui apprendrait à vouloir voyager sans ses appareils, pour recevoir la vie « à chaud », « en direct » ! Rien en protégeait mieux de la rudesse des choses que de les fixer à travers une fenêtre de verre en en recherchant l'aspect le plus photogénique.

Alexandra se sourit à elle-même : à Istanbul, elle achèterait de quoi se défendre.

Dans la glace, au milieu des fruits de la chance, elle s'assura que tout était en ordre et, d'un pas souple, se dirigea vers Steven.

Les montreurs d'ombres avaient rangé leurs marionnettes dans la haute malle de cuir. Ils avaient rabattu le couvercle sur le bref échantillonnage des sentiments humains : l'amour et le désir, la cupidité, la générosité, la haine. A présent, ils dormaient.

Dans quelques heures, le bateau entrerait en mer de Marmara, ainsi nommée à cause du marbre de ses îles. Puis il longerait le Bosphore jusqu'à la mer Noire que les marins, autrefois, avaient rebaptisée « mer Douce » dans l'espoir de calmer ses fureurs, tout comme, sous d'autres cieux, des hommes craignant aussi la mort, avaient appelé « Pacifique » un océan grand mangeur d'hommes et de bateaux.

Après être passé sous le pont du Bosphore, le *Renaissance* reviendrait s'amarrer près du pont de Galata.

Le petit déjeuner serait servi exceptionnellement dès 6 h 30 dans la grande salle à manger.

La chanson du Bosphore

CHAPITRE PREMIER

Cette ville s'était appelée Byzance, puis Constantinople et enfin Istanbul. Au nom de Dieu et des passions humaines, elle avait été d'innombrables fois assiégée, envahie, pillée. Sous ses maisons, la terre avait tremblé, l'incendie l'avait embrasée, les vagues étaient venues lécher le sang répandu sur ses plages, son ciel avait été percé de cris et de prières et ses vents porteurs du fracas des armes.

En ce calme matin de mai, sortant d'un écrin de vapeur diaphane, arrondissant ses coupoles, dressant ses minarets, elle parlait d'âme et de paix.

« Quand ils virent ces hauts murs et ces riches tours dont elle était close tout autour à la ronde, et ces riches palais, et ces hautes églises... » se récita Arnaud, évoquant la stupeur des Croisés devant Constantinople.

Quittant la mer de Marmara, laissant derrière lui les vertes îles des Princes, très lentement le *Renaissance* faisait son entrée dans le Bosphore.

Dès 6 h 30, Arnaud était sorti sur le pont ; il faisait encore nuit et la fraîcheur était vive mais il aimait ce moment magique, très bref, où les lumières électriques luttaient contre celles de l'aube.

— Monsieur, s'il vous plaît...

Un serveur lui tendit un plateau avec une tasse de café et un petit pot de lait. Il le prit :

— Kali.
— Vous voulez toasts ? Jus de fruits ?
— Pas maintenant, merci.

Le Grec rejoignit les siens autour du buffet succinct qu'ils préparaient à l'extérieur pour ceux qui ne voudraient rien perdre de la promenade sur le Bosphore. Cependant, la plupart des passagers préféreraient être servis à la salle à manger où leur seraient proposés toutes sortes de jus de fruits, céréales et œufs. Des effluves de bacon grillé en montaient déjà.

Arnaud serra son écharpe autour de son cou et releva le col de son caban. Hier — l'hier des « jamais plus » —, il aurait, pour se réchauffer, fait plusieurs fois en courant le tour du bateau. Accompagnée de Jean Fabri, Alexandra apparut. Elle portait un pantalon clair et un chemisier de couleur vive sur lequel elle avait jeté un ample châle de soie. Avec ses pommettes hautes, ses yeux en amande et ses cheveux très blonds réunis en une épaisse et unique natte, elle était vraiment belle, pensa Arnaud, mais d'une beauté un peu tragique, parfum d'elle-même, tenant sans doute à ce qu'elle avait vécu dans son pays martyr, et au choix qu'elle avait fait de le quitter. La beauté de certaines femmes vous procurait un sentiment de sérénité : celle d'Alexandra Plisky brûlait.

Le couple vint le saluer avant d'aller s'accouder au bastingage, un peu plus loin. Peu à peu le pont se remplissait, les gens s'appliquant à ne pas faire de bruit, parlant bas et se souriant, complices et respectueux devant cette ville embrumée et qui semblait exsuder l'Histoire. Quelques bateaux, des barques de pêcheurs, croisaient ; le soleil naissant mordait de rose la crête des vagues.

Le *Renaissance* passa devant la mosquée du sultan Ahmet.

— Six minarets, dit Camille. C'est la mosquée bleue.

Elle se pencha vers Arnaud et posa brièvement ses lèvres sur son front ; elle portait une robe blanche et un cardigan.

— Tu es là depuis longtemps ?

— Le premier sur le pont, dit-il. Il désigna la robe de Camille : On s'est déguisée en mariée ?

Elle rit. Elle parvenait à rire maintenant lorsqu'il parlait mariage : c'était nouveau !

— Tu sais bien que le blanc est ma couleur préférée.

Tournée vers Istanbul, elle parcourut fiévreusement la ville des yeux. Elle n'y était jamais venue et si Arnaud avait pu être debout à ses côtés, il aurait eu l'impression de la lui offrir : ville des *Mille et Une Nuits* que, par endroits, le jour recouvrait de feuilles d'or.

— Sainte-Sophie : quatre minarets, dit-elle en tendant le doigt vers un autre monument.

— Et quatre minarets encore : la mosquée de Soliman le Magnifique, enchaîna Arnaud. Quels bons élèves nous sommes !

Elle se tourna vers lui. Le bonheur du spectacle éclairait son visage :

— J'ai pensé que nous pourrions prendre un taxi, suggéra-t-elle avec entrain. Nous ferions un tour de mosquées, ensuite nous déjeunerions au bord du Bosphore, et après... eh bien, après nous verrions !

— Voici un programme alléchant. Pourquoi ne le proposes-tu pas au beau Quentin ?

— Parce que c'est avec Arnaud que je veux voir cette ville !

La réponse avait fusé ; Camille le regardait avec tant de prière et de tendresse qu'Arnaud s'en voulut de la faire souffrir, mais comment agir autrement ? La plus petite attention de sa part, la moindre parole gentille, redonnaient espoir à Camille et il voulait, il devait, tuer tout espoir en elle. Non, il ne l'épouserait pas ! Il ne priverait pas cette fille qui s'était gardée pour lui de connaître jamais un homme digne de ce nom. Il ne se contenterait pas de la posséder en caresses jusqu'au jour où un quelconque Quentin ferait naître en elle l'inévitable tentation — qu'elle refoulerait bien sûr, ou enterrerait sous des prières et de bonnes actions : sainte Camille ! Il n'entendrait pas sans cesse résonner à ses oreilles la sirupeuse et odieuse rumeur : « Elle l'a épousé quand même, quel courage, quel dévouement ! »

Et il ne la priverait pas d'enfants, elle qui les aimait tant.

« Le palais de Topkapi », annonça une voix dans les haut-parleurs.

Ouvert sur la mer de Marmara, le Bosphore et la Corne d'Or, le sérail couvrait toute la pointe de la presqu'île. Adolescent, Arnaud l'avait visité avec ses parents et, bien sûr, ils s'étaient livrés « entre hommes » aux plaisanteries d'usage sur le harem ! Ah ! avoir à leur disposition les plus belles femmes du pays ! En choisir chaque soir une nouvelle, les garder toutes enfermées. Les eunuques avaient été l'occasion de rire abondamment : comment réagissaient ces malheureux au milieu de toutes ces beautés, pouvaient-elles susciter leurs désirs ?

Il regarda cette fille penchée sur le bastingage, sa jupe collée à ses cuisses par le vent. Oui, un impuissant pouvait éprouver du désir, c'est pourquoi il devait se garder d'elle, la tenir à distance et parfois la blesser.

— Regarde, dit-elle.

Il rouvrit les yeux que la révolte avait fermés : au fond de la Corne d'Or, comme au fond d'un vase magique, traînaient des coulées de brume que perçaient d'autres flèches et adoucissaient d'autres mamelons. Le vent se fit plus fort et Camille frissonna dans sa robe légère.

— Tu es à peine couverte, lui fit-il remarquer. Va vite mettre une veste. Quant à ton « tour de mosquées », on verra ça plus tard.

Il n'avait pas dit « non » à sa proposition et le visage de la jeune fille s'illumina :

— Je reviens tout de suite, dit-elle. As-tu besoin de quelque chose ?

En lui-même, Arnaud cria « De toi... » Il secoua négativement la tête. « Rien du tout. Prends ton temps. » Il la suivit des yeux, le cœur, le corps, tordus. « Allons, reprends-toi, mon vieux. » Le spectacle de la beauté, comme l'écoute de la musique vous rendaient fragile, dangereusement exalté ; faudrait-il que de cela aussi il se protège ?

Un peu plus loin, sur le pont vitré d'où les passagers frileux pouvaient, à l'abri du vent, admirer le paysage, il vit Camille s'arrêter près d'un officier : Quentin ! Ils se serrèrent la main et disparurent ensemble. Arnaud regarda sa montre.

— Je te cherchais, dit Martin.

Il sursaute. Plus de vingt minutes que Camille est partie. Que fait-elle ? Que font-ils ? Elle a dit : « Je reviens tout de suite. » Martin approche un fauteuil et s'assoit près de lui ; il a plutôt sale mine, son gros ami : les yeux cernés, le teint blafard. Au lieu du survêtement qu'il porte habituellement le matin, il est vêtu en citadin : cravate et veste. C'est vrai qu'il débarque aujourd'hui !

Pour l'instant, tourné vers Istanbul, les yeux mi-clos, le visage renversé, on dirait qu'il boit la ville.

— Bon sang, murmure-t-il. Une odeur et toute l'enfance rapplique.

Arnaud arrache son regard de l'endroit où Camille et Quentin ont disparu. Dire qu'il a tout fait pour la jeter dans ses bras !

— Quelle odeur ? demande-t-il machinalement.
— Safran... mais aussi gingembre, jasmin, encens, tabac, et toutes les autres... les odeurs du marché aux épices : chaudes, poivrées et... interdites.
— Interdites ?
— Le petit garçon de l'ambassade n'avait pas le droit de passer le pont de Galata : quartier malfamé.
— Je suppose qu'il le passait quand même ?

Martin ne répond pas : il regarde l'ancienne ville où se trouve le bazar égyptien dont fait partie le marché aux épices. Soudain, il rit.

— Figure-toi que j'ai hésité toute la nuit... Je me demandais si finalement je n'allais pas terminer le voyage avec vous.
— Pourquoi ?

Arnaud n'a pu retenir l'agressivité de sa voix : c'est que soudain il ne supporte plus ce voyage où, cloué dans son fauteuil, il est la proie facile de tous : des curieux et des compatissants. Et aussi des amis. On n'a pas toujours envie de les voir, les amis ! Pourquoi tout ce périple pour arriver à Mykonos, si près du Pirée ? N'aurait-il pu s'y rendre directement ? Il soupire : il sait bien que non. On se serait arrangé pour l'en empêcher ; au besoin, on lui aurait, de force, adjoint une nounou.

Il descendra librement. Pour le commandant du bateau, il n'est qu'un nom sur un papier, l'un des quatre passagers qui ont décidé de terminer le voyage par un séjour dans l'île. Il n'avertira Camille qu'au dernier moment.

Sans répondre à sa question, Martin lui tend un Montecristo qu'Arnaud accepte machinalement.

Jamais la main de l'Allemand n'a tremblé aussi fort en lui présentant l'allumette : est-ce la peur, à Istanbul, de rencontrer son enfance ?

— On regrette toujours d'avoir renoncé aux projets importants, dit Arnaud d'une voix sourde. Mieux vaut encore être déçu.

— Et si ces projets paraissent fous ? murmure Martin avec un nouveau rire et sans le regarder.

Mais, irrésistible, un soulagement qu'il voudrait refuser, comme une immense larme, déferle sur Arnaud : voici Camille ! Elle est accompagnée d'Estelle et de Chloé et porte à présent un pantalon et son gros pull irlandais. C'est pour cela qu'elle a été si longue à revenir : elle se changeait. Elle se mettait en « petit mousse », le nom qu'il lui donnait lorsqu'en Bretagne il lui confiait la barre de son bateau. Ils avaient projeté de faire un jour le tour du monde : rien que ça...

Il serre dans ses mains les bras métalliques de son fauteuil :

— Bienheureux ceux qui peuvent se permettre d'être fous ! dit-il avec force.

Martin le regarde un moment, comme hésitant à ajouter quelque chose puis, aussi brusquement que le lui permet sa corpulence, il se relève.

— Je vais terminer mes bagages. On se reverra !

Il s'éloigne. Mécontent de lui-même, Arnaud le suit des yeux : lui qui se targue de savoir tirer des gens le plus secret, qui en a fait un jeu n'a même pas été fichu d'écouter son ami. Que voulait dire Martin par « fous » : des projets fous ?

Celui-ci est arrivé à la porte qui mène à l'intérieur du bateau. Arnaud jette son cigare à la mer et se hausse sur son siège pour, s'il se retourne, lui faire signe de revenir ; il lève déjà la main.

Mais Martin ne se retourne pas.

De cet instant qui, peut-être, aurait tout changé, Arnaud se souviendra le lendemain. Et tant d'autres jours.

En attendant, à bâbord, joie et fraternité ! Camille, Estelle et Chloé adressent force gestes d'amitié à un groupe de Turcs entassés sur une vedette qui traverse le fleuve. Lorsque ceux-ci sont au plus près, Chloé lève sa tortue pour la leur faire admirer.

La pauvre Punchy porte au cou une ficelle qui retient l'un de ces ballons à l'enseigne du *Renaissance* dont on se sert les soirs de fête pour orner le plafond du grand salon, avant de les lâcher en grappes au-dessus de la mer. Ce ballon signale partout la présence de l'animal : aucun risque de le perdre.

Les passagers se sont rassemblés autour des filles et, entraînés par leur exemple, ils saluent à leur tour ces hommes qui partent au travail alors qu'eux-mêmes s'apprêtent à vivre une journée de fête de plus. Durant quelques secondes, deux mondes se croisent dans un froissement d'eau. Puis la vie les sépare.

« Mesdames, Messieurs, nous passons à présent sous le fameux pont du Bosphore qui relie l'Asie à l'Europe. Chaque jour, des milliers d'hommes et de femmes vont ainsi librement d'un continent à l'autre... »

Camille montre l'Asie :
— Le pays des aveugles, dit-elle.
— Pourquoi cela ? s'enquiert Estelle.
— Ça se passait bien avant Jésus-Christ, raconte Camille. Les oracles avaient conseillé aux gens de s'installer là, ignorant que le côté Europe était plus riche et plus agréable à vivre. Ceux qui, par la suite, choisirent ce dernier, appelèrent « aveugles » les gens d'en face.
— Cela se passe aujourd'hui, raconte Chloé sur le même ton en désignant Arnaud, plus loin : voici Arnaud-l'aveugle qui refuse de voir Camille-le-pays-agréable-à-vivre.

Estelle éclate de rire. Camille sourit.

— J'ai tout fait pour jeter le pont, dit-elle. Résultat, néant.
— A voir !

Chloé a cet air têtu qui signifie qu'elle vient de

prendre une décision dont rien ne la détournera. Estelle la regarde, enchantée : Bob Miller ou non, la vie est en train de gagner ! Elle approche ses lèvres pour embrasser son amie... et se retrouve une tortue sur les bras tandis que Chloé fonce vers Arnaud sans inviter personne à la suivre.

Celui-ci la regarde, amusé, se camper en face de lui.

— Une partie de dames, demande-t-elle. Ça te dirait ?

— Pourquoi pas ? J'ignorais que tu jouais.

— Ça m'arrive. Mais jamais en mer : question de concentration. Tout à l'heure à Istanbul ?

Arnaud réprime un sourire :

— Tu ne viendrais pas de mijoter ça avec Camille par hasard ?

— J'ai mijoté ça toute seule. Rapido-micro-ondes ! Alors ?

— Votre lieu et votre heure, mademoiselle ?

Chloé regarde les rives du fleuve sur lesquelles se succèdent des palais, ou de simples maisons de bois. Il paraît que dans ce coin le Bosphore est dangereux, agité de courants contraires, mêlé de mer Noire et d'Egée. Elle se sent elle aussi « entourbillonnée ». Il y avait cet Irlandais dont elle rêvait, qui s'appelait Miller ! Il y a cet Américain bien réel qui, là-bas, regarde le paysage avec Jean et Alexandra, mais se retourne toutes les deux minutes pour la chercher des yeux. Il y a une Polonaise au regard tragique qui a supplié : « Laissez-le-moi. »

— Alors ? demande Arnaud.

— A l'homme de décider, dit Chloé.

Curieuses, Estelle et Camille sont venues les rejoindre. Punchy et son ballon, en liberté sur le pont, font la joie des passagers.

— J'invite toutes les demoiselles présentes à déguster un poisson sur le Bosphore, propose Arnaud.

On m'a parlé d'un restaurant aux environs d'Istanbul : *Le Sultan*. La partie se fera devant témoins en dégustant le café turc.

— Phosphore sur Bosphore, ça me va! dit Chloé.

Estelle trouve le jeu de mots hilarant. Le visage de Camille rayonne de joie.

— Tu connais le tarif des parties ? demande Arnaud à Chloé.

Rapidement, le regard de celle-ci passe sur Camille puis revient à Arnaud. Elle lui adresse un sourire sibyllin :

— Pourquoi crois-tu que je suis là ? Et si c'était à ton tour de passer à confesse pour changer.

Le *Renaissance* traça un large demi-cercle et reprit la route en sens inverse pour revenir au pont de Galata. La promenade s'achevait. Les employés commencèrent à desservir le buffet, à recueillir les assiettes et les tasses abandonnées un peu partout par les passagers. Il était 8 h 30.

« Mesdames et Messieurs, nous vous recommandons de ne pas oublier de retirer la fiche qui vous tiendra lieu de passeport au bureau du commissaire », annonça une voix dans les haut-parleurs. « Pour la visite des Lieux saints, il est conseillé aux femmes de couvrir leurs épaules. Le retour à bord est fixé ce soir à minuit, dernière limite. Bonne journée et merci. »

Dans la 9 Vénus, Laure regarda le sac à dos qu'elle avait lacéré avec ses ciseaux : tant pis ! de toute façon, Martin lui avait demandé de ne rien emporter. Elle glissa quand même dans la poche de son blouson le singe en fourrure que Camille lui avait offert et vérifia que, dans son autre poche, se trouvait bien son passeport. Elle avait eu, toute seule, l'idée de le prendre mais cela n'avait pas été facile car son père le gardait dans un tiroir de son bureau. Martin serait fier d'elle!

Elle ferma l'enveloppe où elle avait glissé le mot écrit pour Camille. Impossible de partir sans lui dire au revoir : c'était son amie! Elle y inscrivit son prénom en grosses lettres rouges, puis la posa bien en évidence sur la table. Oui, Camille comprendrait.

Et son père? Les larmes lui montèrent aux yeux : il allait s'inquiéter, la chercher partout. Il regretterait d'avoir voulu se séparer d'elle en la mettant en pension.

A présent, les annonces se succédaient presque sans interruption et on entendait passer dans les coursives le troupeau pressé des passagers. Laure se moucha, écarta le rideau du hublot : les marins avaient fini d'installer la passerelle, un groupe d'officiers discutait sur le quai. Le débarquement allait commencer d'un instant à l'autre.

C'était le moment!

CHAPITRE II

Kouris regardait se vider son bateau. La lourde rivière bariolée des passagers coulait bruyamment le long de la passerelle pour, arrivée au sol, se scinder en plusieurs courants, tous se dirigeant vers le bout du quai où attendaient les cars. Là, à nouveau, les gens se séparaient afin de monter dans celui où se trouvait un guide parlant leur langue.

Quelques militaires, arme au côté, observaient le mouvement. Les contrôles étaient rares lors des escales, chaque passager étant muni d'une carte spéciale justifiant son appartenance au *Renaissance*.

Le commandant suivit des yeux un turbulent groupe de jeunes; d'autres, plus âgés mais non moins exubérants, avançaient bras liés en chantant. Pourvu que tout se passe bien! Lorsqu'il lâchait ainsi dans la nature l'ensemble de sa cargaison, Kouris ne pouvait se défendre d'une certaine appréhension, particulièrement à Istanbul qui n'était pas une ville de tout repos.

Enfin, il s'agissait de la dernière escale!

Il se tourna vers ses officiers et leur adressa un mince sourire.

— Messieurs, les paris sont ouverts! Appareillerons-nous ce soir à minuit comme prévu ou... demain matin?

Quelques rires saluèrent l'humour du pacha. Quentin leva le doigt.

— Puis-je vous parler franchement, Commandant ?

— Comment diable voulez-vous que je réponde non ? rétorqua celui-ci.

— Grâce à nos retardataires et malgré leur ignorance... coupable du règlement, il passe sur cette croisière un parfum de jeunesse et d'inattendu auquel m'ont dit être sensibles beaucoup de passagers. Elles auront dynamisé ce voyage.

— Je sais, dit Kouris d'une voix bourrue. J'ai vu tout le monde applaudir à la descente de Mlle Chloé Hervé... Je n'ignore pas non plus qu'une certaine tortue, appelée comment déjà ?

— Punchy, dit l'un des officiers avec le plus grand sérieux.

— Punchy... répéta le commandant, est devenue depuis l'escale à Rhodes la mascotte du bateau ! Ce qui nous vaudra d'avoir, lors d'un prochain voyage, soyez-en certains, autant d'animaux clandestins que de passagers. Merci pour le parfum d'inattendu !

Il avait parlé d'une voix rude et les officiers se consultèrent du regard : avec Kouris, on ne savait jamais exactement sur quel pied danser. Il pouvait plaisanter et, l'instant d'après, vous envoyer au diable.

— M'autorisez-vous à ajouter quelque chose ? demanda Quentin.

Un silence intrigué s'établit. Kouris regarda avec plus d'attention le jeune homme : il avait l'aisance, presque l'insolence de ceux qui ont eu une vie facile et que l'avenir ne soucie pas.

— Si vous y tenez.

— Je voudrais que vous sachiez que ces jeunes filles apprécient beaucoup le « pacha » du *Renaissance*. Elles ont le respect de l'uniforme et un commandant sans autorité ni coups de gueule, les aurait déçues. Mais elles ont été heureuses de constater, s'agissant des... clandestins, que ce commandant avait aussi du cœur.

— De la faiblesse, oui! tonna Kouris. Son regard fit le tour de ses hommes puis, sourcils froncés, revint vers Quentin : Ce petit discours, dans quel but ?

L'officier sourit :

— Pour notre soirée d'adieux qui, hélas! aura déjà lieu demain, j'ai pensé que nous pourrions leur réserver une surprise : les animateurs m'ont donné une idée, puis-je vous la soumettre ?

Kouris regarda, sur le quai, le flot déjà plus fluide des passagers ; déjà demain, la soirée d'adieux ! Aucun voyage ne se ressemblait : certains étaient plus lourds à tirer que d'autres, le temps se traînait et tout l'équipage avait hâte d'en avoir terminé. D'autres au contraire, comme celui-ci, filaient comme poussés par un grand vent intérieur. Ce blanc-bec aurait-il raison ? Les trois petites Françaises auraient-elles, malgré les emmerdements qu'elles s'étaient évertuées à lui procurer, donné du tonus au voyage ? Il ne l'avait pas vu passer !

Avec un sourire intérieur, il évoqua Estelle dressée en face de lui : « Au moins, Minos, il la boucle »... Il revit, en Crète, la si raisonnable Camille de Cressant, jaillir éméchée et échevelée d'une cargaison de fruits et légumes devant tous les passagers rassemblés. Et Chloé, devant son gâteau d'anniversaire, mêlant rire et larmes sous les applaudissements émus des passagers.

Il se tourna vers Quentin.

— Alors, cette idée, elle vient ?

CHAPITRE III

Ici, on l'appelait mosquée Süleymaniye, mais Martin préférait le nom qui lui était donné par les touristes : mosquée de Soliman le Magnifique.

Rien n'y avait changé ; rien, pensait autrefois l'enfant, ne pourrait y changer à moins d'un éclatement général, une sorte de fin du monde puisque grâce à ses quatre colonnes de porphyre, ses « pattes d'éléphant », aucun tremblement de terre n'avait jamais pu y provoquer la plus petite fissure. Et lorsque Heike Dorfmann racontait cela à son fils de sa voix si douce, Martin avait envie de s'asseoir au pied d'une de ces colonnes et d'y rester toujours, car, il lui semblait que, autour de lui, la terre ne cessait de trembler sous le pas lourd du père et il craignait de s'y engloutir.

Son regard vola vers le haut de la coupole, retrouva les couleurs chatoyantes des vitraux, savoura les effets de lumière sur le marbre blanc, le granit rose, l'ivoire, la nacre, les faïences ; c'était bien une sorte de concert joyeux qui se donnait là : matériaux, formes et couleurs jouant chacun leur partition, formant un tout harmonieux.

La mère de Martin lui avait aussi raconté que des pierres précieuses avaient été incorporées au ciment de la mosquée et il avait l'impression d'en sentir le secret rayonnement.

Laure tira sur la manche de Martin.

— Qu'est-ce qu'elles font ? chuchota-t-elle.

Elle regardait avec appréhension les groupes de femmes voilées assises en rond, noyées dans leurs vêtements et qui, penchées les unes vers les autres, devisaient à voix basse.

— Elles font la prière... en principe. Je crois plutôt qu'elles bavardent.

Devant les femmes, plus recueillis, la tête couverte, se tenaient les hommes. Certains égrenaient leur chapelet.

— Viens, je vais te montrer quelque chose, dit Martin.

Il entraîna la petite fille vers l'un des vastes lustres suspendus très bas à cause de leur poids et lui montra, entre les lampes éclairées, des objets ronds qu'on aurait dit de bois.

— Ce sont des œufs d'autruche, lui expliqua-t-il. Devine pourquoi on les plaçait là ?

Laure leva son regard interrogateur.

— Parce que leur odeur éloignait les araignées. Il tendit le doigt vers la coupole : 53 mètres de hauteur... nettoyer les toiles là-haut, tu imagines ?

Elle se décida à sourire : enfin ! Depuis qu'il l'avait retrouvée elle n'avait pas prononcé un mot. Si, un ! En montant dans le taxi, elle avait murmuré : « Vite ! »

Il sentit sa main se glisser dans la sienne et une sorte de coup de gong résonna dans sa poitrine : oui, elle était là, avec lui, pour lui seul ! Tout à l'heure, l'attendant dans le taxi, derrière les cars, il avait pensé qu'elle ne viendrait pas, il l'avait même souhaité. Mais lorsqu'il l'avait vue se diriger vers lui et soudain courir en le découvrant, le bonheur l'avait bouleversé et il s'était dit que, si elle s'était ravisée, il serait allé la chercher.

— On va voir ton tapis maintenant ! décida-t-elle.

— Puisque c'est pour lui que nous sommes venus...

Il lui avait raconté l'histoire du tapis de prière offert par sa mère à Allah après sa guérison et de la petite fleur différente des autres qui, pensait-il à l'époque, le représentait. Tout en se dirigeant vers le bas-côté, il consulta une fois de plus sa montre : 10 heures. Aucune raison de s'inquiéter : ils avaient le temps. Les cars commençaient la visite par le palais de Topkapi, puis ils se rendraient à la mosquée bleue et à Sainte-Sophie ; la mosquée de Soliman n'était prévue que pour la fin de la matinée.

Le tapis était bien là, près d'une colonne, plus petit et aux couleurs moins vives que dans son souvenir. Il ralentit le pas : sur ce rectangle de soie une part de son enfance l'attendait, les derniers moments de bonheur auprès de sa mère. Mais il avait tant de fois imaginé et craint cet instant — où il se retrouverait dans cette mosquée, où il s'approcherait à pas lents pour poser comme autrefois ses pieds sur le prix de sa vie —, que, maintenant, il ne parvenait plus à s'ancrer dans la réalité. Il lui semblait flotter au-dessus des choses comme un cerf-volant dont la ficelle se serait rompue ou qu'une main aurait lâché.

Une onde de chaleur monta en lui, prélude au tremblement redouté. Il puisa dans sa poche la boîte de médicament et avala deux comprimés.

— Ton front, dit Laure.

Elle lui tendait son mouchoir ; il en épongea son front. Déjà, cela allait mieux : la main de cette petite fille, comme lors de leur première rencontre, reprenait la ficelle du cerf-volant et ramenait doucement celui-ci vers le sol. Il plaça ses pieds déchaussés à l'endroit indiqué sur le tapis de prière et, tout près, Laure posa les siens, nus, si fins et fragiles que son cœur déborda de tendresse.

— Tu l'aimais ? demanda-t-elle à voix basse.

Il comprit qu'elle parlait de sa mère ; il avait remarqué qu'elle ne pouvait pas prononcer le mot.

— Mais je l'aime ! répondit-il.

Il lui sembla qu'elle cessait de respirer. Sans la regarder et parce qu'ici, à l'abri des séismes, des incendies, on devait tout dire, il posa la question qui depuis hier le brûlait.

— Et toi, Laure, tu l'aimais ?

Elle se recroquevilla, se replia sous ses cheveux et ne bougea plus, lui donnant la réponse qu'il cherchait : elle n'avait pas aimé sa mère ou du moins le pensait-elle. Et perdre père ou mère sans avoir eu le temps de les aimer, c'était perdre un peu l'espoir de s'aimer soi.

Sans insister, il ploya les genoux et montra la fleur orange dans un coin du tapis.

— La voilà, dit-il. Me voilà.

Parlant ainsi, il eut envie de rire : « Me voilà »... Plutôt que la fleur, n'aurait-il pas dû montrer les colonnes éléphantesques ? Laure s'agenouilla. Un peu partout des hommes se prosternaient ; elle les regarda, puis ploya son corps et posa les lèvres sur la fleur.

Alors il apparut très clairement à Martin Dorfmann que, désormais, grâce à ce geste dans sa vie, cette reconnaissance tendre de lui, il ne craindrait plus que la terre tremble et l'engloutisse. Il sentit les larmes venir et souhaita que ce fut maintenant.

La foule des touristes et des fidèles emplissait la cour lorsqu'ils s'y retrouvèrent. Des gens se faisaient photographier près de la fontaine aux Ablutions, toute de marbre et bronze doré. Martin n'eut pas de mal à récupérer ses chaussures sur les étagères où devaient les déposer ceux qui entraient dans la mosquée : chaussures de luxe, cuir et toile. Laure ne retrouva qu'une seule de ses espadrilles; ce fut en vain qu'ils cherchèrent l'autre.

— Que dirais-tu d'une paire de babouches incrustées de pierres précieuses comme celles d'une princesse? demanda-t-il.

Les yeux de la petite fille s'éclairèrent et, se raccrochant à lui, elle se mit à sauter à cloche-pied vers la sortie. Les échoppes étaient tout de suite là et aussi la horde d'enfants, bourdonnant comme des mouches qui, tous, suppliaient qu'on leur achetât quelque chose.

A Laure, il aurait voulu tout offrir, même cet ours poussiéreux que faisait danser un vieil homme et dont elle tint à caresser le poil mité. Il aurait bien cousu de véritables pierres précieuses la fine paire de babouches dans laquelle elle glissa ses pieds.

Il regarda sa montre: 10 h 30. Meryem maintenant! Vite! Ils avaient si peu de temps. Jusqu'au soir, lorsque, si tout s'était passé comme il l'espérait et le redoutait à la fois, il ramènerait Laure sur le bateau.

CHAPITRE IV

Steven rit. Un rire intérieur qui roule et se déroule de sa poitrine à sa gorge comme une pelote de lumière, le caresse et l'égratigne, le laisse incrédule et désemparé. Car enfin, qu'est-il en train de faire, lui le prétendument sérieux écrivain voyageant en régions lointaines aux frais de son producteur afin d'engranger le matériel nécessaire à son prochain scénario ? Il course une petite personne en bermuda vert dans les méandres du fameux palais de Topkapi, là où les sultans bouclaient dans leur harem les plus belles femmes du pays. Bloc et crayon oubliés sur le bateau, il ne pense plus qu'à gagner les faveurs de la dite petite personne. Les faveurs ? Même pas ! Un brin de confiance suffira à sa joie.

En plus, c'est une menteuse ! Elle a refusé de visiter Istanbul avec lui, prétextant s'être engagée vis-à-vis d'Estelle, mais c'est toute seule qu'elle est montée dans le car qui l'a menée jusqu'ici, seule qu'elle a passé la Porte Impériale, faussant compagnie au guide qui commençait sa péroraison sur Mehmet le Conquérant, bâtisseur du palais. Son plan à la main, elle a traversé au pas de course la première puis la seconde cour, sans s'intéresser à rien, ignorant les cuisines emplies de porcelaines rares où, autrefois, s'affairaient coude à coude un millier de cuisiniers acharnés à satisfaire les papilles des cinq mille habitants de l'endroit. Elle a franchi sans relever le nez la Porte de la Félicité qui menait à la troisième cour et n'a daigné ralentir le pas que pour s'engouffrer dans le Pavillon du Trésor.

L'y voilà aussi !

Les touristes suivent docilement le sens de la visite, stationnent quelques secondes devant chaque vitrine pour y admirer l'or et l'émeraude, les rubis, turquoises et perles qui ornent mille objets fabuleux. Après s'être immobilisée durant quelques secondes pour consulter son plan, Chloé reprend sa marche et, suivie le plus discrètement possible par Steven, traverse sans s'arrêter les deux premières salles. Dans la troisième se trouve le fameux poignard de Topkapi ; il n'a droit qu'à un regard distrait. Et enfin elle s'arrête devant une vitrine un peu séparée des autres : voilà donc ce qu'elle visait ! Le diamant Kasikci, 86 carats : le plus gros diamant du monde.

On dit parfois aux enfants : « Regarde... regarde très fort... » Le front collé à la vitre, de toutes ses forces, Chloé s'emplit de l'éclat de la pierre. Que voit-elle ? Une mine dans un lointain pays ? Les femmes qui ont porté cette merveille ? Le sang et les larmes qu'un tel joyau n'a pas manqué de faire verser ?

Derrière elle, la file s'allonge et les gens s'impatientent. Elle pousse un léger soupir, se redresse, s'ébroue, sort de son panier un appareil de photo, le tend à son voisin, un long à lunettes et veste à carreaux, désigne le diamant, puis se désigne elle-même.

— Vous voulez bien nous prendre tous les deux s'il vous plaît ?

— Mais, mademoiselle, les photos sont interdites ! proteste le touriste.

— Et moi j'avais le droit de tenter le coup, rétorque Chloé. Merci quand même !

Sans insister, elle remet l'appareil dans son panier et, après un dernier regard approbateur au diamant, fait demi-tour... pour se retrouver nez à nez avec Steven qui ne cherche plus à se cacher.

— Tu m'as suivie ?

L'air innocent, il désigne la file des visiteurs.

— ...Ainsi que quelques centaines de passagers du *Renaissance*. J'ai seulement pris un peu d'avance comme toi. Les diamants t'intéressent ?

— J'avais promis à maman de regarder celui-là pour elle, voilà qui est fait !

— Et que dirais-tu de regarder autre chose, cette fois pour toi ? propose Steven.

Avec une moue, Chloé montre les rangs serrés des gens :

— Pas comme ça, non merci !

Elle reprend sa marche vers la sortie. Steven la suit, elle a raison. A quoi rime de regarder trois secondes une merveille avant de passer à une autre, talonné par le voisin ? Pour que la rencontre se produise entre l'âme et l'objet d'art, que le dialogue s'instaure et se posent les questions essentielles, il faut le temps et le silence en soi et autour de soi.

— Tu pourras raconter à ta mère que celui qui trouva ce gros caillou brillant, il y a très très longtemps, l'échangea à un marchand contre quelques cuillères en bois, raconte Steven.

Ils se trouvent à nouveau dans la grande cour. Le printemps est tombé sur les pelouses, les transformant en tapis aux mille fleurs : œillets, roses et tulipes. Chloé s'arrête pour les respirer.

— Et il y a également très très longtemps, poursuit Steven, ce fut en Turquie l'ère de la tulipe où un bulbe de cette fleur se payait un brillant de bonne taille.

Chloé fait un geste ample :

— Echange gros caillou brillant contre tulipes en fleur... à condition de les avoir pour moi toute seule.

Il rit :

— J'allais justement te proposer un endroit tranquille. Que dirais-tu du harem ?

— On n'a pas le droit de le visiter, déplore Chloé.

— Avec exception pour écrivains et journalistes, dit malicieusement Steven en sortant de sa poche un mystérieux papier.

— Tu crois qu'ils me laisseront entrer moi aussi ?

— Ce n'est pas d'entrer au harem qui est difficile pour les belles jeunes filles, c'est d'en sortir, remarque Steven.

Cellules pour les odalisques — esclaves achetées au marché et offertes au sultan par ses vizirs ou courtisans —, chambres sans fenêtres pour les concubines, appartements plus vastes, certains avec bains, pour les épouses légitimes... Suivant un petit homme à moustache, ils ont découvert ce qui, pour certains, était le lieu de tous les plaisirs, et pour d'autres l'enfer. Steven traduisait ce que racontait le guide : ici logeaient les eunuques noirs... Entre les murs de ces cachots dépérissaient ceux qui avaient failli à leur rôle et porté les yeux sur les belles à eux confiées. Dans ces couloirs, se fomentaient des complots, le poison circulait ; chaque être de cet univers clos ne vivait que dans l'espoir de triompher des autres. Jalousie, haine, corruption y régnaient.

La lourde porte cloutée se referme sur son univers. Les voici à nouveau dans la grande cour, parmi la foule animée, revenus à aujourd'hui. Chloé respire plusieurs fois à pleins poumons et se tourne soudain vers Steven.

— Pourquoi avez-vous besoin de tant de femmes, vous, les hommes ?

Si le ton n'était angoissé et si, derrière cette angoisse il ne sentait l'ombre de Bob Miller, il éclaterait de rire.

— Une peut suffire, si c'est la bonne ! Mais on n'a pas toujours la chance de la trouver. Et il est vrai que sur le plan auquel tu penses, les hommes ont en général plus d'appétit que les femmes.

Elle reprend sa marche. Steven la suit, inquiet. Il ne sent plus entre eux cette confiance, presque cet abandon qu'elle lui témoignait. On dirait même qu'elle le fuit. Que s'est-il passé ?

— Finalement, Estelle a préféré rester avec Quentin, déclare-t-elle soudain. Sur le plan auquel tu penses, elle a beaucoup d'appétit. L'ennui c'est qu'elle reste toujours sur sa faim.

— Cela arrive à d'autres, murmure-t-il.

Il glisse une cigarette entre ses lèvres et, comme toujours, cherche en vain du feu. Il a jeté au fond d'un tiroir le briquet offert par Alexandra. Chloé lui tend une pochette d'allumettes-réclame ; elle en a plusieurs de cette sorte : « Café des Amis. Toulon. »

— La patronne du café, c'est ma mère, annonce-t-elle de but en blanc. Je suis son employée : aux pourboires pour l'instant. A part ça, Estelle et moi on a gagné la croisière au loto.

Steven demeure quelques secondes interdit. Avec un certain défi, Chloé soutient son regard et il lui semble, mais peut-être se trompe-t-il, et peut-être ne le sait-elle pas elle-même, qu'en lui révélant qui elle était, elle vient de lui faire un cadeau important.

— Ainsi, mademoiselle ne fait pas son droit !

— Le droit, c'était une idée d'Estelle. Fille de bistrote, elle trouvait que ça ne faisait pas assez chic pour le *Renaissance*.

— Et fils de fermier ? interroge Steven en éclatant de rire. Mon père à moi élève des vaches au Texas. A propos, quand est-ce que je te le présente ? Je suis sûr que tu lui plairas.

C'est au tour de Chloé de le regarder, interloquée. Il en profite pour empocher la boîte d'allumettes.

— Je lui plairai ?

Il saisit son bras, l'immobilise, pose ses mains sur ses épaules.

— Les producteurs de cinéma veulent toujours que les histoires se passent « comme dans la vie », aussi, dans un scénario, mon héros attendrait plusieurs semaines avant d'oser dire à mon héroïne qu'il a envie de la revoir, qu'il voudrait lui présenter son père et l'Amérique par la même occasion, qu'il n'est pas question qu'il la laisse partir comme ça après la croisière. Dans l'histoire présente, les jours nous étant comptés, j'accélère le rythme. Il désigne le ciel : Puisse le grand producteur accepter le scénario.

Jamais il n'a parlé aussi sérieusement à une fille, et le flux de la vie monte en lui : qu'est-ce qu'ils ont à ne plus vouloir s'engager, les gens ? C'est grisant ! Comme tout ce qui touche à la liberté.

— Et Alexandra ? demande Chloé. Qu'est-ce qu'elle devient dans l'histoire ?

Le voilà dégrisé. Que peut-elle bien savoir d'Alexandra et de lui ?

— Admettons que je me sois un peu intéressé à elle au début du voyage. C'est terminé.

— Ça se termine vite chez toi ! remarque Chloé. Et pour elle ça l'est aussi, t'as vérifié ?

Elle retire les mains de Steven de ses épaules et reprend sa route. Si au moins il s'agissait d'une crise de jalousie ! Mais non. C'est un rappel à l'ordre, à ce qui, dans sa petite tête, représente l'ordre. A moins que Alexandra ne soit pour elle un bon moyen de se débarrasser de lui.

— Je ne retire rien de ce que vient de déclarer mon héros, râle Steven.

L'air buté, Chloé expédie au loin tous les cailloux qui se présentent à sa sandale.

— Sur le plan auquel tu penses, autant que tu

saches que, pour moi, c'est zéro, aucun appétit ! dit-elle sans le regarder.

Aucun appétit ? Ah ! il voudrait bien vérifier ça ! Prendre ce front entre ses mains, ouvrir ces lèvres avec les siennes, apprivoiser doucement, tendrement ce corps. Non, certainement pas zéro ! Tout en cette fille réclame de vivre et d'aimer. Il n'y a qu'à la voir humer, toucher, boire des yeux et de la peau, vibrer et rougir au moindre contact. Elle veut que ce soit zéro pour ne pas, comme sa mère, courir le risque d'être abandonnée, c'est tout, c'est simple et c'est exaspérant !

A son tour, Steven expédie du bout du pied une pierre qui évite de justesse les mollets d'un touriste : « Bob Miller, espèce de salaud, sombre imbécile, qu'as-tu fait de ta fille ? » Dire qu'à Rhodes, apprenant qui était son rival, il avait eu un moment de soulagement ! Il aurait mille fois préféré avoir affaire à un gars de son âge, un autre prétendant. Comment lutter contre un père qui n'a pas fait son boulot et dont l'ombre grandit quand on croit l'effacer ?

Porte Impériale. Heureusement, voilà de quoi se changer les idées : la « pierre de l'Avertissement » qui servait de billot pour décapiter ceux qui avaient encouru la disgrâce du sultan. Et c'était dans l'eau de cette fontaine, placée tout à côté, que le bourreau se lavait les mains après l'exécution.

Chloé promène ses doigts sur la pierre tout en suivant des yeux un groupe de femmes voilées, vêtues de noir. Soudain, elle frissonne.

— Pardonne-moi, dit-elle, mais ça ne va pas très fort aujourd'hui.

Il se retient de la prendre contre lui, de la serrer à l'étouffer.

— Si tu veux savoir, pour moi non plus ça ne va pas très fort. Figure-toi que la fille qui me plaît a une sale caboche d'Irlandaise.

Un instant soufflée, elle éclate de rire. Il l'imite. Et dans ces rires mêlés entrent tant d'émotions diverses qu'aucun scénariste ne serait capable de les mettre sur le papier, pas plus que le meilleur des réalisateurs ne les obtiendrait.

CHAPITRE V

Il y avait le jour et le jour c'était le silence, l'obscurité, l'odeur poisseuse d'une pièce où l'on a trop fumé, la fatigue, le regard terne des gens, une sorte de coma.

Il y avait la nuit qui était la fête, la musique ; dans la lumière des projecteurs, les mouchoirs agités par les spectateurs en signe de plaisir : la vie de Meryem.

Elle se souviendrait toujours du matin où sa mère avait pris ses cheveux dans ses mains, les avait soulevés comme un voile puis laissé filer entre ses doigts en lui annonçant que, désormais, on ne les couperait plus. C'était ce matin-là qu'elle avait appris que son vœu le plus cher allait se réaliser : elle serait danseuse ! Meryem avait treize ans, elle possédait le sens du rythme, elle était jolie et son corps souple promettait d'avoir les formes généreuses — hanches et seins —, nécessaires à cet art.

Car la danse du ventre était un art et, si la plupart des petites filles la pratiquaient pour leur propre plaisir, elles ne devenaient pas pour autant professionnelles. Il ne suffisait pas de connaître les figures de base, de faire pivoter son bassin et son buste tout en relevant à deux mains ses cheveux et jouant des castagnettes ; il importait, comme dans tout art, de créer.

La part de création, d'improvisation, était la plus intéressante : ce que chacune donnait d'elle-même et qui jamais n'était pareil. A demi nue dans la gaze et les perles, il fallait savoir susciter le désir sans jamais pour autant tomber dans le geste vulgaire, suggérer, offrir et se reprendre, être pour ces hommes et ces femmes à la fois l'eau et la braise et cependant demeurer intouchable.

Car une danseuse du ventre n'était pas une prostituée : elle ne s'offrait pas aux clients après son numéro, elle gagnait sa vie en se faisant prendre en photo près d'eux, dans une pose aguichante afin qu'ils puissent, rentrés chez eux, la montrer à leurs amis et susciter leur envie.

Meryem allait avoir cinquante ans. Il lui arrivait encore parfois de danser, d'attacher le voile autour de ses hanches, d'agrafer le soutien-gorge pailleté, de se vêtir de perles et de plumes, mais ce n'était plus que pour son propre plaisir. Son travail consistait aujourd'hui à former les nouvelles recrues et elle veillait aussi à l'organisation des soirées de *La Taverne*.

Non, Meryem n'oublierait jamais le jour où sa mère avait laissé couler ses cheveux dans ses mains comme une rivière pleine de promesses. Mais un autre jour aussi, qui en quelque sorte complétait le premier, était ancré dans sa mémoire : celui où pour la première fois, elle avait rencontré le petit Martin Dorfmann.

Elle était, à l'époque, au faîte de sa gloire. Cet après-midi-là, elle avait répété avec un nouveau groupe de musiciens et s'apprêtait à aller se changer lorsqu'au fond de la salle, dans l'obscurité, elle avait vu deux yeux brillants qui la fixaient : c'était Martin. Comment l'enfant était parvenu à se glisser là, elle ne l'avait pas compris. Se voyant découvert, il s'était levé et, avant qu'elle l'interroge, il avait pris sa main pour la baiser comme celle d'une grande dame, ce que nul étranger n'avait jamais fait avant lui.

Les étrangers, Meryem ne voyait que cela, quoique d'un autre âge que Martin bien sûr. Elle parlait un peu l'anglais, lui aussi ; il baragouinait quelques mots de turc, cela leur avait largement suffi pour se comprendre.

Elle avait découvert avec stupéfaction que ce n'était pas la première fois qu'il venait, qu'il connaissait toutes ses danses et chacune de ses tenues. Et Meryem qui n'avait jamais eu d'enfant s'était prise de tendresse pour ce garçonnet de douze ans qui, lui, était fou d'elle. Ils s'étaient vus souvent : elle l'emmenait à la pâtisserie et l'avait même plusieurs fois invité chez elle où il arrivait qu'elle dansât pour son seul petit spectateur.

Il parlait peu de lui et de sa famille ; mais elle avait réussi à apprendre que son père était diplomate et que Martin venait d'être malade, ce qui expliquait qu'il fût dispensé d'école. Et puis un jour il avait disparu, sans doute était-il rentré dans son pays, et Meryem en avait eu de la peine car il n'était même pas passé lui dire au revoir.

Lorsque Martin entra dans la salle où elle organisait avec les musiciens le spectacle du soir, elle le reconnut aussitôt. Pourtant, ce fut un choc ! Il avait été un garçon plutôt mince, c'était un homme proche de l'obésité. Cependant, le regard n'avait pas changé : intense, douloureux et comme chargé d'interrogation : regard qui alors l'émouvait, car il était celui d'un adulte.

Elle pouvait y lire aujourd'hui le même mal de vivre et son cœur se serra.

Il dit : « Meryem », elle cria : « Martin », et il fut dans ses bras. Elle ne découvrit qu'ensuite la gamine qui se tenait derrière lui, aussi blonde et maigre qu'on était par ici à cet âge plutôt brune et replète.

On approchait de midi. Ils attendirent dans la salle que Meryem ait terminé le travail avec les musiciens, puis elle les invita à boire quelque chose dans le vestiaire où se préparaient les artistes ; et, tandis que l'enfant fourrageait dans la penderie des danseurs, elle écouta Martin.

Il lui apprit la mort de sa mère, son départ pour l'Allemagne, la pension, le décès de son père. Le petit garçon timide et amoureux avait fait place à un homme qui s'exprimait bien, un avocat qui fumait de gros cigares et avait commandé pour eux deux une bouteille du meilleur champagne. Il entrecoupait constamment ses paroles par des rires et, l'écoutant, Meryem qui avait toujours su lire derrière les grimaces des hommes, sentait se réveiller en elle la tendresse d'autrefois : elle voyait bien que ce Martin-là n'était pas plus heureux que le petit garçon qui, il y avait presque vingt ans, venait chercher refuge dans le cocon magique de la musique et de la danse.

Elle lui désigna Laure, enveloppée de voiles et qui parait sa maigreur de toute la pacotille qu'elle pouvait trouver.

— Et elle, d'où elle tombe ?
— Du ciel ! dit Martin avec ferveur. Directement du ciel.

Il lui raconta que les parents de la fillette la lui avaient confiée pour la journée. Lorsqu'elle lui demanda à quel hôtel il était descendu et pour combien de temps, il répondit qu'il l'ignorait encore : il venait d'arriver, il avait eu envie de la voir tout de suite car souvent il avait rêvé qu'elle était partie ailleurs et qu'il ne la retrouvait plus.

Puis elle lui proposa de déjeuner avec lui, mais Martin refusa. D'une voix un peu nerveuse, il lui demanda l'autorisation d'aller passer quelques heures dans son *yali*.

On appelait *yali* ces anciennes maisons de bois

dont les pieds baignaient dans l'eau du Bosphore. Autrefois, les pauvres gens les habitaient et elles ne valaient pas grand-chose ; aujourd'hui, elles étaient considérées comme des monuments historiques et les riches se les arrachaient. Meryem avait hérité son *yali* de ses parents. Elle y avait souvent emmené le petit garçon et celui-ci était fasciné par les eaux rapides qui coulaient sous le ponton auquel était amarré une barque, trop vétuste pour servir.

Elle lui remit sans hésiter la clef de sa maison. Elle même ne pourrait y revenir que tard dans la soirée, mais il saurait où la cacher lorsqu'il repartirait. Et le lendemain elle espérait le voir plus tranquillement.

Martin serra fort cette clef dans son poing.

— Te souviens-tu quand nous allions là-bas, personne ne le savait, lui rappela-t-il. C'était notre secret. Serait-il possible que cela continue ?

Un malaise emplit Meryem : que lui demandait exactement Martin ? De ne pas dire qu'il se rendait au *yali* ? Mais aujourd'hui il était un homme libre : qui pourrait le lui reprocher ?

Elle regarda la petite fille aux lèvres cousues sur laquelle venait sans cesse s'attacher le regard de son ancien protégé et le malaise grandit : qu'allaient-ils faire tous les deux, à vingt kilomètres d'Istanbul, dans une maison isolée de tout ?

Elle refoula ses inquiétudes et sourit à l'homme malheureux :

— T'ai-je jamais trahi ? demanda-t-elle.

Lorsqu'ils furent partis — un taxi les attendait devant la porte —, elle s'aperçut que Laure avait oublié dans le vestiaire un petit singe en fourrure au collier d'argent. Il faudrait qu'elle pense à le rendre à Martin : les enfants s'attachent à ces objets-là.

Pour ne pas l'oublier, elle l'emporta dans la salle où, après avoir déjeuné, elle assisterait à la répétition de la soirée. On attendait de pleines fournées d'étrangers.

CHAPITRE VI

Alors que Camille reprenait ses sandalettes à la sortie de la mosquée Süleymaniye, elle remarqua, sur le sol, une petite espadrille de toile mauve. Le cœur battant, elle la ramassa pour l'examiner : Laure avait des espadrilles semblables et la pointure indiquée, 34, pouvait être la sienne.

Instinctivement, elle chercha des yeux la fillette dans la foule des touristes et hésita un instant à retourner dans la mosquée ; mais non, qu'allait-elle imaginer ? Des espadrilles de cette sorte, tout le monde en avait et il était impossible que Laure fût ici puisqu'elle se trouvait à bord du *Renaissance*.

Toute la nuit, Camille avait repassé dans sa tête la conversation avec Le Moyne et les événements des jours précédents. Le cri de Laure au cinéma lorsque se produisait l'accident de voiture : « Ce n'est pas ma faute », lui semblait tout résumer : la petite fille se reprochait la mort de sa mère. Il fallait, de toute urgence, l'aider à exprimer ce sentiment de culpabilité qui la détruisait.

Avant de quitter le bateau, elle avait été trouver le commissaire pour lui faire part de sa réflexion. Il n'avait pas paru étonné : Laure et sa mère se disputaient souvent. Il avait promis à Camille de voir tranquillement sa fille cet après-midi même et, pour l'instant, de ne plus lui parler de pension. Il semblait soulagé.

Camille replaça l'espadrille orpheline sur une étagère et rejoignit Arnaud. Elle ne lui dirait rien de sa découverte car, une fois de plus, celui-ci l'accuserait de déployer trop d'inquiète imagination.

Il l'attendait dans le petit cimetière fleuri d'iris et de tulipes, où étaient enterrés Soliman le Magnifique, son épouse Roxelane et l'architecte Sinan, auteur de la mosquée. Une armée de gamins se l'étaient approprié : l'un d'eux était même juché sur un bras du fauteuil, deux autres ciraient ses chaussures. Ils piaillaient autour de lui comme des moineaux.

— Ils profitent honteusement de la situation, remarqua Arnaud en riant.

Camille savait que le pire, pour lui, était ceux qui se détournaient en le voyant. Ici, l'infirme, le misérable faisaient partie de la vie : on ne l'ignorait pas.

Elle distribua quelques pièces, puis tous deux flânèrent un moment entre les tombes : celles de Soliman et de Roxelane, grandioses, ornées de faïences d'Iznik ; celle de Sinan, un très modeste mausolée.

— Et pourtant, tout cela, c'est lui ! constata Arnaud en montrant l'édifice.

Le taxi les attendait à la sortie pour les mener au restaurant *Le Sultan*, en dehors de la ville, où ils avaient rendez-vous avec Chloé.

Avant d'y monter, Arnaud désigna la mosquée à Camille.

— Alors, Dieu était-il là ?

Elle inclina la tête :

— ...Et c'était le même que celui de nos églises, constata-t-elle.

CHAPITRE VII

Thon, mérou, rouget, daurade, bar... au menu, toute la gamme ! C'est l'époque de la migration, la meilleure pour la pêche, celle où le poisson passe de la mer Noire à la mer de Marmara, luttant contre les courants contraires du Bosphore ce qui rend, dit-on, sa chair d'autant plus ferme et savoureuse.

Le Sultan est le plus bel ornement de ce village de pêcheurs situé à une quinzaine de kilomètres d'Istanbul. Tout de bois habillé, fraîchement repeint, le restaurant ouvre sur la mer, dominant le port, la mouvante futaie des mâts, le carré de plage envahi d'enfants. La salle est comble : touristes, hommes d'affaires, familles turques huppées.

Les quatre amis se sont installés sur la grande terrasse dont le sol est couvert de tapis aux couleurs éclatantes. Après avoir savouré, eux le raki, elles le jus de cerise, ils ont commandé un échantillonnage de hors-d'œuvre : moules et crevettes, légumes farcis, piments, bœuf séché, purée de fèves, tarama, qu'ils dégustent avec un pain croustillant à souhait.

— Plus que deux jours ! soupire Camille. Cela a passé si vite...

« Deux jours et ce sera Mykonos », pense Arnaud. Il devra, dès le lendemain, annoncer à Camille son intention de s'installer quelque temps dans l'île. Il n'a que trop tardé à le faire. Comment réagira-t-elle ? La brise mêle les senteurs marines à celles des mets. Il revoit Martin, ce matin même, humant avec gourmandise les odeurs d'Istanbul. Où est-il à présent ? Il avait dit : « On se reverra » et il n'a pas réapparu. Ce n'est pourtant pas dans ses manières de partir sans dire au revoir. Rejoindra-t-il Arnaud à Mykonos ? « Pour la bière et le champagne, ne t'occupe de rien, c'est moi... » Bon sang, voici qu'il lui manque déjà !

« Deux jours », pense Steven en observant du coin de l'œil Chloé qui déguste de savants assemblages : moules frites et piment doux. Il a gardé dans sa poche, comme un talisman, la pochette *Café des Amis*. Après la visite du Sérail, ils sont allés faire un tour au Grand Bazar, palais des marchands et des artisans. Chloé voulait s'arrêter partout ; elle écoutait tous les bonimenteurs et ouvrait sur la pacotille des yeux plus émerveillés que sur les splendeurs de Topkapi. Tandis qu'elle achetait un bracelet pour sa mère, Steven a choisi une bague dite « de harem » : dôme incrusté de saphirs, qu'il compte lui offrir le lendemain : l'acceptera-t-elle ?

Sous l'œil vigilant du maître d'hôtel, un garçon sert maintenant le poisson : brochettes de mérou grillé, daurade et bar en papillote, tandis qu'un autre leur verse le vin blanc d'Ismir, frais et fruité à souhait.

« Deux jours et ce sera moi qui remplirai les verres », songe Chloé. Elle a peine à y croire, à s'imaginer à Toulon, reprenant ce travail qui pourtant ne lui déplaît pas. C'est qu'elle ne se sent plus la même ! Elle ne pourra plus rêver à l'étranger aux cheveux roux prenant place un beau jour à une table du *Café des Amis* et elle, le cœur battant, lui demandant ce qu'il désire : « Une fille, pourquoi pas ? » Est-ce cela se sentir orpheline ? Cette partie amputée de soi ? « Hello », lui murmure Steven. « Hello »... Telle mère, telle fille décidément ! Leur tombent de la mer des séducteurs qui parlent anglais ; mais celui-là voudrait la présenter à son père, rien que ça ! « C'est un homme qui ne s'attache pas », a dit Alexandra.

Une gorgée de vin : pas plus. Elle doit battre Arnaud aux dames. Absolument !

« Lèvres de la bien-aimée », « nombril de dames », « nid de rossignol », susurre le plus sérieusement du monde le maître d'hôtel en leur présentant les pâtisseries du chef sur un grand plateau de cuivre. Les hommes font les plaisanteries qui s'imposent, tandis que les filles choisissent. Les cafés viendront en même temps : il est déjà 3 heures.

Le regard de Chloé rencontre celui d'Arnaud.
— On y va ?
— A vos ordres, *Miss*.

Il sort son jeu de dames de la poche accrochée à son fauteuil roulant : un bon vieux jeu en bois, celui aux jetons aimantés étant réservé au bateau. Il repousse les assiettes pour ouvrir le damier, suivi par le regard étonné des clients alentour. Chloé lui présente ses poings dans lesquels elle a caché deux pions. Il tire le blanc : c'est donc lui qui commencera ! En elle-même, la jeune fille se réjouit : pour certains, commencer est un avantage ; elle, a toujours préféré jouer en second.

Camille observe Arnaud. Il assure que l'on est dans sa façon de jouer autant que dans son écriture et qu'il en connaît déjà un bout sur l'adversaire rien qu'à sa manière d'installer ses pions. L'air surpris, il regarde Chloé manier ceux-ci avec dextérité, les alignant dans l'ordre en commençant par la rangée du bas. Camille ne peut réprimer un sourire : en

Crète, elle a vu son amie vaincre les uns après les autres tous les hommes d'un village* ; à la demande de celle-ci, elle n'en a rien révélé à Arnaud. Il va avoir une sacrée surprise! Et si Chloé le battait? Non... Impossible; durant tout le voyage il n'a pas perdu une seule partie.

Les joueurs sont prêts maintenant. Arnaud allume un cigare et se concentre : les premiers coups sont pour lui les plus excitants, ceux où il découvre l'adversaire. Deux ou trois lui suffisent en général pour juger de l'intérêt d'une partie.

— Top départ! annonce Chloé.

Sans hésiter, il avance son premier pion : au centre.

Ce sera tout pour aujourd'hui...

« *Miss*... Mademoiselle... *please*... »

Le cri désespéré du patron attire tous les regards vers la porte de la terrasse. Chloé relève la tête et pousse un petit cri : Estelle vient d'apparaître.

« *Please*... s'il vous plaît... je vous en prie », répète le bonhomme.

Epaules découvertes, en short, spartiates haut lacées, elle n'est vraiment pas le genre de la maison, pourtant, ce n'est pas à elle qu'en a le patron du *Sultan* mais au gamin au crâne rasé — six ans au plus, nu-pieds, un collier de toupies multicolores autour du cou —, dont elle tient la main : l'un de ces petits vendeurs de tout et de n'importe quoi que l'on recommande aux touristes d'ignorer. Le patron tente de le séparer d'Estelle : autant essayer d'arracher un chapeau chinois au rocher.

— Mais laissez-nous tranquilles! proteste la jeune fille indignée. On cherche des amis.

D'un même mouvement, Chloé et Camille se sont levées pour lui faire signe ; elle les découvre, repousse le gêneur et, entraînant son petit vendeur de toupies, traverse la terrasse sous le regard incrédule des gens.

* *Croisière 1.*

Arrivée à leur table, elle se plante en face de Camille, la fixe d'un air de reproche avant de jeter une enveloppe sur son assiette :

— Me dis pas que j'aurais pas dû l'ouvrir : lis-la avant !

...Cette enveloppe... le nom inscrit dessus, comme la narguant, c'était la première chose qu'Estelle avait vue ce matin, en entrant dans la 9 Vénus qu'était en train de faire Théodorès : « Camille » en lettres écarlates... encore Camille.

« A propos, sais-tu si Camille est toujours fiancée à Arnaud ? » voilà tout ce que Quentin venait de trouver à lui dire après l'amour, l'amour mal fait, sans caresses ni tendresse : l'amour-nuit. Mais pourquoi aussi avait-elle insisté pour qu'il la rejoigne dans sa cabine alors qu'elle voyait bien qu'il ne voulait plus d'elle, que c'était la « distinguette » qui désormais l'intéressait ? « Sais-tu si Camille est toujours fiancée ? »... Elle n'avait pas daigné répondre et l'avait laissé repartir sans un mot, ce salaud, dans son uniforme immaculé qui ne l'impressionnait plus.

Et ce trop-plein en elle, la nécessité de se confier à quelqu'un, la porte ouverte de la 9 Vénus, l'enveloppe posée sur la table avec le nom en lettres de sang ; elle qui l'emportait par vengeance, l'ouvrait par curiosité et, lisant, se mettait à trembler : « Je m'en vais, la pension je veux pas, il faut lui dire, surtout dis-lui, Camille, dis-lui. Me cherchez pas, ça ira. Laure. »

C'était grave. Elle devait faire quelque chose. Avertir Le Moyne ? Mais la lettre était adressée à Camille... Et la voilà qui se retrouvait sur le pavé d'Istanbul avec pour tout bagage un nom : *Le Sultan*, celui du restaurant où ils avaient décidé d'aller se mesurer aux dames — « Phosphore sur Bosphore », avait même dit Chloé —, et, accrochés à ses basques, une nuée de gamins qui lui tendaient des plans, des cartes postales, des friandises, des parfums, en baragouinant toutes les langues de la planète. Elle avait choisi le petit aux toupies et ordonné : « Taxi ! » Il l'avait menée à une voiture, le chauffeur connaissait *Le Sultan*. Comme, dans sa hâte, elle avait oublié son porte-monnaie, elle embarquait l'enfant avec elle et, durant le trajet qui durait un siècle, il serrait fort sa main comme s'il comprenait qu'elle venait de perdre Quentin, que Laure était perdue et qu'on ne pouvait pas, dans cette chienne de vie, faire un pas sans perdre quelque chose, ne serait-ce que ses illusions !

Sans un mot, Camille tend la lettre à Arnaud. Elle est blême. Arnaud la parcourt : « Je m'en vais, la pension, je veux pas... » Ecriture d'enfant malade. N'est-ce pas hier que Camille lui a parlé de pension à propos de Martin ?

— Bon Dieu, lui dit-il. Est-ce que tu crois ?

— Je crois que Martin l'a emmenée, acquiesce-t-elle en un souffle.

A leur tour, Steven et Chloé lisent le mot.

— Son père est François Le Moyne, le commissaire de bord, je vous expliquerai, dit Camille.

— Il faut l'avertir tout de suite, déclare Steven. Avant qu'ils n'aient filé trop loin.

— Pas question ! dit Arnaud. Il prend la lettre et l'enfouit dans sa poche : C'est la dernière chose à faire.

Il a parlé fort et des gens se retournent, réprobateurs. Que se passe-t-il donc à cette table ? Déjà s'y est installé un infirme dont le spectacle ne leur est pas particulièrement agréable. Puis ils y ont vu s'organiser un jeu comme dans n'importe quel bistrot de troisième catégorie. Enfin, et c'est le plus choquant, trône sur un siège de velours un gamin aux pieds noirs qui se barbouille, en toute impunité, du miel et du sucre des fameuses pâtisseries du chef.

— Explique-toi, demande Steven à Arnaud.
— Tu veux que Martin soit accusé de détournement de mineure ? Sais-tu ce qu'il lui en coûtera ici ? Il ne s'en sortira jamais.
— Alors que proposes-tu ?
— On va la chercher.
— Dans Istanbul ?
— J'ai une idée des endroits où il comptait aller.
Camille lève le doigt :
— Il est possible qu'ils soient passés par la mosquée de Soliman...
Elle raconte l'histoire de l'espadrille.
— Ils sont donc bien ensemble, constate Arnaud sombrement. Martin avait l'intention de se rendre là-bas.
— Et si on ne les retrouve pas ? demande Chloé tout en rangeant les pions dans leurs casiers.
— Il sera toujours temps d'avertir Le Moyne, dit Arnaud.
— Mais on leur aura laissé celui de filer au diable, constate Steven.
— J'en prends la responsabilité, reprend Arnaud avec force. Et, pour une fois, je demande qu'on me suive.
Chloé referme le damier d'un coup sec :
— Je te suis ! Martin, c'est mon pote !
— Et s'il lui fait du mal ? interroge Estelle d'une petite voix.
Arnaud a un rire :
— Que crains-tu qu'il lui fasse ? Qu'il la viole ? Aucun danger : ce n'est pas comme ça qu'il l'aime.
— La veinarde ! soupire Estelle avec une telle conviction que malgré leur angoisse, ou peut-être à cause d'elle, tous se mettent à rire.
— Son père doit être en train de la chercher, dit Camille. Il m'avait promis de lui parler cet après-midi.

Chloé fixe Estelle avec insistance ; celle-ci soupire :

— J'ai compris, j'y retourne ! Qu'est-ce que je dis à l'ennemi ? Qu'elle est avec vous ?

— Surtout pas ! s'exclame Steven.

— Tu nous tiens au courant de ce qui se passe à bord, lui ordonne Chloé. On t'appellera.

Estelle se lève. D'un bond, l'enfant est à son côté ; d'une main il saisit la sienne, de l'autre, il attrape un dernier gâteau dégoulinant de miel.

— Désolée, dit Estelle, mais j'ai pas un rond pour payer le taxi ; il m'attend.

— Et les taxis, chez les Bofetti, c'est sacré ! ricane l'odieuse Chloé.

Estelle l'assassine du regard. Steven lui tend quelques dollars qu'elle évalue d'un œil expert.

— Au cours du jour : 6,30 francs. On fera les comptes plus tard. Sans prêter attention aux regards ébahis, elle offre au petit vendeur de toupies l'un des billets verts : Pour le guide !

Ils s'éloignent. Arnaud fait signe à un serveur : « La note ! »

— Bon Dieu, s'exclame soudain Steven. Il jaillit de son siège, rejoint Estelle à grands pas, lui montre le gamin : Je t'en supplie, celui-là, ne l'embarque pas... Parce que Kouris, cette fois...

CHAPITRE VIII

Autrefois, elle chantait déjà cette chanson-là, l'eau du Bosphore, en caressant la maison de Meryem et les pieds du petit garçon assis au bout du ponton. Elle parlait à la fois de vie et d'oubli, des mers mêlées qui s'affrontaient en elle, formant de dangereux tourbillons : la mer Noire, celle de Marmara.

Meryem n'aimait pas voir Martin s'installer si près du bord : « Et si tu tombais, qu'est-ce que je deviendrais, moi ? » S'il tombait, lui l'enfant privé de sport du fait de sa maladie, tous deux savaient que les flots n'en feraient qu'une bouchée. La chanson le disait aussi !

« Eh bien, adieu Martin », répondait-il pour qu'elle coure à lui, le prenne contre sa poitrine et l'y serre très fort en riant de ce rire inquiet qui lui chauffait le cœur.

Martin pose son menton sur les cheveux soyeux de Laure, assise entre ses jambes, là où il s'asseyait autrefois, juste au-dessus de l'eau. Laure ne joue-t-elle pas avec son père, sans le savoir, — à ce même jeu auquel il jouait avec Meryem —, à lui faire peur pour qu'il vienne la chercher, la serre contre lui et renonce à la mettre en pension ?

Il y a un instant, dans le taxi qui les menait ici, elle

a demandé : « Et chez Meryem, est-ce qu'on pourra nous retrouver ? » C'était la crainte qu'on ne les retrouve pas qu'il a entendue dans sa voix.

Il ferme les yeux, brûlé par le cri qui, à tout instant, fend sa poitrine : « C'est fini. »

Oui, c'est fini : il est en train de vivre ses derniers instants avec l' « apparition ». Pourquoi a-t-elle laissé à Camille ce mot d'adieu qui va le perdre ?

Camille le lira et devinera aussitôt que Laure est avec lui ; ignorant qu'il a l'intention de la ramener à bord, elle avertira Le Moyne qui alertera la police. Peut-être est-ce déjà fait, les recherches ont-elles commencé... Ce n'est pas pour sa liberté que Martin a peur : que lui importe ? Mais quelle que soit l'issue de cette histoire, il n'aura plus le droit de revoir Laure : il sera, aux yeux de tous, celui qui l'aura enlevée.

> *Mon enfant, ma sœur,*
> *songe à la douceur,*
> *d'aller là-bas vivre ensemble !*
> *Aimer à loisir,*
> *Aimer et mourir...*

— Qu'est-ce que c'est ? demande Laure.
— Un poème, dit-il. Baudelaire.

Elle se retourne pour le regarder. Le vent soulève sa frange, livre son visage. La tendresse déborde en lui.

— Où on va dormir, cette nuit ?
— Où cela te plairait-il de dormir, ma chérie. Ici ?
— Peut-être, dit-elle. Je ne sais pas...

Après qu'elle lui ait parlé de la lettre, durant un court instant de désespoir, il a pensé à partir vraiment avec elle : perdu pour perdu, l'emmener le plus loin possible et vivre au moins quelques jours, peut-être quelques semaines à ses côtés. Mais il n'a pas trouvé en lui assez de folie pour le faire : trop d'amour et de tendresse, oui ! Combien de temps faudrait-il à la petite fille pour regretter son acte, être lasse de se cacher, d'avoir peur ?

Il a également songé à la ramener tout de suite sur le *Renaissance,* en espérant que la lettre n'aurait pas encore été découverte, mais Laure aurait refusé : c'était trop tôt. Il est revenu à son plan initial : l'amener à décider elle-même de rentrer.

Le Bosphore berce la barque. Déjà, il y avait vingt ans, le bois commençait à en pourrir ; maintenant, il doit être complètement rongé. Elle n'est plus là que pour le décor et le souvenir ; d'ailleurs Meryem a retiré les rames.

— On joue à quelque chose ? demande Laure.
— Je vais te raconter une histoire.

Contente, elle se cale contre sa poitrine et il l'entoure de ses bras. Cette histoire, il l'a longuement préparée et, même si elle la fait souffrir, Laure devra l'écouter jusqu'au bout. Le métier de Martin lui a appris, son cœur l'affirme, que certains êtres ont besoin que d'autres parlent pour eux, prononcent les mots brûlants qu'ils n'ont pas la force d'aller déterrer en eux. N'en déplaise aux « psy » de tous poils, il va exprimer ce qui empoisonne cette petite fille, mettre à jour la blessure, sans attendre que, comme pour la barque, la gangrène ait gagné l'organisme, l'empêchant à jamais de voguer librement. Il est le seul à pouvoir le faire. Il « sait » !

— Alors ? dit-elle.
— Il y avait un petit garçon qui avait à peu près ton âge et venait souvent s'asseoir là : un petit garçon que son père faisait souffrir...

Ce petit garçon regardait la barque et rêvait qu'un soir — l'un de ceux où ce père n'était pas très solide sur ses jambes, ce qui arrivait souvent car on buvait beaucoup à l'ambassade —, il lui proposait une promenade sur le Bosphore. Il le voyait monter dans la barque et s'affaler au fond, il se voyait, lui, détacher la corde et des deux mains pousser l'embarcation qui, un peu plus loin, tournait sur elle-même avant de s'enfoncer dans les tourbillons de l'eau, à cet endroit, particulièrement dangereuse.

C'était un enfant qui *rêvait* la mort de son père... C'était une petite fille qui se reprochait la mort de sa mère parce que celle-ci avait disparu avant qu'ait eu lieu la réconciliation indispensable : une petite fille qui se croyait coupable.

Dans son métier, Martin avait toujours trouvé beau que l'avocat employât le « nous » pour parler de celui ou de celle dont il prenait la défense. « Nous ne sommes pas coupables de nos rêves : ils sont parfois notre seule façon de survivre face à l'oppresseur, ils ne tuent que nous-mêmes, si nous ne les acceptons pas car, en nous, se trouve aussi le juge. » Et les juges, Martin les connaissait aussi.

Plus tard, beaucoup plus tard sans doute, passés les cris et les larmes, gagné le pari fou d'un début de délivrance, il lui parlerait de François Le Moyne. Cette main, qu'une nuit Laure avait tendue à Dionysos sur le point de se noyer, il la remettrait dans celle de son père : le dieu nécessaire des petites filles qui veulent pouvoir aimer un jour.

Ce serait sa plus douloureuse plaidoirie. La dernière.

CHAPITRE IX

Steven réapparut à la porte de *La Taverne* et courut jusqu'au taxi.

— Il y a bien une Meryem ici, dit-il. Elle travaille au spectacle de ce soir : ancienne danseuse du ventre, cinquante ans. C'est sans doute celle que nous cherchons...

— On y va, décida Arnaud.

Aidé par ses amis, il descendit du taxi et prit place dans le fauteuil que Camille avait déplié. Elle pressa tendrement son bras ; les lèvres pincées d'Arnaud trahissaient sa souffrance : il n'avait pas été massé ce matin et les cahots de la voiture sur la route mal pavée avaient dû martyriser son corps trop maigre. Mais la douleur eût été pire s'ils l'avaient empêché de chercher Martin avec eux.

Il était 5 heures. Un poids lourd renversé avec sa cargaison de fruits sur la route d'Istanbul avait causé un gigantesque embouteillage, les tenant presque une heure immobilisés. Ils se frayèrent avec difficulté un chemin vers la boîte de nuit. Le quartier était en fièvre, quartier « interdit », avait dit Martin : celui du marché aux épices, de l'autre côté du pont de Galata, le quartier de Meryem, danseuse du ventre, sa seule amie.

On aurait dit que Martin avait semé son chemin de

petits cailloux blancs afin qu'Arnaud puisse retrouver sa trace, ne le laisse pas accomplir le projet « fou » dont il avait essayé de lui parler sur le bateau : celui d'enlever une petite fille à son père ? Et lui qui n'avait pas été fichu de l'écouter !

Ils pénétrèrent dans *La Taverne :* le troisième cabaret qu'ils visitaient. Au bar, un homme essuyait des verres. Il jeta son torchon, vint vers eux et leur fit signe de le suivre : « Il faudra attendre pour parler à Madame que la répétition soit terminée », recommanda-t-il. Derrière une tenture de velours cramoisi on entendait de la musique ; il l'écarta.

On voyait d'abord les lumières des bougies tenues haut par un groupe de jeunes gens, filles et garçons, qui dansaient sur l'estrade. Cinq musiciens assis en rang accompagnaient les danseurs, jouant d'instruments antiques, interprétant la musique entêtante, répétitive et nostalgique de l'Orient.

Précédés par Arnaud qui actionnait manuellement son fauteuil, les trois amis s'approchèrent. Une femme aux longs cheveux, assise en bas de l'estrade, suivait le spectacle. L'homme qui les avait introduits alla vers elle et lui murmura quelques mots à l'oreille. Chloé se pencha vers Camille.

— Pourvu que ce soit elle !
— Et pourvu que Martin soit bien passé par là, répondit Camille.

S'ils n'en retrouvaient pas la trace ici, il ne leur resterait qu'à avertir Le Moyne !

Filles en jupes fleuries et garçons en pantalons sombres et larges ceintures continuaient à s'entrecroiser, se lier puis délier sur l'estrade, attentifs à ce que ne s'éteignent pas les flammes de leurs bougies. « Comme dans l'amour », pensa Steven et il ne put s'empêcher de poser la main sur l'épaule de Chloé. « Qu'ils se grouillent d'en finir... » gémit-elle.

La musique s'arrêta enfin. Les danseurs s'inclinèrent devant les sièges vides puis, courant les uns derrière les autres, leurs bougies levées, ils quittèrent la salle dans laquelle revint la lumière. La femme se leva et alla vers eux. Lorsqu'elle marchait, on aurait dit qu'elle dansait.

— Meryem ? demanda Arnaud.

Posant sur lui ses yeux de velours sombre, elle inclina la tête :

— Que puis-je faire pour vous ? demanda-t-elle en anglais.

— Nous cherchons quelqu'un, dit l'infirme. Martin Dorfmann. L'avez-vous vu ?

Meryem se figea. Elle avait pensé qu'ils venaient, comme beaucoup d'autres, lui demander des places de faveur de la part d'un ami. Elle regarda leurs visages sombres : que voulaient-ils à Martin ?

— Il est passé ce matin, répondit-elle à contrecœur.

— Avec une petite fille ? interrogea Steven.

Dans le ton de l'Américain, il y avait comme une accusation.

— Il était seul, s'entendit-elle répondre.

— Et il est reparti depuis longtemps ? demanda l'une des jeunes filles anxieusement.

Meryem regarda sa montre :

— Cela doit faire environ cinq heures ; c'était l'heure du déjeuner.

La tenture s'écarta à nouveau et les danseurs de la mer Noire, dans leurs costumes sombres à parements d'argent, traversèrent la salle en courant et sautèrent sur l'estrade. Tournés vers Meryem, les musiciens attendaient un geste d'elle. Elle leur fit signe de patienter et se tourna à nouveau vers ses interlocuteurs.

— Je dois travailler, dit-elle. Nous n'avons pas beaucoup de temps.

— Nous non plus, dit Camille.

Meryem cachait quelque chose ; elle le sentait. Son regard croisa celui d'Arnaud. Lui aussi !

— Martin vous a-t-il dit où il allait ? interrogea celui-ci.

— Je crois qu'il avait l'intention de visiter la ville, répondit Meryem, cette fois sans hésiter.

Les sourcils d'Arnaud se froncèrent :

— Non ! dit-il. Lorsqu'on a vécu six ans à Istanbul, on ne « visite » pas... On se rend dans des endroits précis pour y retrouver certains souvenirs, comme il l'a fait en venant ici après être passé par la mosquée du Grand Soliman. Il ne peut vous avoir dit cela ; essayez de vous rappeler.

Le ton était cette fois franchement hostile. Meryem se cabra :

— J'ignore où il est allé. Elle désigna les hommes en noir alignés sur l'estrade : Et je dois les faire répéter.

— Madame, insista Camille d'une voix tremblante. Nous sommes des amis de Martin. Si nous ne le retrouvons pas, c'est la police qui s'en chargera. Aidez-nous s'il vous plaît.

— La police ? articula Meryem d'une voix blanche. Mais pourquoi ?

— Parce qu'il a emmené une petite fille avec lui, dit Steven. Et il risque d'être accusé de détournement de mineure.

Une seconde, la danseuse ferma les yeux : elle devait avertir Martin, l'appeler. Mais se trouvait-il encore au *yali* ?

Elle rouvrit les yeux et regarda ces gens dont elle ne savait s'ils étaient amis ou ennemis. Elle avait promis le secret.

— Je vous ai dit tout ce que je savais, répondit-elle. S'il revient, je l'avertirai.

Elle fit signe à un employé et les lumières s'éteignirent. Les musiciens attaquèrent : musique de la mer Noire, mouvement des vagues, gestes des pêcheurs. Sur l'estrade, les danseurs ondulaient, frétillaient de plus en plus rapidement : poissons pris au filet, proies se défendant contre la mort. Le jeu des projecteurs donnait à l'argent de leurs costumes des reflets d'écaille. Meryem avait repris sa place au premier rang.

— Nous n'en tirerons pas davantage, constata Arnaud sombrement.

— Le mieux est de retourner au bateau et d'avertir Le Moyne, dit Steven.

Arnaud inclina la tête ; il fit pivoter son fauteuil.

— Attendez, cria soudain Camille.

Suivie par le regard stupéfait de ses amis, elle courut vers l'estrade et y monta. Musiciens et danseurs s'interrompirent. Se glissant parmi eux, elle alla saisir, sur un vieux piano, un objet dont les projecteurs captaient par instant la décoration argentée, comme ils le faisaient pour les costumes des danseurs.

Elle revint vers Meryem et brandit l'objet sous ses yeux : un petit singe en fourrure au collier d'argent.

— Et ça, madame ? accusa-t-elle.

CHAPITRE X

« Mlle Estelle Bofetti, appela une voix dans les haut-parleurs du *Renaissance*. Mlle Estelle Bofetti est attendue dans le grand hall de réception. »

Au salon Quatre-Saisons où avait été dressé le buffet destiné aux amateurs de thé, chocolat et pâtisseries, Estelle jaillit d'un canapé; sans lâcher son morceau de cake, elle dévala l'escalier qui menait au grand hall. Un officier, derrière l'un des comptoirs, lui fit signe: « Pour vous, Mademoiselle: une communication d'Istanbul. »

Elle prit fébrilement l'appareil:

— Allô?

— Juste deux mots, dit la voix excitée de Chloé. Ça y est: on pense savoir où ils sont! Avec un peu de chance, « qui tu sais » sera là vers 8 heures.

— 8 heures! s'exclama Estelle. Mais ce n'est pas possible. C'est beaucoup trop tard!

— Qu'est-ce qui se passe? interrogea Chloé. Ça ne va pas?

— Pas du tout, dit Estelle fiévreusement, visage collé au récepteur: « On » commence à s'inquiéter, figure-toi. « On » la cherche partout... J'ai dit que nous avions fait une partie de ping-pong après déjeuner mais ça n'a pas eu l'air de prendre; je ne sais pas ce qui va me tomber dessus mais j'ai peur.

— Calmos! lança Chloé, balise pas comme ça! Si tu ne peux pas faire autrement, tu n'auras qu'à dire qu'elle est avec nous, qu'on l'a emmenée faire un tour...

— Merci pour le conseil, râla Estelle. Je voudrais t'y voir. Je vais surtout me planquer. Et toi, me laisse pas sans nouvelles.

— Je te rappellerai dès qu'on les aura retrouvés, promit Chloé. Tchao!

L'officier tendit la main pour reprendre l'appareil qu'Estelle oubliait de lui rendre:

— Pas de pépins, Mademoiselle?

— Des tas, dit Estelle. On peut même dire que ça bombarde.

Il se mit à rire. Elle lui tourna le dos, remonta au salon et reprit place devant son goûter. Elle était pratiquement la seule; le pianiste lui souriait en jouant des airs rassurants et, dans son coin de canapé, elle se sentait un peu à l'abri, mais jusqu'à quand? 8 heures... Plus de deux heures à attendre! Elle en avait de bonnes, Chloé! Que dirait-elle à Le Moyne s'il revenait à la charge? Estelle avait bien senti, tout à l'heure, qu'il la soupçonnait de lui cacher quelque chose. Mais quelle idée avait-elle eu aussi de lui raconter qu'elle avait vu sa fille alors qu'il ne lui demandait rien!

Elle trempa ses lèvres dans son chocolat: tiède bien sûr, et regarda sans appétit les pâtisseries qu'elle avait pourtant choisies avec soin. Par devoir, elle se décida à croquer dans une part de tarte.

— Puis-je m'inviter? demanda Le Moyne.

Toute sa matinée, le commissaire l'avait passée en ville afin d'y organiser les réjouissances du soir: au choix, souper dans un restaurant ou spectacle de cabaret. Dès son retour sur le *Renaissance*, il avait été assailli par les passagers: les uns n'avaient pas trouvé leur car, d'autres désiraient changer de l'argent, ou louer une voiture, se procurer un guide. Les journées d'escale étaient pour lui des jours de gros boulot.

Cependant l'idée de Laure n'avait cessé de le hanter! Depuis que Camille de Cressant était revenue lui parler, un soulagement intense et presque douloureux l'emplissait: si, comme celle-ci le supposait, Laure se sentait coupable de la mort de sa mère, tout s'éclairait, la crainte qu'elle semblait avoir de lui depuis l'accident et son refus de la pension que la pauvre petite prenait pour un châtiment. Quelle erreur il avait commise en ne lui parlant pas des calmants que Flora prenait, de l'alcool qu'elle avait absorbé ce jour-là et de l'interdiction qui lui avait été faite de conduire. Il fallait qu'il la retrouve pour s'expliquer avec elle: d'ailleurs, il l'avait promis à Camille.

Mais où diable se cachait-elle?

Sous prétexte qu'il lui avait demandé de se montrer discrète, Laure s'était trouvé sur le bateau, au cours du voyage, toute une collection de refuges: coins de ponts interdits aux passagers, arrière-cuisines, bars fermés comme l'autre jour lorsqu'il l'avait surprise dans les bras de Martin. Au moins celui-ci ne faisait-il plus partie du voyage: un soulagement!

Il était 5 heures bien sonnées. D'ici une heure, les passagers, revenus se changer avant la soirée, auraient à nouveau recours à lui. C'était maintenant qu'il devait trouver Laure et lui parler.

Mais il avait sa petite idée! Lorsque Estelle avait prétendu avoir fait une partie de ping-pong avec sa fille — alors que la salle de jeu était fermée lors des escales —, il avait d'abord été étonné. Puis, ses recherches demeurant vaines, il avait compris. Les deux petites étaient de mèche: Estelle cachait Laure qui le punissait ainsi de vouloir la mettre en pension.

« Puis-je m'inviter ? » Sans attendre la réponse d'Estelle il prit place à ses côtés sur le canapé. Elle était devenue écarlate et semblait incapable de proférer un mot. Oui, il avait bien deviné : elle abritait sans doute Laure dans sa cabine.

— Ecoutez-moi, dit-il avec gentillesse. Je comprends parfaitement votre... solidarité avec ma fille, mais il est urgent que je lui parle. Tout ce que je vous demande est d'aller lui dire que j'ai une bonne, une excellente nouvelle à lui annoncer et que je l'attends dans mon bureau, c'est d'accord ?

Estelle poussa un gros soupir qui ne lui sembla pas feint.

— C'est que je ne peux pas, répondit-elle d'une voix navrée.

— Mademoiselle, supplia Le Moyne, c'est important !

Avec désespoir, la jeune fille regarda l'officier en uniforme impressionnant qui l'implorait, cet homme aux yeux de chien inquiet. Elle avait remarqué qu'en vieillissant beaucoup de gens se mettaient à ressembler à des animaux : son père par exemple, avec la peau de son cou qui se plissait et ses yeux ronds comme des billes, commençait à avoir un petit côté phoque qui la faisait fondre.

— S'il vous plaît, répéta Le Moyne avec son regard de chien prisonnier.

— Je ne devrais peut-être pas vous le dire, chuchota-t-elle, mais Laure n'est pas sur le *Renaissance* : Camille et Chloé l'ont emmenée faire un petit tour à terre.

CHAPITRE XI

Kouris eut un soupir de bien-être. Il venait de se faire porter dans son bureau le cocktail du jour : rhum blanc, cointreau, grenadine et jus d'ananas, et se remémorait les heures délicieuses passées à terre chez son ami d'enfance, Constantin, dans la ville moderne d'Istanbul.

Tout en évoquant l'ancien temps, celui où, étudiants fauchés, jamais ils n'auraient osé espérer qu'un jour l'un serait commandant de bateau, l'autre directeur de banque, ils avaient dégusté l'agneau rôti. Rien ne valait, songeait Kouris, le plaisir d'une solide amitié entre hommes : les femmes avaient l'art de tout compliquer.

Après le déjeuner, il avait longuement téléphoné à sa famille, au Pirée. Tout allait bien là-bas : son fils l'avait fait rire en lui racontant des histoires d'école, sa fille, comme toujours, s'était montrée très affectueuse ; dans deux jours il les retrouverait... pour repartir presque aussitôt. Kouris se félicitait secrètement que le règlement interdise aux membres d'équipage l'accès de leur famille à bord : sa femme aurait postulé. Et bien qu'il l'aimât tendrement, il ne tenait pas à s'en embarrasser.

Il savoura une gorgée d'Orphée — le nom du cocktail —, puis alluma un cigare. 7 heures ! La soirée à bord serait calme, la plupart des passagers s'étant inscrits pour : Istanbul *by night*. Il en profiterait pour dîner seul et légèrement. Un peu avant minuit, les cars lui ramèneraient son troupeau ; espérons que cette fois nulle brebis ne manquerait à l'appel et que l'appareillage se ferait à l'heure ! Quelque chose lui disait que oui : sa bonne humeur ?

On frappa à la porte et, avant qu'il ait eu le temps de répondre, Le Moyne entra. Il avait un visage ravagé.

— Commandant..., dit-il et sa voix s'étrangla.

— Mais qu'est-ce qui vous arrive, mon vieux ? demanda Kouris impressionné.

— Commandant..., je viens vous demander l'autorisation de faire appel à la police, dit Le Moyne d'une voix blanche.

Comme Kouris reposait brusquement sa coupe sur le bureau, celle-ci déborda, inondant sa main. Le Moyne était-il devenu fou ?

— La police ? Qu'est-ce que c'est que cette histoire ?

— Je soupçonne l'un des passagers d'avoir enlevé ma fille, articula Le Moyne avec peine.

Un vertige traversa Kouris : c'était bien ce qu'il craignait : son commissaire avait perdu la raison.

— Quelle fille, dites-vous ?

Le Moyne se redressa, il se mit au garde-à-vous, le visage tragique du coupable prêt à subir le châtiment.

— Je reconnais avoir embarqué ma fille sur le *Renaissance* à l'encontre du règlement, déclara-t-il. Je me déclare prêt à en assumer toutes les conséquences, mais je sollicite auparavant l'autorisation de tout mettre en œuvre pour la retrouver.

Kouris se leva. Sa tête bourdonnait. Il lui semblait que d'un seul coup la tempête s'était abattue sur son bateau et qu'il ne contrôlait plus rien. Il regarda avec consternation son cocktail et son cigare; ce n'était peut-être qu'un mauvais rêve.

— Votre fille serait donc montée à bord... clandestinement, reprit-il en s'exhortant au calme. Et, selon vous, l'un des passagers l'aurait enlevée. Vous savez lequel?

— Il s'appelle Martin Dorfmann, répondit Le Moyne sans hésiter. Il est allemand et son voyage se terminait aujourd'hui à Istanbul. J'ai tout lieu de penser qu'il a emmené ma fille avec lui.

— Contre son gré?

— Cela ne change rien à l'affaire, dit Le Moyne. Laure n'a que onze ans!

Avec un gémissement, Kouris retomba sur son siège. Le commissaire regarda sa montre: 7 heures! Tout ce temps perdu. Ne trouvant plus le passeport de Laure dans son bureau, puis écoutant Théodorès lui parler de l'enveloppe laissée par l'enfant à Camille, et enfin, additionnant les mensonges d'Estelle, il avait commencé à comprendre la gravité de la situation. Le nom de Martin — il avait échappé à la petite Bofetti, comme son inquiétude l'avait amené à la rudoyer —, avait fait éclater la vérité: Laure était partie avec l'Allemand. D'ailleurs, Estelle n'avait pas essayé de nier, se contentant de jurer que ses amis allaient la ramener incessamment à bord. Il n'avait pas, cette fois, été assez naïf pour la croire.

— Et une mineure en plus..., se lamenta Kouris. Le Moyne tendit la main vers le téléphone.

— Commandant, m'autorisez-vous à appeler la police? demanda-t-il à nouveau.

La large main du pacha arrêta son geste:

— La police? explosa-t-il. Savez-vous ce que cela suppose de faire appel à ses services ici? Pour l'enlèvement d'une mineure qui plus est... Mon bateau bloqué je ne sais combien de temps, peut-être des jours... Les passagers consignés à bord, les identités vérifiées. Avez-vous pensé à cela?

— J'y ai pensé, Commandant, dit Le Moyne. Je vous demanderai donc, si vous préférez cette solution, l'autorisation de débarquer et de rester à terre. Je me débrouillerai seul.

— Rester à terre ? rugit Kouris. Il veut rester à terre... Et le règlement, Commissaire ? Celui qui tient le commandant d'un navire pour responsable de ses passagers comme de son équipage et l'enjoint à ramener à bon port tous ceux qui font partie du voyage ? Imaginez-vous ce qu'il m'en coûterait à moi si je vous laissais vous... débrouiller tout seul et qu'il vous arrivait quelque chose ?

Le Moyne baissa la tête :

— Je me doutais que vous refuseriez. Mais dans ce cas nous n'avons d'autre solution que d'appeler la police puisqu'un passager risque bel et bien de n'être pas ramené à bon port : ma fille !

— Clandestin ! explosa Kouris, un passager clandestin...

Ce fut alors qu'il projeta la coupe « Orphée » contre le mur :

— Toutes ces filles, hurla-t-il, toutes ces femelles : Chloé Hervé, Estelle Bofetti, Camille de Cressant...

Un cendrier subit le sort de la coupe.

— Et maintenant celle-là !

— Laure Le Moyne, ajouta le commissaire.

Un coupe-papier alla se planter dans le mur :

— Mais qu'est-ce qu'elles ont toutes à empoisonner cette croisière ? J'interdirai désormais l'accès du navire à toute passagère de moins de trente ans. Il regarda Le Moyne, à nouveau au garde-à-vous : Elles auront ma peau, conclut-il. Et il lui tendit l'appareil de téléphone.

CHAPITRE XII

— Mais quand est-ce que je te reverrai ? demande Laure d'une voix sourde, profonde, presque une voix de femme, bouleversante dans ce corps d'enfant.

— Chaque fois que tu le voudras.

Avec douceur, Martin la détache de sa poitrine et la tourne vers lui pour regarder le visage qu'elle ne tente plus de lui dérober et que la frange, collée sur le côté par la sueur, lui livre, pathétique, chiffonné par les larmes. Il voudrait y presser ses lèvres ; il n'ose.

Dans le ciel d'Istanbul, où déjà s'annonce la nuit, il désigne une étoile très pâle.

— Rendez-vous sur la première étoile du soir ; quand tu penseras à la regarder, j'y serai.

— Mais non, proteste l'enfant, quand est-ce que je te reverrai en vrai ? Quand est-ce que tu viendras ?

— Crois-tu que tu oseras présenter à tes copines un ami si mal foutu ? Tu n'auras pas honte ?

Elle secoue vigoureusement la tête et revient se blottir contre lui. La lumière d'un réverbère fait briller les pierreries des babouches qu'il lui a offertes. Ils sont toujours assis au bout du ponton ; depuis tout à l'heure, ils n'ont guère changé de position et Martin se sent un corps de plomb dans lequel son cœur peine. Avec la venue du soir, les lumières fleurissent le long de la rive asiatique comme les fleurs en bordure d'un tapis de prière. Il est temps d'appeler un taxi et de raccompagner Laure sur le bateau; elle a fini par accepter. Quoi qu'il se soit passé là-bas, on aura laissé à l'avocat le temps de faire son boulot, merci! Quand elle s'est mise à pleurer, sans bruit, sans révolte, en répétant le mot interdit: « Maman », Martin a su qu'il avait réussi à ouvrir l'abcès. Camille achèvera le travail.

— Je t'inviterai à la maison, insiste-t-elle. Il y a une chambre. Je demanderai à Papa...

— Bien sûr, dit Martin.

Tout son être est soudain tendu; une voiture vient de s'arrêter près du *yali*. Une portière claque, une autre... Machinalement, sa main va chercher son médicament dans sa poche: un comprimé de plus! C'est trop, mais quelle importance à présent?

Et voici qu'on ouvre la porte de la maison, la lumière jaillit au salon, Laure se serre davantage contre lui.

— Martin? appelle la voix de Meryem.

— Ici! répond-il, soulagé malgré tout.

La danseuse apparaît sur le ponton. Son visage est défait, son regard inquiet passe de la petite fille à lui:

— Je me demandais si vous seriez encore là...

— Eh bien, tu vois... Il désigne ses yeux: Tu as pleuré?

— Mais non, proteste-t-elle en essayant de rire. La fatigue... Travailler toute la journée dans cette cave et puis la lumière du jour...

Son ton est forcé et elle ne le regarde pas en face: de quoi l'a-t-elle soupçonné, qu'elle se reproche à présent? On chuchote dans le salon: s'il s'agissait de la police, elle aurait précédé Meryem.

— J'ai amené des amis à toi, dit-elle. Ils te cherchaient. Ne m'en veux pas: il paraît que c'est important.

— Alors qu'est-ce qu'ils attendent pour se montrer, les amis ?

Meryem se retourne, fait un signe et les voilà : Camille, Chloé, Steven ! Ils avancent sur le ponton en silence, avec une sorte de prudence, comme on entre dans la chambre d'un malade. Contre la poitrine de Martin, Laure retient son souffle et à nouveau elle tremble ; pourtant, laissant ce mot à Camille, ne souhaitait-elle pas que ce moment vienne ?

Chloé-la-brave se lance en premier :

— On vous a cherchés partout... On peut dire que tu nous as flanqué une belle frousse !

— Mais pourquoi ? demande Martin. Si je me souviens bien, l'appareillage n'est prévu qu'à minuit ?

— Mais la balade de la petite, elle, n'était pas prévue ! Et figure-toi qu'on s'inquiète sur le rafiot !

— J'allais l'y raccompagner.

Le changement est spectaculaire. Ont-ils donc eu si peur qu'il ne veuille pas la rendre ? Les visages s'éclairent, les gestes se dénouent.

— Je vais téléphoner, claironne Chloé.

Meryem l'accompagne ; discrètement, Steven suit. Laure est toujours réfugiée contre la poitrine de Martin. Camille vient s'accroupir à côté d'elle et lui tend son animal en fourrure.

— Tu l'avais oublié au cabaret ; c'est lui qui m'a conduit ici...

Tandis que Laure enfouit sans répondre son visage dans la boule de vison — était-ce encore là un message qu'elle laissait à Camille ? —, de toutes ses forces, Martin appelle le regard de celle-ci. Ses lèvres forment silencieusement le mot « mère » ; il lui transmet ce qui s'est dit entre la fillette et lui, il la lui confie.

Camille incline la tête : elle a compris. Et elle saura aider Laure ; après tout, c'est son boulot ! Mais ce que Martin sait, lui, c'est qu'il était le seul à pouvoir briser le silence : « Il était une fois un petit garçon... » Et il fallait que cela se passe ici ; près du fleuve tourmenté de son enfance.

— Merci, murmure Camille. Elle se relève : Arnaud voudrait te voir. Seulement, son fauteuil ne peut venir jusqu'ici.

— Il est là ?

Le cri a échappé à Martin : pas Arnaud, non ! Il ne veut pas le voir. Pourquoi est-il venu ? Il serait foutu de...

En riant, il montre son corps ankylosé :

— Et moi je ne peux pas aller jusqu'à lui : la grue manque pour me déplacer. Dis-lui au revoir de ma part...

« Et filez, filez vite s'il vous plaît... », ajoute-t-il, parce qu'il est déchirant, le désir qui le prend soudain de tout recommencer, de retourner avec eux sur le *Renaissance*. Oui, c'était bien, finalement, le *Renaissance !* Et il méritait son nom, ce bateau : ample ventre de bois, berceau sur lequel se penchaient les dieux et où l'on finissait par avoir l'impression de revenir au monde.

— Il faut rentrer, dit Chloé. Tout de suite...

Elle vient de réapparaître sur le ponton, l'air sens dessus dessous.

— Ça ne va pas du tout là-bas. J'ai eu Estelle. Elle a lâché le morceau. Elle a peur que Le Moyne n'appelle...

— ...la police, termine l'Allemand. Fermement, il détache Laure de sa poitrine : Tu as entendu ? Ils croient que je t'ai enlevée... Tu dois rentrer, maintenant, *mein liebe, mein herz,* mon cœur...

Alors elle tourne son visage vers lui : douceur de ses lèvres sur sa joue, caresse humide des larmes qui coulent à nouveau. Camille lui tend les mains, elle les prend, elles s'en vont.

— *Adios*, Martin, dit Chloé d'une grosse voix brouillée. On se reverra, j'espère. Je t'aime bien.

— Moi aussi, dit-il. Mais fous le camp !

Il ferme les yeux. Elles s'en vont... Elles poussent la porte du *yali* ; bientôt claqueront les portières du taxi et la voiture démarrera. Laure est encore un peu de chaleur contre sa poitrine et de pluie douce sur sa joue.

— Martin ! appelle Arnaud.

Martin se retourne brusquement et étouffe un cri : son ami se tient au seuil du ponton, debout, ses béquilles sous les aisselles.

— Puisque Monsieur ne daigne pas se déplacer, il faut bien que je vienne jusqu'à lui !

Et il vient, jambes ployées, pieds effleurant à peine le sol, visage crispé par l'effort. Est-ce marcher ? Cela tiendrait plutôt du numéro de cirque. Où vous mène l'amitié, quand même ! A quelles compromissions avec votre orgueil ! Il parvient enfin à la balustrade. Dehors, la voiture a démarré ; elle s'éloigne.

— Les filles nous ont précédés, explique Arnaud. Steven m'attend ; on a commandé un second taxi.

Péniblement, Martin se lève. Il vient rejoindre son ami et s'accoude à ses côtés, face au fleuve. Des bateaux se croisent. C'est l'heure où les gens rentrent chez eux ; des odeurs de viande grillée commencent à monter.

— Tu ne m'offres pas un cigare ?

Il présente son étui à Arnaud. En toute lucidité, tous deux se jouent une sorte de comédie, parce que, en certains moments, certains sentiments sont impossibles à mettre en mots. Seul le rire pourrait peut-être exprimer ce qu'ils éprouvent, et voici que Martin ne peut plus.

Silencieusement, Arnaud fouille dans sa poche et lui tend une feuille de papier : le message de Laure à

Camille. Martin le parcourt, puis le froisse et le jette dans le fleuve.

— Destruction de pièce à conviction.
— Ton projet fou, qu'est-ce que c'était? demande Arnaud.
— Encore une histoire de père... Tu vois, on n'en sort pas. Réconcilier une petite fille avec son père.

Arnaud tourne vers lui son regard brûlant :
— Ecoute, j'arrangerai tout, je te promets. Ils sauront la vérité.
— Mais « tout » est arrangé..., murmure Martin.

Il peut sentir le frisson qui parcourt Arnaud.
— L'autre soir, reprend celui-ci avec une sorte de désespoir, il m'est venu une drôle d'image. Nous étions en cordée tous les deux et il y avait une chose certaine : si l'un se cassait la gueule, l'autre suivait.

Martin sourit :
— Est-ce du chantage?

Dans la rue, plusieurs coups de klaxon ont retenti et Steven réapparaît :
— Le taxi est là. Je crois qu'il ne faut plus tarder.
— Il a raison, dit Martin. Allez vite défendre ma peau. On ne sert pas le champagne dans les prisons turques.
— Je t'en prie, juste une minute..., demande fébrilement Arnaud à Steven.

Le discret Américain disparaît à nouveau. L'infirme tourne vers Martin son visage angoissé :
— Où vas-tu aller? Veux-tu que nous te déposions quelque part?
— Mais je suis arrivé, constate Martin.

D'un bras il entoure la taille d'Arnaud, puis ils entament l'héroïque traversée du ponton. Qu'il est léger, son ami! Et comme il tremble, s'accroche, refuse d'accepter.

Les voici dans le salon; là-bas, près de la porte ouverte, Meryem et Steven attendent avec le chauffeur du taxi. Voici Arnaud dans son fauteuil ; on aperçoit le jeu de dames au fond d'une poche de cuir. Ainsi naît une amitié : en poussant sur un damier des pions noirs et blancs. La main de Martin vient se poser sur celle d'Arnaud :

— Ecoute, la cordée... c'est avec Camille que tu la fais. Ne la lâche pas surtout.

Alors Arnaud prend cette main et la serre de toutes ses forces.

— Je t'attendrai à Mykonos.

Mon enfant, ma sœur,
Songe à la douceur...

Il avait dix-huit ans et il étudiait à Paris lorsqu'il avait découvert Baudelaire et ces vers qu'il aimait entre tous, avec la chute si belle :

Aimer à loisir,
Aimer et mourir...

Dans ce poème, qui était une invitation au voyage, il était aussi question de vaisseaux, de soleil couchant et d'un ciel d'hyacinthe et d'or.

Martin prit place sur le canapé aux côtés de la femme aux longs cheveux noirs dont le ventre, autrefois, lui paraissait de lait et de soie sous les voiles. Les bruits s'étaient tus sur le fleuve. On n'entendait plus, par intermittence, que celui de la chaîne qui retenait la barque au ponton.

— Veux-tu manger quelque chose ? demanda Meryem.

Il réprima un sourire. Un peu trop lentement à son gré, avec un peu trop d'effets de plis et velours cramoisi, le rideau tombait sur vingt ans de comédie où il n'aurait fait que cela finalement : manger. Et boire, et rire.

— Si tu dansais plutôt pour moi ? demanda-t-il. Encore une fois.

Aimer et mourir...

La main d'Arnaud... les larmes de Laure... Il n'y avait que douceur à mourir aimé.

CHAPITRE XIII

Il était 20 heures. Bientôt, les passagers inscrits pour la soirée à Istanbul regagneraient les cars qui les avaient déjà longuement promenés aujourd'hui dans la ville. Rafraîchis, changés, ils se mettaient en train en savourant un apéritif dans les salons ou sur les ponts tout en se racontant leur journée.

Accoudée au bastingage, scrutant désespérément le quai où allait et venait la petite foule des touristes et des badauds, Estelle pleurait.

Presque aussitôt après le second coup de téléphone de Chloé lui apprenant que Laure était retrouvée, elle avait vu s'arrêter une voiture de police en bas de la passerelle et Le Moyne accueillir trois hommes en uniforme sombre. Cela faisait plus d'une demi-heure qu'ils avaient disparu dans les entrailles du *Renaissance*. Ils étaient sûrement en train d'organiser la capture de Martin ; peut-être l'arrêteraient-ils elle aussi pour avoir, un moment, caché la vérité ? Et qui pouvait affirmer que Camille, Chloé, les autres ne seraient pas considérés comme complices ?

Tout cela par sa faute ! Oui, Estelle les avait perdus. Découvrant que Le Moyne connaissait l'existence de la lettre laissée par Laure à Camille, épouvantée par sa fureur, elle avait prononcé le nom de Martin. Et cela avait été la fin de tout !

« Didier, appela-t-elle. Didier... » Pour la première fois depuis le départ, elle avait envie de revoir son ami de Toulon, de se réfugier contre sa poitrine, s'en remettre à sa gentillesse. Avec lui, pas besoin de jouer aux finaudes ou aux distinguettes, il la connaissait et l'aimait telle qu'elle était ; et pendant l'amour il parlait d'amour, il la caressait aussi longtemps qu'elle voulait et l'appelait « son étoile », ou « sa princesse ».

« Didier », appela-t-elle à nouveau et ses sanglots redoublèrent.

— Mademoiselle, que se passe-t-il ? Vous ne vous sentez pas bien ?

Un couple âgé, lui en habit, elle en robe longue, un couple magnifique, d'une planète inaccessible aux petites vendeuses de chaussures toulonnaises, se penchait avec commisération sur elle. Elle tenta de leur répondre, mais n'y parvint pas. A nouveau, elle se tourna vers le quai pour laisser, à son aise, couler ses larmes.

Ce fut alors que le monde changea de couleur : elles arrivaient !

Chloé, Camille et Laure, — oui, Laure —, descendaient d'un taxi. Riant et pleurant à la fois, Estelle les désigna à ses interlocuteurs :

— Oh ! mais si, je me sens bien, et ça va, ça va même formidablement ! cria-t-elle.

Elle fonça.

Dans le bureau du commandant l'un des policiers examinait des photos de Laure et de Martin, un autre discutait avec Le Moyne, le troisième téléphonait. Accablé, Kouris assistait au désastre du fond de son fauteuil.

— Les voilà ! hurla Estelle en faisant irruption dans la pièce. Elles arrivent. Elle vint se planter devant Le Moyne : Je vous l'avais bien dit, ajouta-t-elle avec rancune.

— Laure aussi ? murmura le commissaire.
— Evidemment, Laure aussi ! Allez voir si vous ne me croyez pas...

Le Moyne se précipita hors de la pièce. Kouris s'était levé et regardait Estelle avec un mélange d'incrédulité et d'espoir. Elle lui montra les policiers.

— Pourquoi vous les avez appelés, ceux-là ? Pourquoi personne m'écoute jamais ?

Et, à son tour, elle sortit.

En haut de la passerelle où se massaient les gens que les haut-parleurs commençaient à inviter à rallier leurs cars, François Le Moyne regardait sa fille : le front baissé, la main dans celle de Camille, elle venait, elle lui revenait, pressant contre sa poitrine son petit animal en fourrure.

Peu avant d'arriver sur le pont elle leva les yeux et, voyant son père, s'immobilisa. Sans se soucier de la foule, Le Moyne ploya les genoux et lui ouvrit les bras : « Laure, ma chérie. » Elle lâcha la main de Camille et se précipita. Il se redressa, la serrant de toutes ses forces contre lui, s'entendant prononcer en désordre les mots de la peur et de l'amour. Que lui importaient les regards stupéfaits des passagers et autres officiers : il avait cru la perdre... il avait pensé ne la revoir jamais. Et les sanglots qui montaient dans sa poitrine étaient à la mesure de l'angoisse qu'il avait éprouvée ; et aussi de tous ces mois où, sans qu'il comprît pourquoi, il avait eu l'impression qu'elle ne l'aimait plus.

Suivi par les policiers, Kouris déboucha à son tour sur le pont et se fraya avec peine un chemin jusqu'à la passerelle. « Les passagers inscrits pour Istanbul *by night* sont priés de rejoindre leurs cars immédiatement », répéta une fois de plus l'hôtesse car les gens, conscients qu'il se passait à nouveau sur ce bateau quelque chose d'important, ne bougeaient plus, regardaient de tous leurs yeux cette petite inconnue dans les bras de leur commissaire, ces hommes en uniforme près de leur commandant et les trois jeunes filles qui, à la vue des policiers, s'étaient soudain figées.

Plusieurs coups de klaxon retentirent comme un second taxi s'arrêtait en bas du *Renaissance* et Steven en sortit : aidé par des hommes d'équipage il monta Arnaud sur le pont. Lorsque celui-ci eut repris place dans son fauteuil, il se dirigea droit vers Kouris. Les gens s'écartaient pour le laisser passer. Il désigna les policiers.

— Des ennuis à bord, Commandant ?

Kouris demeura pétrifié. Puis il se reprit.

— Savez-vous où se trouve M. Dorfmann ? demanda-t-il d'une voix rude.

Le visage d'Arnaud manifesta la plus profonde surprise.

— Martin ? Mais vous n'ignorez pas que son voyage se terminait ici ? J'ignore où il se trouve. Vous aviez besoin de le voir ?

Ne sachant plus qui croire, Kouris désigna Le Moyne. Celui-ci avait reposé Laure à terre et tenait sa main serrée dans la sienne.

— Le commissaire pensait que sa fille..., balbutia-t-il.

Camille s'avança :

— Nous avons eu le tort d'emmener Laure sans en demander l'autorisation, mentit-elle avec un superbe aplomb. Vous voudrez bien nous en excuser.

— Estelle était chargée de vous avertir, renchérit Chloé en se tournant vers le commissaire. Ne l'a-t-elle pas fait ?

— Bien sûr que si ! râla Estelle sans laisser à Le Moyne le temps de répondre, mais il n'a pas voulu me croire. Elle lui jeta un regard noir : Et sous la torture, on finit par dire n'importe quoi.

Au bout du quai, les grosses voix des cars se firent entendre et, exhortés par les officiers, les passagers se résignèrent à descendre. Kouris se tourna vers les policiers et se mit à leur parler de façon volubile, montrant les filles, entrecoupant ses explications de rires et de soupirs. Ceux-ci hésitèrent, puis se mirent à rire à leur tour. Le visage d'Arnaud, gris de fatigue et d'anxiété, se détendit. Les hommes en uniforme suivirent un officier à l'intérieur du bateau. Kouris se tourna vers le groupe d'amis, perplexe.

— Je vois que tout est arrangé, Commandant, dit Arnaud. Et j'en suis bien heureux pour tout le monde. Avant que vous n'offriez à boire à ces messieurs, je vais vous dire bonsoir. La journée a été longue et je ne crois pas qu'il y aura pour moi un Istanbul *by night*.

— Pour nous non plus, dit Chloé. D'un geste joyeux, elle montra Estelle et Camille : Puis-je vous faire remarquer que, cette fois, nous sommes même rentrées en avance ! Qu'est-ce que vous nous payez ?

CHAPITRE XIV

Du haut de la tour de Galata, Jean montra à Alexandra les roses et les lilas : couleurs broyées du crépuscule où couraient les rubans lumineux des ponts, la vibrante coulée de la Corne d'Or et que sertissaient les lumières des minarets. Il montait d'Istanbul comme une prière de feu.

— Que c'est beau! s'exclama-t-il.
— Comme cela serre le cœur, murmura Alexandra.

Le guetteur d'incendie, un petit homme qui semblait sortir d'un conte, les entraîna vers une autre fenêtre et, parlant d'un ton excité, montra la tour de Bajazet, plus loin, au moment où une lumière bleue s'allumait à son sommet.

— Que dit-il? demanda Alexandra.
— Que cette lumière bleue indique du beau temps pour demain, traduisit Jean. Il regarda avec tendresse le visage mélancolique de sa compagne, puis passa son bras sous le sien : Et, en attendant tous les... demains bleus qui vous guettent, si nous allions souper?
— Jean..., embrassez-moi.

Les pommes d'or

CHAPITRE PREMIER

Chloé attaque au centre. Arnaud suit. On voit tout de suite qu'elle n'est pas débutante. Les débutants avancent presque toujours frileusement le long des bords, de peur de se faire prendre leurs pions alors qu'un joueur expérimenté n'hésite pas à en perdre tout de suite quelques-uns, ni à dégarnir sa rangée du fond, celle des « dames », pour conforter ses arrières. La partie s'annonce intéressante !

Pour être tranquilles, ils se sont installés au bar. Il est 3 heures et la plupart des passagers prennent le soleil autour de la piscine, ou entament leur sieste : dernier soleil, dernière sieste ! Demain, à cette heure-là, la croisière sera terminée.

Chocolat chaud pour Chloé, café serré pour Arnaud. Autour d'eux, quelques supporters attentifs : Camille et Estelle bien sûr ! Steven, plus les inévitables curieux de passage.

Pions noirs et blancs forment à présent deux armées compactes au centre du damier ; d'un coup à l'autre, l'un des joueurs va se voir contraint de débloquer la situation : lequel ? C'est bien souvent à ce moment-là, au tout début d'une partie, que s'en joue l'issue.

— Au Moyen Age, raconte Arnaud, s'accordant une petite pause, le damier était censé représenter la vie et la mort ; devine la couleur de la mort ?

— La mienne, clame Chloé : la noire ! Alors gare à vous, Messire.

Et elle lance l'offensive, abandonnant volontairement trois pions, ce qui n'est pas trop cher payé la percée qu'elle fait dans les rangs d'Arnaud stupéfait. Voilà un coup de maître !

— Peut-on savoir où mademoiselle a appris à jouer ? interroge-t-il avec bonne humeur.

— Dans l'arrière-salle d'un bistrot, répond tranquillement Chloé. Avec les vieux de la vieille qui en connaissent un bout sur toutes les guerres du monde.

— Au *Café des Amis*, déclare soudain Estelle. Le bistrot de sa mère.

Chloé ouvre de grands yeux : qu'est-ce qui prend à la petite ? On avoue la famille maintenant ? Il est bien temps... après l'avoir obligée à mentir tout au long du voyage ! La nouvelle semble amuser fort Arnaud.

— Le *Café des Amis* ! Je peux être du nombre ? Je les rencontrerais volontiers, tes vieux.

— Encore faudrait-il que Monsieur daigne revenir en France..., lâche Chloé en l'assassinant du regard.

Ce matin, Camille est venue en larmes lui annoncer qu'Arnaud avait décidé de débarquer à Mykonos : sans elle ! C'est alors que Chloé est allée exiger sa partie de dames.

Les quelques notes de musique précédant un message retentissent dans les haut-parleurs : « M. de Kerguen est demandé au téléphone, annonce une voix. M. Arnaud de Kerguen à la cabine-radio, s'il vous plaît. »

Arnaud se fige :

— Tu m'accordes une interruption ? demande-t-il à Chloé d'un ton faussement enjoué.

— Je t'accompagne, décide Camille.

Mais Steven est déjà debout :

— Je m'en charge.

Avec un soupir blasé, Chloé jette sur le jeu un grand mouchoir à carreaux.

— Partie abandonnée, partie perdue! avertit-elle sévèrement.

La cabine-radio se trouve sur le pont supérieur, près de la passerelle. Ascenseur, coursives... Arnaud a du mal à respirer; Steven garde le silence, se contentant de tenir les portes ouvertes pour lui. Il était là lorsque Arnaud a donné à Meryem le numéro du *Renaissance :* « Au cas où... » A-t-il peur lui aussi?

Ce n'est pas Quentin qui les attend mais l'autre officier radio, grec celui-ci. Steven reste discrètement à l'extérieur. Arnaud prend l'appareil.

C'est bien Meryem au bout du fil et elle pleure. Il savait que ce serait elle, et il savait qu'elle pleurerait. Son cri à lui aussi, il lui semble l'avoir déjà poussé :

— Mais parlez, parlez donc, qu'est-ce qui est arrivé?

Martin, la barque, cette nuit... Cela tient en quelques mots. Aucun véritable étonnement en Arnaud : Martin ne l'avait-il pas averti? « Tout est arrangé... », « Je suis arrivé... » Il lui est reconnaissant de ne pas lui avoir menti. « Mais arrivé où, mon vieux? A quel rendez-vous d'enfance? Quelle ténébreuse fin de chemin? Et qui t'y attendait? »

Il sent couler les larmes le long de ses joues. Il ferme les yeux et il « court ». Il « court » de toutes les forces de son âme vers son ami ; pour le prendre aux épaules, lui crier ce qu'il n'osait lui dire hier : « Et moi? »

« Le pauvre petit, dit Meryem qui, à présent, ne cesse de parler entre deux sanglots : Le pauvre petit, au moins il ne souffre plus. »

« Parce que tu souffrais, c'est vrai! Tu n'en pouvais plus d'être là, à boire et manger pour oublier un père trop dur, une mère trop douce. Et moi ? » C'est toujours pour soi que l'on tente de retenir celui qui a décidé d'en finir : par peur de son propre départ, ou de sa lâcheté...

On a retrouvé la barque dans la matinée, pas le corps. Tout gonflé de champagne et de la fumée chère de ses Montecristo, un gros enfant glisse entre les trois mers, Noire, Egée et de Marmara. Plus jamais personne n'entendra exploser son rire : l'oubli commence maintenant. Non !

— Non ! hurle Arnaud et il se sent partir.

...Le vent sur son visage, la brûlure du cognac dans sa bouche, penché sur le sien le beau visage rude de Steven... « Veux-tu voir le médecin ? » Il secoue la tête : « Ça va. » L'officier radio est là lui aussi, l'air inquiet. Arnaud n'a rien senti lorsqu'ils l'ont ramené sur le pont. Il avalait l'eau salée et le plancton avec son ami ; et jamais elle ne lui est apparue aussi sombrement belle que maintenant, cette mer ourlée de dentelle comme la nappe d'un autel, porteuse d'oubli, suprême guérisseuse.

— Il fait plus frais, ici, remarque Steven.

Il a posé sa main sur le bras du fauteuil pour manifester sa présence et, un moment, tous deux contemplent, dans les champs bleus moissonnés par le vent, leurs majestés les îles, couronnées de soleil, célébrées par les oiseaux. La voilà, la beauté : ce qui ajoute à la joie des heureux et creuse la douleur des désespérés.

— Quelle heure est-il ?
— 4 heures bien sonnées, dit Steven.

Arnaud met son fauteuil en route :

— Tu sais ce que dirait ce salaud de Martin ? Que le jeu est chose trop importante pour être abandonné.

— Surtout lorsqu'il s'agit de jeu de dames..., approuve Steven.

D'un geste majestueux, Chloé coiffa son pion d'un autre pion :

— Dames !

Estelle applaudit : son amie était la première à y arriver.

— Ne crois pas que j'aie dit mon dernier mot, menaça Arnaud.

Il prit son front entre ses mains pour se concentrer. Camille le regarda avec inquiétude : blême, crispé, comme malade soudain. Que s'était-il passé ? D'où venait ce coup de téléphone dont il n'avait pas dit un mot, qui l'avait retenu si longtemps ? Elle chercha le regard de Steven qui lui sourit d'un air apaisant.

Arnaud joua. Le cercle des spectateurs s'était agrandi : Quentin venait d'arriver, Jean Fabri était là aussi. Un murmure flatteur courut comme Chloé se faisait volontairement prendre sa dame pour tracer un chemin à deux autres de ses pions. Elle jouait comme elle était, impulsivement, déroutant l'adversaire par des coups inattendus, mais guidée par un instinct très sûr. Maintenant, elle avait nettement l'avantage.

« Ce qu'il y a, souffla Estelle à l'oreille de Camille, c'est qu'elle veut absolument gagner, elle me l'a dit. Et quand Chloé veut... »

Celle-ci parvint de nouveau à dame.

— Inutile de continuer, je m'incline, déclara soudain Arnaud en brouillant d'un geste rageur les pions qui restaient sur le damier tandis que retentissaient quelques timides applaudissements. Il se tourna vers les gens : Vous pouvez y aller... Je n'ai pas perdu exprès, promis ! Chloé m'avait simplement caché qu'elle était une championne.

— Un bail que je n'avais pas joué, constata celle-ci en s'étirant. Je craignais d'avoir perdu la main.

Il y eut des rires.

— J'espère que tu m'accorderas une revanche, dit Arnaud.

— Quand tu auras payé ta dette.

La voix grave de Chloé impressionna l'assemblée ; on s'aperçut que pas un instant elle n'avait triomphé. Elle se pencha vers Arnaud :

— La règle, c'est bien toi qui l'a inventée, n'est-ce pas ? Je te pose la question que je veux : tu réponds sans tricher.

— C'est bien moi, convint Arnaud avec un rire forcé. Et si tu veux savoir, je vais payer pour la première fois.

— Alors il était temps ! constata Chloé.

Elle croisa ses mains sur le damier, semblant prendre intérieurement son élan. Son regard fit le tour de l'auditoire et, comme il s'arrêtait un instant sur Camille, un frisson traversa Estelle. Mais bien sûr ! Chloé n'avait défié Arnaud que pour ce moment-là, où elle le ferait payer... Avec terreur, elle pressentit sa question.

— Est-ce que tu l'aimes ? demanda Chloé à Arnaud.

Un silence horrifié tomba. Estelle s'empara de la main de Jean et s'y agrippa. Camille s'était pétrifiée. Le regard ardent de Quentin se posa sur l'infirme qui fixait Chloé avec une colère incrédule.

— Oui, répondit-il d'une voix blanche. Mais qu'est-ce que ça change ?

Camille se leva et quitta le bar en courant. Quentin sembla hésiter à la suivre. Arnaud referma le jeu de dames ; il fit reculer son fauteuil.

— Qu'est-ce que ça change ? répéta Chloé d'une voix incrédule. Qu'est-ce que ça change ? demanda-t-elle plus fort à Arnaud en se plaçant devant lui.

Il immobilisa son fauteuil ; il était blême.

— Laisse-le, murmura Steven en posant sa main sur le bras de Chloé. Je t'en prie, laisse-le.

— Pas question, dit la jeune fille.

Plus tard, elle expliquerait à Estelle ce qui s'était produit en elle à cet instant-là : elle avait soudain senti qu'Arnaud était en danger. Ce regard vide, le sang qui désertait son visage... Elle l'avait « vu » couler. Et elle avait fait ce qui s'imposait pour le ramener à la vie, ce que l'on fait au noyé échoué sur la plage : on le secoue, on le gifle. Finalement, en cherchant sans cesse à épargner Arnaud à cause de ses foutues jambes, en n'osant jamais lui dire les quatre vérités qu'il méritait comme tout un chacun, on l'enfonçait dans sa solitude.

Elle lui dit qu'il savait peut-être bien lire dans l'écriture des autres ou sur leur visage mais, que s'agissant de lui, il était nul. Il aimait donc Camille ! Qu'est-ce que cela changeait ? Rien s'il avait décidé de se saborder et elle avec lui, par orgueil et non par pur orgueil et non par charité ou altruisme ; parce qu'il avait perdu une partie de ses moyens, bon sang pourquoi les hommes attachaient-ils une telle importance à « ça » !

Le « ça » jeta un froid et, pour bien préciser qu'on ne se trompait pas sur l'interprétation, Chloé lui dit que l'amour n'avait pas besoin de se faire pour exister, la preuve, il suffisait souvent que ça se fasse pour que ça se défasse alors autant tabler tout de suite sur du costaud : la tendresse, le cœur, tout ce qu'on peut partager à deux, aimer faire à deux, en dehors de « ça ».

Ce fut lorsqu'elle s'en prit aux harems que le fou rire commença à gagner Estelle, lorsque, se tournant vers Steven, Quentin, Jean, tous les mâles de l'assemblée, elle commença à leur jeter à la figure les esclaves, favorites, concubines, livrées au bon plaisir de ces messieurs les sultans. Les pauvres sultans d'aujourd'hui se faisaient tout petits, minuscules sous la tempête, et Estelle explosa : fou rire nerveux, trop plein, ce rire dont certains prétendent qu'il peut guérir les maladies mortelles.

Steven enchaîna aussitôt, puis Quentin, et même Arnaud : Arnaud, que personne n'avait jamais entendu rire, éclata à son tour, si fort que les vannes s'ouvrirent, les larmes jaillirent de ses yeux et il cacha sa tête dans ses mains.

Interrompue dans sa brillante démonstration Chloé se tourna tout venin vers Estelle :

— Toi non plus, tu ne comprends rien à rien : les fleurs, c'était Didier ! Quatre bouquets comme le numéro qu'il t'avait donné au loto, commandés par l'amour pendant que Mlle rêvait.

Les fleurs, le loto, Didier... L'attention se porta sur Estelle, ce qui sembla faire rudement l'affaire des « sultans » : bravo les jeux de société, la minute de vérité faisait des petits, bonjour le grand déballage !

Estelle regarda d'abord Jean pour se donner du courage, puis se tourna vers Quentin.

C'est vrai, elle avait rêvé, elle avait rêvé comme une folle... qu'elle était étudiante en droit et non vendeuse de chaussures, que son père prenait place chaque matin dans le fauteuil de cuir d'un patron plutôt que sur le siège plastifié de son taxi, qu'une croisière pouvait changer la vie.

Elle avait rêvé, mais elle ne regrettait rien car si ce voyage n'avait pas changé sa vie, il lui aurait au moins appris à n'avoir plus peur de dire qui elle était ; le droit ça l'aurait barbée finalement, les chevalières en or étaient trop lourdes pour sa main.

Et puis elle les avait rencontrés et elle les aimait bien.

On aurait dit qu'ils oubliaient de rire, ils avaient l'air éperdus d'émotion.

« Le malheur, conclut-elle, c'est qu'on commençait à vraiment apprécier les choses au moment où elles se terminaient, c'était toujours comme ça ! Ce paysage par exemple, elle commençait juste à le voir vraiment, avec ses couleurs jamais pareilles, ses montagnes dans le bonheur, ses creux dans la nuit et ces moments où tout y était écrit si serré et avec tant de ratures qu'elle avait l'impression de ne plus savoir lire.

Il y en avait qui prétendaient que derrière les ruines, comme au palais de Minos, en Crète, on pouvait entendre les échos du passé : elle comprenait cela aujourd'hui. Et tout ce qu'elle demandait au ciel, c'était de continuer à soulever des pierres en elle pour entendre crépiter les mystères de la vie. »

CHAPITRE II

Il était 11 heures et la « soirée d'adieux », appelée aussi « soirée du Commandant », battait son plein au grand salon.

Pas un passager ne manquait à l'appel ; le lendemain, à cette même heure, la plupart seraient rentrés chez eux et l'on sentait déjà, mêlée aux rires et à la joie, une pointe de nostalgie.

L'estrade avait été transformée en jardin. Sur le gazon bien vert s'épanouissaient fleurs et plantes de toutes sortes, une source coulait le long d'une rocaille ; mais ce qui attirait immanquablement les regards, l'élément magique de la fête, était le pommier aux trois fruits étincelants dressé au centre du décor : le pommier d'or du jardin des Hespérides.

Il était d'usage durant la soirée de clôture qui se terminerait par un bal, de remercier les différents participants à la croisière. On avait déjà longuement applaudi les orchestres et les comédiens. Conférenciers, hôtesses, animateurs avaient également été félicités. Justinien, le cuisinier, sous son haut chapeau blanc, venait de recevoir une ovation.

Steven Blake contempla autour de lui la marée de visages bronzés à souhait. Ce soir se refermait la parenthèse lumineuse ouverte dans le quotidien de chacun. Le grand opéra *Renaissance* aurait-il apporté à ses participants ce qu'ils en attendaient ? La vie de quelques-uns, leur regard sur les choses, comme l'avait si bien exprimé Estelle, en serait-il modifié ou tout recommencerait-il pour eux comme avant ?

Ses yeux s'arrêtèrent avec tendresse sur Chloé, plus grave que de coutume. Et elle ? Jeune fille blessée par le manque de courage d'un père, saurait-elle en tirer les conséquences, ou chercherait-elle un nouveau rêve où se réfugier ? Comme il aurait voulu pouvoir l'aider à tracer son propre chemin.

« Et moi ? » s'interrogea-t-il. Venu sur ce bateau en voyeur, résolu à faire « sans se mouiller » sa récolte de visages et de sentiments, il s'était bel et bien laissé prendre au jeu. Si bel et si bien qu'il avait lâché son stylo pour mieux y participer, refusait qu'il se terminât et serrait dans son poing une bague achetée à Istanbul afin de lier à lui cette petite Française rousse dont les dieux malins, se vengeant de sa présomption, l'avaient conduit à s'éprendre.

L'orchestre roula tambour et ce fut cette fois le commandant qui monta sur l'estrade. Des applaudissements nourris retentirent. Au cours du voyage, la plupart avaient appris à connaître cet homme haut en couleur qui cachait sous des mines bourrues et des coups de gueule une profonde humanité, et dont on affirmait qu'il n'était heureux que sur l'eau salée, au milieu de ceux qu'il appelait « son troupeau »...

L'animateur reprit le micro.

— Nous allons attribuer à présent un prix : un prix spécial à cette croisière, dont vous avez vous-même, au cours d'un sondage, nommé les bénéficiaires. Il se tourna vers Kouris : Je laisserai au commandant le plaisir de remettre lui-même le prix « Pommes d'Or » !

Kouris saisit le micro, s'éclaircit la voix et montra le pommier.

— Comme vous le savez sans doute, les Hespérides,

filles d'Atlas, étaient chargées par la déesse Héra de garder les fruits précieux. Comme vous l'ignorez peut-être, elles en profitaient pour croquer les plus beaux, ce qui obligea Héra à faire appel aux services d'un dragon afin de remettre un peu d'ordre au jardin...

Au ton rogue du commandant, le public éclata de rire. Sourcils froncés, celui-ci attendit que le silence fût revenu.

— Il arrive que le... pacha d'un bateau soit considéré par certaines comme ce dragon, reprit-il du même ton, alors qu'il ne fait, en son jardin sur la mer, que tenter de maintenir un semblant de discipline. Il montra les fruits colorés suspendus dans l'arbre : Trois jeunes... Hespérides qui ont, selon vous, fortement coloré ce voyage, ont, paraît-il, mérité de recevoir l'un de ces fruits. Elles s'appellent : Chloé, Estelle et Camille.

Applaudissements et sifflets explosèrent tandis que les visages se tournaient vers les lauréates désignées par le feu d'un projecteur. Ces trois filles, tous les connaissaient ! Les suspenses aux escales, c'était elles... Les émotions lors des fêtes, elles aussi. Et Baraka, Punchy, c'était encore elles !

Elles se levèrent et, accompagnées par l'orchestre, se dirigèrent vers l'estrade. Kouris réprima un soupir : à quoi en était-il réduit : couronner celles qui n'avaient cessé de se jouer du règlement, un comble ! A la vérité, le jeune Quentin lui avait forcé la main... mais jamais il n'aurait cédé si, depuis la veille quelque chose ne lui avait soufflé à l'oreille que, sans ces trois insupportables gamines qui montaient à présent sur l'estrade, le *Renaissance* serait sans doute encore immobilisé à Istanbul.

Elles s'arrêtèrent devant lui. Il détacha un à un les fruits de l'arbre et les leur remit sous les acclamations du public.

— Nos... Hespérides désirent-elles ajouter quelque

chose avant que le bal commence ? demanda l'animateur lorsque le calme fut revenu.

Il y eut un instant de silence puis Camille s'avança.

— Je veux bien, dit-elle.

Le cœur de Quentin, qui se tenait avec les autres officiers tout près de l'estrade se mit à battre comme celui d'un gamin : qu'allait dire la discrète, la timide Camille ? Elle avait été avertie, ainsi que ses amies, du prix qu'elles recevraient : c'était la règle depuis que, lors d'une traversée, un passager avait succombé à une crise cardiaque en se voyant primé.

L'animateur remit le micro à la jeune fille et celle-ci se tourna vers le commandant.

— Plutôt que sous les traits d'un dragon, c'est sous ceux d'Atlas que je vous imagine, dit-elle gracieusement, car, par votre métier, c'est bien le monde que vous nous offrez !

La salle applaudit. Kouris semblait content. Camille porta à nouveau le micro à ses lèvres.

— Je voudrais vous demander l'autorisation de partager mon prix avec quelqu'un, reprit-elle d'une voix émue.

Un silence surpris passa et tous les regards revinrent vers le commandant.

— Mais cette pomme est à vous ; faites-en ce que bon vous semble, dit celui-ci d'un ton jovial.

Camille se tourna alors vers le public. Elle tendit la main.

— Laure, appela-t-elle d'une voix ferme. Viens...

Tout au fond du salon où il se tenait avec sa fille alors que normalement sa place eût été au premier rang parmi les officiers, François le Moyne sentit le souffle lui manquer.

Laure avait souhaité assister à cette dernière soirée et il n'avait pas eu le cœur de l'en priver mais ils s'étaient placés loin des regards, loin surtout de celui du commandant. Toute la journée, il n'avait été question parmi les officiers que de la faute du commissaire de bord et de la sanction qu'il encourait : sa radiation des membres de l'équipage. Rien, jusqu'à présent, n'était venu. Et voici que Camille les désignait à tous !

Avant qu'il ait pu la retenir, Laure lui échappa et courut vers son amie, accompagnée par les regards intrigués des passagers : d'où sortait cette petite fille maigre aux babouches étincelantes ? Comment ne l'avaient-ils pas remarquée plus tôt ?

Elle monta sur l'estrade et saisit la main de son amie ; celle-ci se tourna alors à nouveau vers Kouris, figé par la stupeur, et lui tendit la pomme qu'elle venait d'en recevoir.

— Remise par Atlas, ce fruit en prendra toute sa valeur, dit-elle d'une voix nette.

Alors, avec un coup au cœur, Le Moyne comprit le but de la jeune fille : en demandant au commandant du *Renaissance* de primer lui-même Laure, elle l'obligeait à sortir de sa clandestinité, effaçant du même coup la faute de son père ; et voyant Laure se planter en face de Kouris et le fixer de deux yeux implorants, le commissaire comprit aussi que tout avait été mijoté à l'avance par ces sacrées filles.

La salle attendait, s'étonnant du silence du commandant.

— Tiens ! finit par dire rudement celui-ci en remettant la pomme à l'enfant.

— Merci, dit Camille avec conviction.

Il y eut quelques applaudissements. Conscient que la situation lui avait un instant échappé, l'animateur reprit vivement le micro. N'avait-il pas promis à Kouris que la remise des pommes d'or ne durerait que quelques minutes ?

— Et maintenant, annonça-t-il d'une voix ferme, il ne nous reste plus qu'à...

— J'ai aussi quelque chose à ajouter, l'interrompit Chloé.

Cette fois, la salle éclata de rire; aussi rousse et dorée que sa pomme, elle semblait redouter d'être privée de parole et arracha littéralement le micro à l'animateur. Celui-ci lança un regard éperdu au commandant dont le visage prenait de plus en plus de couleur.

— Je voudrais moi aussi partager ma pomme, annonça la jeune fille, mais en pensée, avec un très chouette ami qui nous a tous beaucoup divertis et qui ce soir manque énormément à cette fête : avec le dieu du rire, du vin et du cigare, dont le voyage s'est achevé à Istanbul, avec Martin Dorfmann !

Les mains d'Arnaud se crispèrent sur les bras de son fauteuil : « ...dont le voyage s'est achevé à Istanbul... » Chloé se doutait-elle ? Il la regarda, rayonnante, lever son fruit bien haut, le plus haut possible, toute heureuse d'offrir à Martin ces acclamations. Non, elle ne savait rien ! Elle voulait simplement, comme une fille de cœur qu'elle était, manifester son amitié, sa fidélité à l'absent.

La souffrance, mêlée de révolte, se répandit en lui en même temps qu'une résolution farouche : il ne leur dirait rien ! Il ne leur offrirait pas, en prime au voyage, le piment d'un désespoir caché, d'une secrète blessure avec, au bout, l'image d'un noyé. Il fallait que Martin demeure pour ceux de cette croisière, à jamais, le bon vivant, oui, le « bon vivant », avec ses rires, sa générosité, ses plaisanteries... Et il ferait en sorte que la gamine aux babouches de sultane qui, sur l'estrade, n'en finissait pas d'applaudir le tendre Allemand qui l'appelait si joliment son « apparition », n'oublie jamais ce qu'elle lui devait.

Il sentit une pression sur son épaule et desserra ses doigts. Steven lui tendait une coupe de champagne. Leurs regards se croisèrent : « A lui », murmura le scénariste. Arnaud sut qu'il avait tout compris et se sentit un peu moins seul. « A ce sale lâcheur », répondit-il d'une voix sourde. Et pour que nul ne se rendît compte de la fâcheuse tendance qu'il avait, depuis une certaine partie de dames, à se laisser aller au rire comme aux larmes, il plongea le visage dans la boisson de fête.

Sur l'estrade, bien décidé cette fois à ne plus le lâcher, l'animateur avait repris le micro.

— Eh bien, Mesdames et Messieurs, nous allons pouvoir enfin lancer le bal que vous attendez tous avec impatience, annonça-t-il avec force.

Estelle fit un pas vers lui, mais il l'ignora résolument. Il se tourna vers Kouris :

— Le Commandant va nous faire l'honneur...

« Et elle ? » cria une voix dans la salle. « Et Estelle ? » reprirent d'autres personnes. « Estelle... Estelle... », scanda bientôt tout le salon, répétant le nom de celle qui n'avait pas encore parlé.

Kouris sortit un mouchoir de sa poche pour essuyer son front trempé. On l'avait bel et bien attiré dans un piège : Atlas victime des Hespérides... L'animateur lui lança un regard pathétique avant de se tourner vers Estelle :

— Auriez-vous aussi quelque chose à ajouter ? demanda-t-il d'une voix éteinte.

— Oui, dit Estelle.

La salle s'était calmée. Elle sortit de sa poche la cassette. Quel mal elle avait eu à se la procurer ! A la vérité, elle l'avait volée en utilisant le passe de Théodorès. Mais voici qu'au pied du mur, elle était prise d'angoisse. N'avait-elle pas eu là une idée folle ? Et si elle se plantait à nouveau ?

— Alors, Mademoiselle, nous attendons...

L'animateur agitait le micro devant sa bouche. Elle se tourna vers Chloé qui lui fit un signe autoritaire.

— Eh bien, voilà ! se décida-t-elle à annoncer d'une voix chevrotante. J'ai... j'ai quelque chose à vous faire entendre.

Comme une condamnée, elle alla vers l'orchestre et remit la cassette au pianiste avant de revenir, jambes flageolantes, vers ses amies.

Le pianiste engagea la cassette dans le magnétophone. Il régla celui-ci au plus fort et, comme les premières mesures de musique s'élevaient, un silence stupéfait s'abattit dans le salon.

Cet air, personne ne l'avait oublié : c'était celui de la chanson qu'Estelle, lors du concours, avait si maladroitement interprétée, se ridiculisant avant de s'enfuir en larmes. Avait-elle décidé de chanter à nouveau ? C'était du suicide pur et simple.

Mais sur la cassette, ce fut la voix de Jean Fabri qui s'éleva ; cette voix qui avait bouleversé les foules du monde entier car elle savait exprimer ce que tous, de quelque pays ou couleur qu'ils fussent, ressentaient en commun : le désir d'aimer, le bonheur parfois, souvent la solitude, l'espoir malgré tout que le printemps revînt. L'émotion fut là, le vif, la chair de la vie. Chacun sentit le bonheur et la douleur d'être. Suivant le doigt tendu d'Estelle, tous les visages se tournèrent vers l'homme aux cheveux blancs, au visage bouleversé qui, sous la pression de ses voisins, se dressait lentement et, comme un grand arbre, l'un de ces vieux chênes pourvoyeurs d'oxygène et de paix dont on a l'impression qu'ils ont toujours été là, se tenait haut et droit, avant, la chanson terminée, de s'incliner sous la pluie crépitante des applaudissements.

Et lorsque, s'associant au public, l'orchestre se leva pour saluer lui aussi le talent, Estelle comprit qu'elle était bien ce soir l'Hespéride offrant la pomme d'or du bonheur.

CHAPITRE III

L'aube se levait sur Mykonos.

La légende disait que cette île était le quartier de roc avec lequel Poséidon, dieu de la mer, avait anéanti les géants. Le sang de ceux-ci aurait-il fertilisé le roc ? Fleuri de géraniums, planté de moulins aux ailes déployées et de douces maisons blanches, il évoquait aujourd'hui la vie.

La *Renaissance* avait mouillé à quelques encablures du petit port encore plongé dans la brume ; dès que l'échelle de coupée serait fixée à son flanc, les bagages des passagers achevant là leur croisière pourraient être descendus dans la barque de pêcheur qui faisait la navette vers la terre.

Un vent glacé balayait les ponts déserts, laqués par la rosée. Le bal qui avait suivi la « soirée d'adieux » venait à peine de se terminer ; en ce dernier matin, aucune activité sportive n'était prévue pour les tôt levés et seul un couple de passagers, en survêtements identiques, faisait en courant le tour du paquebot.

Camille se rapprocha d'Arnaud qui suivait les manœuvres de débarquement. Il avait revêtu son ciré et enfoncé sur son crâne son bonnet de marin :

— Es-tu sûr que l'on t'attend ? demanda-t-elle anxieusement.

— Et même en fanfare ! plaisanta-t-il. Tout le village est averti de mon arrivée et tu connais les gens ici... Je serai plutôt trop bien soigné.

Il posa sa main sur celle de la jeune fille : ce geste qu'il pouvait à nouveau se permettre lui paraissait neuf et émouvant.

— Fatiguée ?
— Morte de sommeil...

Ils rirent. Cette nuit avait été pour eux une nuit blanche, mais en même temps une nuit éclatante « de vérité », pensa Arnaud. Redoutable Chloé ! Et dire qu'elle aurait pu perdre aux dames.

Un officier s'approcha du couple.

— Peut-on descendre votre fauteuil, Monsieur ?
— Allez-y.

Il les laissa l'aider à s'installer sur un autre siège ; l'échelle utilisée pour les débarquements en mer était trop étroite pour qu'il pût l'emprunter dans son fauteuil. Il n'avait pas le choix : il lui faudrait descendre à dos d'homme.

Les quelques passagers qui se rendaient dans l'île commençaient à gagner la barque où les attendaient trois pêcheurs barbus, au visage rude sous la casquette. François Le Moyne apparut sur le pont : « Autre victime des Hespérides... », soupira comiquement Arnaud à l'oreille de Camille. Le visage du commissaire était gris de fatigue ; il serra fortement la main de l'infirme.

— Le commandant m'a chargé de vous saluer de sa part... Et je voulais, moi, vous remercier pour ma fille, ajouta-t-il plus bas.

Le sourire d'Arnaud s'effaça et il fixa le commissaire avec intensité.

— C'est à Martin Dorfmann que vous devez son retour, pas à moi. S'il vous plaît, ne l'oubliez pas.

François Le Moyne inclina la tête. D'un mouvement brusque, Arnaud se tourna vers l'officier qui présidait au débarquement :

— Quand vous voudrez... je suis prêt.

Celui-ci fit signe à un marin. Arnaud regarda Camille ; comme toujours lorsqu'elle était émue, celle-ci se tenait très droite, presque au garde-à-vous. Il pouvait voir ses lèvres trembler ; il eut envie d'y appuyer les siennes. « Tabler sur du costaud » avait dit Chloé. La volonté de la rendre heureuse malgré tout ?

— Monsieur, si vous voulez, bien, dit l'officier.

Arnaud prit la main qu'il lui tendait et se redressa. Avant de se hisser sur le dos que lui présentait le marin, il caressa légèrement la joue de son amie.

— Sais-tu ce que Martin m'a dit ? « La cordée, c'est avec Camille que tu la fais... »

— Alors ne le décevons pas, murmura-t-elle.

Comme la barque s'éloignait, le soleil se leva sur Mykonos et une sorte de paix envahit la jeune fille : qu'elle était douce à regarder, cette île posée sur le bleu presque noir de la mer, avec ses verts printaniers, les arpèges colorés des ses caïques et ses lumineuses coupoles.

Elle était comme une promesse.

L'arrivé au Pirée était prévue pour 1 heure de l'après-midi et les haut-parleurs ne cessaient de diffuser des informations.

A 11 heures, un en-cas serait servi dans la salle à manger et au grill. On avait jusqu'à midi pour régler ses notes : bar, blanchissage, coiffeur et autres, regroupées au bureau du commissaire. Ceux qui désiraient verser un pourboire au personnel trouveraient dans le hall d'accueil des urnes à cet effet.

A plusieurs reprises, il avait été recommandé aux passagers de garder leurs bagages dans les cabines afin de ne pas encombrer l'aire de débarquement ; celui-ci se ferait sur appels, avec priorité aux voyageurs qui avaient un avion à prendre en début d'après-midi. Cars et taxis étaient prévus pour tout le monde.

Une bâche avait été tendue sur la piscine, les salles de sport, de jeu, de danse, étaient fermées : aucune fête à préparer pour le soir, aussi une sorte de désœuvrement mélancolique gagnait le bateau. La plupart des gens, ayant bouclé leurs valises, erraient sans but dans les salons ou sur les ponts. Certains échangeaient des adresses, se promettant de se revoir mais sans y croire vraiment. Cet univers particulier où les avait réunis, pour quelques jours de fête, un commun besoin d'évasion, allait incessamment éclater, chacun repartirait dans sa direction, glisserait son cou dans le collier du quotidien, et puisque la chose était inéluctable, on avait hâte d'en finir tout à fait.

— Et ça ? demande Estelle, Elle brandit sous le nez de Chloé les ailes en carton doré qu'elle vient de découvrir au fond d'un tiroir : ailes d'Hermès que Steven portait à ses sandales lors de la « Nuit des Déesses » et qu'il avait, le lendemain, cherchées en vain : Tu en fais quoi ?
— A la poubelle.
— Comme leur propriétaire ?
Chloé ne répond pas. Elle entasse nerveusement ses affaires dans son sac. Si on la laissait un peu tranquille ? Steven a déjà appelé deux fois et, sur son ordre, Estelle a répondu qu'elle n'était pas là. C'est lâche, stupide, reculer pour mieux sauter, elle sait. Comment éviter de lui dire au revoir ?
Elle passe dans la salle de bains : être seule un moment, retrouver ses esprits... Ils se sont volatilisés cette nuit, ses esprits, quelque part dans le ciel étoilé. Encore un sale coup des dieux.
Pour la centième fois, elle revit ce qui lui est arrivé : vous prenez le frais sur le pont, écoutant la mer célébrer ses messes noires au-dessus des siècles engloutis et, soudain, deux bras d'homme vous

happent, une bouche s'empare de la vôtre et un souffle vous investit : le coup de grisou. Il suffit qu'elle y repense pour que les flammes renaissent.

Avec un gémissement, elle s'assoit sur le rebord de la baignoire. Elle veut... elle ne veut pas... Ah! qu'il arrive, ce bateau, qu'elle retrouve la terre ferme, Toulon, sa chambre-refuge. Bob l'avait sûrement embrassée comme ça, Marie, avant de se défiler!

Estelle apparaît à la porte et la contemple d'un air goguenard.

— Mettons que je t'ai pilée aux dames...
— On peut toujours rêver, dit Chloé en faisant mine de s'intéresser à Punchy qui, dans la baignoire, hiberne sous une feuille de choux.
— Devine quelle question je te poserais?
— Gagne d'abord, on verra après.

Elle se lève et, bousculant Estelle, repasse côté chambre. Deux petits coups à la porte et celle-ci s'ouvre, une sorte de lumière apparaît : Camille... Camille depuis une certaine partie de dames...

— Je dérange?
— Au contraire, tu tombes bien : cellule de crise! déclare Estelle sombrement en montrant Chloé.

Camille rit :
— Que se passe-t-il?
— Si le téléphone sonne, tu réponds, dit Estelle. Toutes chances que ce soit un Américain. Tu lui dis que Chloé n'est pas là. Inutile d'ajouter que ses ailes d'or, c'est elle qui les lui avait piquées, ni qu'elle est géante pour faire la leçon aux autres et nabote en ce qui la concerne.

Camille regarde les ailes d'Hermès dans la corbeille, puis elle se tourne vers Chloé qui a plongé dans l'armoire où ne reste qu'un peu de poussière.

— Je l'ai rencontré... Il te cherchait partout. C'est un type bien, tu sais.
— Un tombeur, ouais! ricane Chloé du fond de son refuge.

— Si c'est une question de pilule, t'as qu'à demander..., propose fraternellement Estelle.

Chloé ne peut s'empêcher de rire. Elle sort de son armoire, se plante en face de ses amies :

— Ecoutez, je suis grande, je sais ce que je fais, alors arrêtez de bombarder, O.K. ?

— Et en plus elle parle américain ! soupire Estelle.

Deux autres petits coups à la porte. Cette fois, c'est Laure, la princesse Laure dans ses babouches emperlousées. Les voyant toutes les trois, elle s'arrête pile. Chloé s'empresse de faire diversion :

— Approche un peu, j'ai une surprise pour toi...

Laure court s'asseoir à côté de Camille sur une couchette. Chloé passe dans la salle de bains et revient portant la cage avec Punchy :

— Une tortue rousse, ça te dirait ?

Souffle coupé, Laure regarde l'animal, puis, timidement, tourne ses yeux vers Estelle et l'on peut lire dans sa pensée : après ce qui est arrivé à Baraka, a-t-elle le droit d'accepter ?

— Pour le régime, mollusques et crudités, prescrit Estelle d'un ton sévère. Fromage, déconseillé !

Alors un sourire, un sourire comme une grimace, ou une sorte de sanglot, envahit le visage de la petite fille qui ouvre grand les bras. Chloé y dépose la cage avant de s'asseoir à côté d'Estelle sur l'autre couchette. Face à face, les quatre filles se regardent.

— Les reines des pommes au grand complet ! remarque Estelle.

— Qu'est-ce que vous diriez de prévoir un peu l'avenir ? propose Chloé d'une voix brouillée.

— J'y ai pensé, dit Camille. Rendez-vous en mai prochain, au *Café des Amis,* je me charge de Laure.

— Est-ce qu'on pourrait jurer ou signer quelque part ? demande Estelle, sinon, j'aurai tout le temps peur que ça se fasse pas.

— Parole d'honneur! proclame la distinguette avec ferveur en tendant sa main devant elle comme on fait dans les pages roses de la comtesse de Ségur.

Les rires repartent et, une fois de plus, la porte s'ouvre... sur le nez de Théodorès. Il a l'air si ahuri en découvrant cette joyeuse annexe de pensionnat que l'hilarité des filles redouble.

— C'est parce qu'on est tristes que ça soit fini..., hoquette Chloé.

— C'est parce que, sur le *Renaissance*, finalement, on n'aura pas arrêté de ramer, enchaîne Estelle.

— C'est parce que vous allez nous manquer, dit Camille.

Tour à tour, le cabinier leur serre la main avec émotion :

— *Evcharisto, evcharisto,* répète-t-il.

— Ça veut dire merci, traduit Laure.

Camille avait emmené Laure et Punchy. Estelle s'était enfin décidée à aller régler les ardoises qu'elle avait accumulées partout — en empruntant ses dollars à Chloé naturellement, et après ça elle prétendrait que les rousses sont près de leurs sous! Etendue sur sa couchette, Chloé cherchait à récupérer ses fameux esprits quand Steven est entré, sans frapper bien sûr, une manie!

Il portait un jean, son blouson d'aviateur, ses bottes de cow-boy. Elle s'est redressée, son cœur faisait à nouveau le fou dans sa poitrine. Il est venu droit à elle et l'a regardée avec ses yeux d'ogre.

— Pourquoi refuses-tu de me voir? Qu'est-ce qui se passe? C'est à cause de cette nuit?

Elle n'a pas nié: oui, c'était à cause de cette nuit, quand il l'embrassait et que tombaient toutes les barrières derrière lesquelles elle s'était crue à l'abri. C'était parce qu'elle avait peur: il ne pouvait aimer, lui, le scénariste américain à succès, la fille d'une bistrote à Toulon. Elle l'amusait, c'était tout, comme la malicieuse petite sœur des westerns, il l'avait avoué lui-même. Quand il aurait fini de rire, il la laisserait tomber : le cas existait déjà dans la famille. Et c'était aussi parce que depuis toujours Chloé visait le contraire de Steven, un garçon ni trop beau ni trop riche mais solide, « installé » comme on dit. Elle vivrait à ses côtés, ils formeraient un toit protecteur sur la tête de leurs enfants. Elle n'aurait pas une fille qui se gaverait de lubies pour se réveiller un jour, affamée, sur le carreau poussiéreux d'une île au bout du monde.

En attendant, son séducteur s'est laissé tomber au pied de sa couchette. Il lui prend les mains.

— Ecoute, dit-il, écoute, ma chérie. C'est bien simple, je ne peux supporter l'idée de te perdre. On ne va quand même pas se quitter comme ça, sur un quai, pour toujours... Tu imagines? Mais ce serait absurde!

Il rit pour se convaincre, porte les mains de Chloé à sa bouche, les retourne, y promène ses lèvres. Elle sent le caillou rêche de son menton d'homme sur sa peau ; et elle a envie de rire, et elle a envie de pleurer.

— Et puis tu as une dette envers moi : tu m'as mis en panne d'écriture. C'est comme si... eh bien, comme si la vie avait pris la priorité. Pour que je puisse écrire à nouveau, tu dois m'aimer, tu n'as pas le choix.

Elle doit l'aimer? Qu'est-ce qu'il veut dire? Maintenant, sur ce lit? Ou dans son cœur et pour la vie. Le voilà qui remonte à l'étage, s'assoit à côté d'elle, l'entoure de ses bras. Et Estelle qui va revenir... Et Alexandra... « Je ne peux pas », souffle Chloé. Incapable d'en dire davantage, elle détourne la tête et fixe machinalement la photo qu'Estelle a remise à l'honneur sur la table de nuit, Didier étant rentré en grâce.

Et c'est alors que tout se casse.

Pour faire enrager Estelle qui prenait cette photo, Chloé et Didier avaient joué aux amoureux : mains liées, airs pâmés. Steven la découvre, il y colle le nez, il s'imagine y trouver l'explication du refus de Chloé, son visage se durcit, il est blême.

— C'était si difficile de me dire qu'il y en avait un autre ?

Et avant qu'elle ait pu rétablir la vérité, il a disparu, renversant au passage la corbeille, sans remarquer qu'en glissaient les deux ailes d'or d'Hermès, dieu messager.

— Comment cela, c'est réglé ? s'exclama Estelle. Elle fixa l'employé auquel elle venait de réclamer sa note : Et qui aurait réglé pour moi, s'il vous plaît ?

L'homme feuilleta la pile de factures de Mlle Bofetti ; coiffeur, esthétique, bar : un bon paquet.

— Ce monsieur n'a pas voulu laisser son nom.

Derrière Estelle, des gens s'impatientaient : elle prit la liasse qu'on lui tendait et laissa la place. Le nom du monsieur ? Pas sorcier à deviner !

Draps et serviettes formaient de sinistres collines le long des coursives ; les gens passaient sans vous regarder comme s'ils avaient déjà décidé de vous oublier, et c'était aussi triste que se réveiller un matin d'hiver après avoir rêvé de soleil.

La porte de Jean Fabri était entrouverte. Estelle la poussa : assis à sa table, il écrivait.

— C'est vous ! accusa-t-elle. C'est vous qui avez payé mes notes.

Il se leva et vint vers elle :

— En effet. J'ai tout réglé en même temps : les miennes, les tiennes... C'était plus simple.

Estelle sortit de sa poche les dollars de Chloé et les posa avec les factures sur la table.

— En dollars, ça fait combien ?

— Tu tiens vraiment à me faire de la peine? demanda Jean.

— Mais il n'y a pas de raison, dit-elle plus faiblement.

Elle venait seulement de remarquer la malle sur la couchette et, réalisant qu'ils allaient se séparer, sans doute pour toujours, le désarroi l'envahissait : elle se sentait... appauvrie. L'injustice, finalement, ce n'était pas une histoire de gros sous : en avoir ou pas. C'était que Jean Fabri ne soit pas son grand-père, que sans le loto, elle n'aurait jamais pu se faire une amie comme Camille. Camille et Jean, eux, n'avaient pas besoin de toucher un gros lot pour se rencontrer.

Elle ne réagit pas lorsque le chanteur remit les dollars dans sa poche.

— Ecoute, dit-il. C'est moi qui ai une dette envers toi. Tu m'as offert hier plus que je ne pourrai jamais t'offrir : tu m'as rendu... une sorte de fierté. Sais-tu que j'ai été sur le point de pleurer?

— C'est moi qui ai envie de pleurer maintenant, murmura Estelle. Quand est-ce qu'on se reverra? Elle laissa glisser ses doigts sur les étiquettes qui recouvraient le bagage : Egypte, Amérique... et beaucoup d'autres noms qu'elle ne connaissait même pas : noms de pays où elle n'irait jamais : Vous allez partir où maintenant?

— Je ne sais pas, dit Jean. Je n'ai pas encore décidé.

Avec tendresse, il prit les mains de cette petite fille qui lui avait, par instants, rendu de sa jeunesse. Et elle, qu'allait-elle devenir?

Il aimait à imaginer la vie de chacun comme un verre à remplir. Ces verres étaient de matériau et de contenance inégaux ; l'essentiel était de remplir le sien jusqu'au bord, d'un vin qui ne soit pas de la piquette! Il y en avait d'excellents parmi les ordinaires, et des vins sucrés, des vins verts et des crus rares. Lui, grâce à sa voix et à Odette, il aurait eu droit au champagne. Mais au soir de sa vie, il lui semblait que dans sa coupe ne restait qu'un peu de mousse.

De tout son cœur, il souhaita à Estelle un joyeux rosé de Provence.

— J'ai quelque chose à te demander...

Le visage de la jeune fille s'illumina :

— Tout ce que vous voudrez.

Il eut un sourire :

— Voilà ! Quand tu seras rentrée chez toi, il est possible que tu entendes raconter de drôles de choses sur mon compte, des choses qui t'étonneront. Ne les crois pas : les journalistes racontent n'importe quoi ! S'il t'arrive de penser à... Jean Fabri, pense à lui sur le *Renaissance*, tel que tu l'y as connu. Promis ?

Estelle tendit, cérémonieusement la main devant elle :

— Parole d'honneur !

— Si nous nous disions au revoir ici, proposa Jean. Tout à l'heure, nous serons pris dans la foule.

Elle se dressa sur la pointe des pieds et, des lèvres, effleura les siennes.

— Je crois bien que vous avez changé ma vie ! remarqua-t-elle avec un tantinet d'étonnement.

— J'essaierai de m'en souvenir, dit Jean.

Là-bas, au pied de la colline, cette brume, ou plutôt cette poussière, ce gris, ces ocres, c'était Le Pirée. On arrivait.

Les annonces se succédaient presque sans interruption : la salle à manger était à présent fermée au public, les passagers instamment priés d'attendre les instructions au grand salon ou sur les ponts plutôt que de se masser dans le hall déjà encombré.

Un trousseau de clefs avait été trouvé près de la piscine...

Alexandra s'arrêta à la porte ouverte du grill; installé au bar, comme indifférent à l'excitation générale Steven fixait d'un air sombre le verre plein qui se trouvait devant lui. Elle hésita puis le rejoignit :

— Je peux?

L'Américain inclina la tête; elle se hissa sur le tabouret voisin du sien. « Une eau minérale », commanda-t-elle. Elle avait décidé d'entamer, dès ce matin, le régime indispensable après les excès du voyage.

— Je voulais justement vous voir, dit Steven d'un ton morne. Il sortit de sa poche le briquet qu'elle lui avait offert après l'escale à Rhodes et le posa sur le comptoir : Pardonnez-moi de l'avoir accepté. Je n'aurais jamais dû. Je ne devais plus bien savoir où j'en étais.

— Et maintenant?

Il eut un rire bref :

— Maintenant? J'ai compris que je m'étais montré un fieffé imbécile... Et vis-à-vis de vous un mufle parfait.

— Voilà qui est vrai, reconnut Alexandra.

Steven but une gorgée de *bloody-mary,* mélange de jus de tomate et de vodka.

— Vous souvenez-vous de ces oiseaux en Crète? demanda la Polonaise. Nous les avions interrogés sur l'avenir; quelle question leur aviez-vous posée?

Il se tourna à nouveau vers elle :

— Tenez-vous vraiment à le savoir?

Elle inclina la tête.

— Si Chloé s'intéresserait un jour à moi, dit-il.

Une bouffée de colère envahit Alexandra. Et elle sortait des bras de cet homme! Elle, elle avait demandé à l'oiseau : « M'aimera-t-il? »

— Je viens seulement d'avoir la réponse, poursuivit Steven. Chloé n'est pas libre : elle a quelqu'un à Toulon.

— Elle a quelqu'un ? répéta Alexandra incrédule.

Elle revoyait la jeune fille, l'autre soir, lorsque stupidement elle lui avait demandé de lui laisser son amant. Se pouvait-il que Chloé le repousse à cause d'elle ? Alexandra se souvint du sentiment étrange qu'elle avait éprouvé alors : d'être face à la petite sœur qu'elle avait laissée en Pologne et dont sa mère lui écrivait qu'elle était courageuse et gaie.

— Si Chloé a quelqu'un, elle ne l'aime certainement pas, s'entendit-elle affirmer.

Aigu, presque agressif, le regard de Steven chercha le sien :

— Comment pouvez-vous le savoir ?

— Mais parce que c'est vous qu'elle aime, constata-t-elle.

Sous le choc, Steven ferma les yeux et une tendresse mêlée d'irritation, ou de regret, emplit Alexandra, et elle se sentit vieille, et elle se sentit mère. Comme ils étaient fragiles, les hommes ! Conquérants par l'irrésistible tension de leurs corps, désarmés dans leur cœur de petits garçons. Et comme était aveugle l'amour ! Alors qu'ils avaient tant de choses en commun, tant pour s'entendre, il avait fallu qu'il s'éprenne d'une gamine à l'opposé de lui.

Le barman s'approcha et reprit les verres qu'ils avaient vidés : « Je vais être obligé de fermer, annonça-t-il. Nous arrivons. »

— Ne lui laissez pas le choix, ordonna soudain Alexandra à Steven. Enlevez-la, vous verrez, elle ne demande que ça !

Elle se laissa glisser au bas de son tabouret ; il ne lui restait plus, si elle en avait le courage, qu'à donner le feu vert à Chloé. Elle prit le briquet sur le

comptoir et le remit, avec un peu de colère, dans la poche de Steven.
— Garde-le... En souvenir de la petite Polack.

Maintenant, on entendait clairement la rumeur de la ville, le grondement des voitures, quelques klaxons. Une petite foule attendait sur le quai vers lequel les trois remorqueurs tiraient le *Renaissance*, géant docile, auquel ils semblaient faire escorte.
Du pont le plus haut, désert car très exposé au vent, Jean regardait s'achever le voyage. Alexandra vint s'accouder à ses côtés ; elle portait sur son tailleur le châle de cachemire qu'il lui avait offert à Rhodes.
— Alors ? demanda-t-il.
— Alors il était trop jeune... j'aurais souffert, murmura-t-elle. Elle appuya son épaule à celle du chanteur : Et grâce à vous ce voyage aura été riche.
— Si je puis encore apporter la richesse à quelqu'un..., remarqua Jean avec humour.
Elle se souvint de l'article sur lequel elle était tombée par hasard : « Poursuivi par le fisc, un chanteur autrefois connu disparaît. »
— Et vous ? demanda-t-elle avec inquiétude. Qu'allez-vous faire ?
Il lui sourit :
— Il y avait dans mon répertoire une chanson que j'aimais particulièrement : *Je tire ma révérence*... Je vais essayer de la mettre en pratique. N'est-il pas beau de... finir en chanson ?
Le visage d'Alexandra s'assombrit.
— Non, n'ayez pas peur, pas comme vous semblez le craindre, reprit Jean. Figurez-vous qu'une petite fille m'a révélé que je pouvais encore être utile... Et il y a bien des façons de tirer sa révérence. Je le ferai... à la provençale ! Ma sœur a repris, au pays de Pagnol, la boulangerie de mon père ; elle y accueillera avec joie le frère prodigue.

— Ecoutez, dit Alexandra d'une voix pressante. Pour la boulangerie, vous avez le temps ! Je reste un moment en Grèce, chez des amis : ils ont une grande maison près de Delphes. Ils seraient très honorés de vous recevoir.

Un sentiment de gratitude emplit Jean : Alexandra ne pouvait lui faire plus beau présent que cette offre de prolonger la fête avec lui. Pour cela aussi, il avait aimé les croisières : ces fruits inattendus à cueillir, les pommes d'or des Hespérides... Y croquer joyeusement, sans penser à après, c'était la jeunesse !

— Et n'avions-nous pas parlé d'une chanson à écrire ensemble ? insista-t-elle.

Il posa la main sur la sienne.

— Ce serait ma dernière, Alexandra, un mot que vous n'aimez pas. Et le vieux cow-boy que je suis a une fâcheuse tendance à s'attacher : vous êtes trop jeune, je souffrirais...

Salués par les officiers, hélés par les porteurs, les chauffeurs de taxi ou de car, les passagers quittaient le *Renaissance* en un flot ininterrompu.

Cela se passait très vite, comme après une pièce de théâtre : rires et applaudissements retentissent, puis le rideau tombe et en quelques minutes la salle se vide. Quittant sa loge après s'être changé, l'acteur ne trouve que silence et obscurité.

Camille et Estelle apparurent sur le pont, portant, l'une, une élégante valise de toile, l'autre un gros sac de couleur. « Retour au ghetto », soupira Estelle en fixant sur la ville un œil courroucé.

Quentin rejoignit les deux filles ; il s'empara de leurs bagages, qu'il confia à un marin pour les descendre à terre.

— Le règlement interdit au personnel d'embrasser les passagères, déplora-t-il, mais considérez...

— Que les Hespérides ont tous les droits, claironna Estelle en se haussant sur la pointe des pieds pour piquer un baiser sonore sur chacune des joues du garçon.

Elle entrouvrit son blouson, fit admirer la pomme d'or qu'elle portait en sautoir et s'engagea majestueusement sur la coupée. Camille tendit la main à l'officier radio qui la garda quelques secondes entre les siennes.

— Savez-vous que cette nuit, il m'est arrivé une chose curieuse : je me suis surpris à compter les étoiles.

— Un jour, vous les compterez à deux, lui promit Camille. Et « elle » aura bien de la chance.

Quentin la suivit des yeux comme elle rejoignait Estelle sur le quai : cette gêne dans sa poitrine, c'était ce qui aurait pu être. Un autre officier le rejoignit, s'accouda au bastingage à côté de lui : « Mignonnes... » remarqua-t-il en montrant les filles sur le quai, et Quentin eut envie de l'étrangler.

Au pieds de Laure se trouvait la cage avec Punchy ; la petite fille tenait la main de Camille.

— Peut-on savoir laquelle kidnappe laquelle ? s'enquit Estelle.

— C'est Laure qui m'enlève, dit Camille en riant. Et pour tout le reste de mes vacances... puisque Arnaud m'a fait faux bond. Elle leva avec un peu d'inquiétude ses yeux vers le bateau : Et Chloé ?

— Le buffet étant fermé, aux dernières nouvelles elle semait la panique aux cuisines, répondit Estelle sombrement. Razzia sur les gâteaux : les plus gros et gras possibles. Elle s'est toujours sabordée au sucre, Chloé...

— La voilà ! s'exclama Laure.

Tirant son sac derrière elle, Chloé déboulait la passerelle ; elle avait les yeux rouges et l'air buté.

— Alors qu'est-ce qu'on fait ? On traîne... Moi, j'ai faim ! Programme ?

273

— On songeait plutôt aux nourritures de l'esprit, tu vois, dit Estelle. Le Parthénon! On a juste le temps de visiter avant l'avion. Si ton estomac peut attendre, je te signale qu'un repas complet sera servi à bord.

— Le Parthénon! ricana méchamment Chloé en prenant à témoins ceux qui passaient. Vous l'entendez? La voilà qui réclame des ruines maintenant.

Il y eut des rires. Estelle montra ses dents dans un sourire tout miel.

— Parthénon, ça veut dire « chambre des vierges », j'ai pensé que ça te plairait.

Entouré de ses officiers, le commandant Kouris assistait à la dispersion du troupeau et comme à chaque fin de voyage il éprouvait des sentiments mêlés : soulagement, rancune...

Les passagers partaient sans se retourner, déjà ailleurs, loin de ceux qui, jours et nuits, s'étaient dépensés sans compter pour leur confort et leur plaisir. Peu étaient venus le saluer alors que durant le voyage il ne pouvait se montrer sans être assiégé. Et cette ingratitude, curieusement, il n'en souffrait pas pour lui mais pour celui qui faisait son bonheur et son orgueil : le *Renaissance*.

Il porta les jumelles à ses yeux et se figea. C'était au tour des quatre filles de s'éloigner, les Hespérides, toutes quatre sur un même rang. Et, s'il ne se trompait pas, une cage contenant une tortue se balançait au bout de la main de la plus petite.

— Commissaire! aboya-t-il.

Le Moyne accourut :

— Commandant?

Kouris tendit le doigt :

— Vous êtes au courant, cette fois?

— Mlle de Cressant a accepté de séjourner quelques jours chez nous, dit Le Moyne. Il s'éclaircit la gorge : A propos, je voulais vous dire, Commandant... Je crois m'être trompé sur le compte de M. Dorfmann.

— Il est bien temps de le reconnaître! grogna Kouris. Sachez en tout cas que je vous rends désormais responsable de tout être, humain ou animal, qui pourrait s'introduire en fraude sur ce bateau.

Il pourfendit du regard ceux qui, autour d'eux, s'aventuraient à rire et leva à nouveau ses jumelles. Les filles étaient maintenant au bout du quai; elles s'arrêtèrent et toutes quatre se tournèrent vers le *Renaissance*. Ça ne pouvait être que la petite Bofetti qui faisait ces impertinents moulinets d'adieu, tandis que Laure rebondissait comme un moineau et que Chloé et Camille se contentaient de lever la main.

Malgré lui, Kouris leva aussi la sienne. Et lorsque, à trois reprises, la sirène du bateau, actionnée par Quentin, retentit pour saluer les partantes, elles crièrent si fort de joie que le vent en apporta un écho sur le pont. Autour du commandant tous sourirent.

— Encore un voyage comme ça, et je rends mes galons! menaça-t-il.

L'arbre aux pommes d'or, le gazon, la source, les fleurs, avaient été retirés de l'estrade et remplacés par une large banderole où le mot « Bienvenue » était inscrit en plusieurs langues.

Une vingtaine d'employés nettoyaient le grand salon où le lendemain le commandant Kouris recevrait les nouveaux passagers.

Pont Héra, Apollon, Vénus, Poséidon, Océanus et Nérus, s'affairait l'armée des cabiniers, plombiers, électriciens et peintres chargés de remettre en état les cabines et de procéder aux inévitables raccords ou réparations. On constatait la disparition d'un nombre important de serviettes, verres et cendriers et même de quelques Thermos où les passagers pouvaient à toute heure trouver de l'eau fraîche.

Dans la soute du navire, Justinien faisait le compte des victuailles restantes avant l'arrivée des denrées fraîches prévue à l'aube. C'était par tonnes que viande, poisson, légumes, fruits, laitages et tutti quanti avaient disparu dans l'estomac des passagers. Il ne restait dans sa chambre à fromages que quelques pâtes cuites ou persillées qu'il lui faudrait garder à l'œil. Il pouvait se montrer satisfait : la table aussi avait été une fête !

Une fois son travail achevé, l'équipage aurait quartier libre jusqu'au lendemain, 13 heures. L'embarquement pour la fameuse croisière *Toison d'or*, avec escales en Crète, à Rhodes et Istanbul, et, comme festivités à bord pour ne citer que les plus prestigieuses : cocktail du commandant, nuit des déesses, concours de chant, spectacle de théâtre d'ombres et soirée d'adieux, aurait lieu dès 16 heures. L'appareillage se ferait trois heures plus tard.

Ouvrant la penderie de la 21 Héra, le jeune cabinier Diogène considéra avec stupeur les vêtements de soirée abandonnés sur les portemanteaux ; un œillet ornait encore le revers d'un smoking. Déchiffrant le mot laissé par Jean Fabri, il comprit que ces habits étaient offerts à ceux qu'ils pourraient intéresser.

Il restait un fond de champagne dans la bouteille : du meilleur. Après s'être assuré que nul ne pouvait le voir, Diogène le but au goulot à la santé des Crésus étrangers.

La fontaine aux Trois Dauphins

Une fontaine comme celle qui faisait face au *Café des Amis,* à Toulon, la fontaine aux Trois Dauphins, nul n'en avait jamais vue de pareille. Du corset de lierre qui l'enserrait toute, jaillissaient les poissons de pierre, rivalisant dans leur essor avec un figuier, poussant lui-même entre les branches d'un néflier du Japon. L'eau qui nourrissait cette exubérance, on ne la voyait plus, mais si l'on montait deux marches pour se pencher sur le bassin, on pouvait percevoir son murmure.

Lorsque, enfant, Chloé ouvrait les volets de sa chambre, c'étaient les dauphins enlacés qu'elle voyait en premier et elle aimait à leur donner des noms. Souvent, il lui arrivait de se cacher dans le flot de verdure pour y bercer ses peines de petite fille tout en espionnant les adultes.

Et en cette douce journée de mai où le néflier répandait autour de lui ses pétales rouges et ocre, à faire pâlir de jalousie le figuier son voisin — arbre, puni du Bon Dieu, qui ne fleurit que par ses fruits —, deux familles fêtaient le retour de leurs filles.

Chloé et Estelle étaient arrivées tôt le matin même par le train de Paris où les avait laissées, dans la soirée, l'avion grec. On leur avait accordé le temps de défaire leurs bagages, puis on avait dégusté la bourride à la terrasse du *Café des Amis.*

La bourride est une spécialité du pays. On la fait avec du poisson blanc : daurade, lotte, colin, raie... Le jus de cuisson est mêlé à l'aïoli, le tout lié avec la crème et agrémenté de croûtons passés au four.

L'employé qui avait remplacé Chloé durant sa croisière s'occupait des quelques clients ; c'était l'heure calme, le creux de l'après-midi.

Un couple d'habitués s'arrêta en passant pour saluer les voyageuses. Estelle en profita pour se lever et, tournant sur elle-même, faire admirer une fois de plus sa belle robe de soie bleue. Après quoi, elle reprit place près de Didier.

— Et c'est un homme qui l'a offerte à Mademoiselle, annonça Chloé à la ronde.

— Super beau, super célèbre, riche et tout, enchaîna Estelle.

Le visage de Didier se rembrunit, Marcello Bofetti s'éclaircit la gorge mais ne trouva rien à dire : voilà que sa petite l'intimidait, elle, qui revenait de si loin alors que lui ne connaissait que la France et l'Italie.

— Peut-on savoir le nom du généreux donateur ? demanda Félix, le beau-père de Chloé.

— Jean Fabri, annonça gravement Estelle.

— Ah !... ma jeunesse ! s'exclama Marie. Elle se mit à fredonner : *Je tire ma révérence* avec des « r » roulés ; et Mario, le petit frère d'Estelle, s'écroula de rire.

— Jean Fabri... Jean Fabri..., répéta Amanda Bofetti, songeuse. Ils disaient à la radio qu'il avait des ennuis, plus de sous, plus rien !

— N'importe quoi ! s'exclama Estelle indignée. Elle eut un geste circulaire qui embrassait le café, la fontaine, les commerces avoisinants : Rien qu'avec son épingle de cravate, s'il voulait, il pourrait acheter tout ça.

— Et toi en prime ? demanda l'insupportable Mario.

Tout le monde rit et Estelle fit la moue : petit, tout petit ce moment en regard de ceux qu'elle avait vécus sur le *Renaissance !* Minuscule, cette place, Toulon, la France... Et pourtant, depuis son retour, elle éprouvait une sensation de bien-être. Ces odeurs, ces bruits, ces gens, c'était chez elle : elle était rentrée à la maison.

D'un geste possessif, Didier entoura ses épaules de son bras, évitant de poser les doigts sur la soie de sa belle robe. Avant de venir partager la bourride, il avait certainement frotté longuement ses mains de garagiste : elles fleuraient encore le savon. Estelle se revit dans sa cabine, la 6, pont Vénus — bar, discothèque, cinéma —, jouant avec la longue main blanche d'un officier radio, et elle s'adressa un clin d'œil à elle-même. Voilà sûrement ce que l'on appelait l'« expérience » : entre deux mains, avec malgré tout un peu de regret, savoir choisir celle qui ne portait pas de chevalière mais se montrait la plus douce.

Elle y appuya sa joue :

— Les fleurs, c'était vraiment chouette, dit-elle à Didier. Il n'y a que toi pour avoir ce genre d'idées ! D'ailleurs, j'avais tout de suite deviné.

La bourride, ça altère... Surtout lorsqu'on s'en paie trois assiettées. Chloé se lève pour aller remplir la carafe d'eau. Et aussi pour bouger. Parce que ça ne va pas : le *blues*, la déprime. Elle qui aspirait à être rentrée, maintenant qu'elle est là, elle n'arrive pas à se poser : elle déborde, ça déborde...

Elle pénètre dans le café. Lorsqu'elle était môme, cela la remplissait de fierté d'être la fille de la patronne ; elle regardait les rangées de verres scintillants, les bouteilles, le comptoir ourlé de cuivre et elle faisait rire tout le monde en déclarant : « C'est à moi aussi. »

C'est à elle aussi ! Elle a fait repeindre le local à

neuf avec l'argent du loto ; elle a des projets d'agrandissement. Son avenir est ici, pas sur la mer ou au Texas. « Alors, il paraît que c'était bien ? » demande le garçon en passant. — « Finalement, on est mieux chez soi », répond-elle avec défi. Il n'a pas l'air de la croire. A sa guise ! Elle passe derrière le comptoir. Si elle pouvait aller se cacher dans la fontaine ! Mais elle est trop grande : elle dépasserait !

Marie apparaît à la porte, ronde et rose dans le soleil. Elle rejoint sa fille et ferme le robinet que celle-ci laissait couler pour rien.

— Ça ne va pas, ma chérie ?
— Juste un peu de mal de terre. Rien de grave.
— Ce ne serait pas plutôt... un peu de mal de cœur ?

Sous le regard tendre de sa mère, Chloé sent monter les grandes eaux. Comme un petit taureau, elle avance son front et le colle au corsage fleuri qui sent bon la lavande :

— Un Américain ! Tu imagines ? On dirait que c'est de famille, le goût de l'étranger... Mais moi, j'ai dit « non » : une sur deux ça suffit.

Elle s'échappe et Marie, le cœur serré, peut la voir aller décrocher du mur sa sacro-sainte cible noire et jaune criblée de trous de fléchettes ; puis venir la jeter bruyamment derrière le comptoir, avant de se passer les mains à l'eau, en éclaboussant partout.

— Dangereux, ce jeu-là... blessures mortelles !

De sa vie, Estelle n'oublierait le moment où Steven Blake apparut sur la place.

Chloé était partie chercher de l'eau. Marcello racontait pour la cent millième fois son enfance en Italie, le public somnolait, elle reposait sur l'épaule de Didier.

Il apparut par le côté de la mer ; il n'avait pas de bagages. Mains dans les poches, il venait tranquillement vers le café, comme s'il était d'ici et qu'il y avait rendez-vous. Estelle comprit qu'il ne repartirait pas sans Chloé et elle eut envie de voler. C'était ainsi qu'elle voyait l'amour : une sorte d'enlèvement.

Elle leva la main pour lui signaler que c'était bien là. Le regard de Steven l'effleura, s'arrêta quelques secondes sur Didier et il eut un sourire ; mais au lieu de les rejoindre, il alla s'installer à l'autre bout de la terrasse et là, il alluma une cigarette et attendit.

Chloé revenait avec son pot d'eau ; elle n'avait rien vu. Elle commença à remplir les verres. Arrivée à celui de son amie, elle suspendit son geste : qu'arrivait-il à la petite ? A la fois son visage rayonnait et elle la fixait comme si le ciel allait lui tomber dessus. Instinctivement, Chloé regarda alentour, et elle le vit.

Un souffle puissant la traversa ; son cœur gonfla comme la voile d'un bateau : il était venu, tout était bien et elle l'aimait.

Elle l'avait aimé dès le premier soir de la croisière, lorsque, au cocktail du commandant*, il s'était rangé aux côtés de la petite poule noire perdue dans le poulailler des grosses blanches. Et elle l'avait tant aimé, devant Rhodes, à l'aube, lorsqu'il avait pris sa main pour lui transmettre l'espoir, et plus tard, l'espoir perdu, quand il était venu la repêcher à Kalithéa-l'eau-magique.

Elle remplit le verre d'Estelle, posa le pot et alla vers lui, reprenant le chemin tracé dans l'enfance, lorsque cachée dans la fontaine aux Trois Dauphins elle imaginait qu'un étranger venait s'asseoir à cette terrasse, qu'elle le reconnaissait tout de suite, qu'elle s'approchait et lui demandait ce qu'il voulait.

Parfois, dans ses rêves, Bob Miller la reconnaissait tout de suite et, très rouge — puisque c'est la façon

---

* *Croisière 1.*

qu'ont les roux de pâlir —, il la prenait contre lui sans mot dire. D'autres fois, il lui demandait simplement si Marie Hervé travaillait toujours là. L'essentiel était qu'il n'ait pu l'oublier : une femme comme ça !

— Je voudrais parler à Marie Hervé, dit Steven.

Chloé se tourna vers sa mère et lui fit signe de les rejoindre. Estelle se haussait sur la pointe des pieds afin de ne rien perdre du spectacle. Steven se leva pour accueillir Marie. Il désigna Chloé.

— Je suis venu la chercher !

Si souvent, Marie avait craint pour sa fille. Chloé n'était pas comme les autres, qui toutes rêvent d'être aimées. Elle, elle fermait son cœur. Pourtant, Marie lui avait fait une enfance heureuse et Félix s'était montré le plus affectueux des beaux-pères. Mais on dirait que certains enfants se cherchent de bonnes raisons de souffrir.

Elle regarda sa fille et, ne la reconnaissant pas tout à fait, comprit que cet homme à l'accent étranger, qui lui en rappelait un autre, la lui avait déjà enlevée ; elle ne pourrait l'empêcher de le suivre, pas plus qu'autrefois on n'avait pu empêcher Marie de garder l'enfant que l'Irlandais lui avait donné : cette enfant qui était là, sous ses yeux.

— Je vous avertis que c'est une vraie tête de bois, dit-elle.

— Je la prends quand même, répondit Steven.

Sur le port tout proche retentit la sirène d'un bateau : c'était une musique qui, ici, faisait partie du décor ; et les sirènes, heureusement, n'annoncent pas que des départs.

— J'appellerai mon scénario *Croisière*, dit Steven à Chloé. M'aideras-tu à l'écrire ?

Elle ne répondit pas. D'ailleurs, elle n'avait toujours pas prononcé un mot. Steven tira de sa poche la bague qu'il avait achetée pour elle à Istanbul, un petit dôme formé d'éclats bleus de saphir, et il la glissa à son doigt.

— On l'appelle « bague de harem ».

Alors Chloé leva vers lui ses yeux couleur miel — « couleur guêpe enragée », disait Estelle lorsqu'elle cherchait à être aimable —, et elle poussa un profond soupir.

— Je le savais bien, que j'avais tout d'une courtisane !

Sur l'Egée, on l'appelle le meltem ; sur la Méditerranée, le mistral. Il se lève sans crier gare et parfois emporte tout avant de disparaître aussi mystérieusement qu'il est venu.

Certains prétendent connaître le pourquoi des tempêtes, de la rivière qui déborde, de la soudaine avalanche ; ceux-là se trompent et risquent un jour d'être surpris dans leur sommeil. La tempête, l'inondation, l'avalanche, l'amour sont dus à tant d'éléments divers, où le hasard et la chance ont aussi leur part, que l'on ne peut jamais dire ni le jour ni l'heure de leur déferlement comme de leur fin. Demandez aux dieux !

Vous rêvez qu'un Irlandais viendra vous chercher et vous vous retrouvez dans les bras d'un Américain qui vous étouffe contre sa poitrine en vous menaçant de vous en faire voir de toutes les couleurs de l'amour. Les dauphins de la fontaine peuvent bien vous murmurer qu'ils en ont entendu et en entendront d'autres, vous ne les écoutez plus.

Table

Prologue 7
Avoir vingt ans à Rhodes 11
Un colosse brisé 93
Le destin de Martin Dorfmann 111
Les montreurs d'ombres 149
La chanson du Bosphore 163
Les pommes d'or 239
La fontaine aux Trois Dauphins 277

DU MÊME AUTEUR

Aux Éditions Fayard :

L'Esprit de famille (tome I).
L'Avenir de Bernadette (L'Esprit de famille, tome II).
Claire et le bonheur (L'Esprit de famille, tome III).
Moi, Pauline ! (L'Esprit de famille, tome IV).
L'Esprit de famille (les quatre premiers tomes en un volume)
Cécile, la poison (L'Esprit de famille, tome V).
Cécile et son amour (L'Esprit de famille, tome VI).
Une femme neuve.
Rendez-vous avec mon fils.
Une femme réconciliée.
Croisière 1.

Chez un autre éditeur :

Vous verrez, vous m'aimerez, Plon.